JN413822

山有花

山有花

장일홍 4·3 장편소설

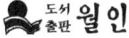

차례

프롤로그		7
1	1947년 2월	12
2	1947년 3월	16
3	1947년 4월	23
4	1947년 6월	35
5	1947년 7월	41
6	1947년 8월	47
7	1947년 10월	53
8	1948년 2월	65
9	1948년 4월 3일	72
10	1948년 4월 17일	86
11	1948년 4월 28일	100
12	1948년 5월 1일	110
13	1948년 5월 5일	117
14	1948년 5월 8일	123
15	1948년 5월 10일	130
16	1948년 6월	139
17	1948년 7월	147

18	1948년 8월	153
19	1948년 10월	156
20	1949년 3월	164
21	1949년 4월	170
22	1949년 5월	177
23	1949년 6월	184
24	1949년 7월	205
25	1950년 6월	219
26	1950년 7월	228
27	1950년 10월	235
28	1950년 11월 10일	242
29	1950년 11월 11일	251
30	1950년 11월 14일	256
31	1957년 1월	264
32	1988년 12월 5일	286
33	1988년 12월 8일	299
34	1999년 4월	307
35	1999년 5월	317
36	1999년 12월 31일	322
에필로그		328
작가 후기		331

프롤로그

"모든 것은 다 지나가고 지나간 것은 다 아름답다."

덕구가 한 말이다. 지금도 난 이 말을 기억한다. 우리 넷은 소꿉동무였다. 덕구와 난 윗마을에, 달삼이와 진경이는 아랫마을에 살았지만 우리는 신촌국민학교에 같이 다녔다. 늘 붙어 다녀서 '지남철'이라고 불렸다. 넷 중에 내가 제일 몸이 약하고 공부도 뒤처졌다. 나 빼고 셋은 학교의 자랑거리였다.

해방 전, 격동기가 우리 마을에도 들이닥쳐서 농사꾼인 나만 고향에 남고 스무 살 전에 셋은 뿔뿔이 흩어졌다. 덕구는 일본으로, 달삼이는 대구로, 진경이는 서울로…….

질풍노도의 세월이었다. 해방이 되자, 일본 입명관대학 재학 중 학도병으로 입대하여 관동군 소위로 복무하던 덕구는 귀국하여 조천중학원에서 역사를 가르쳤다. 일본 중앙대학 전문부를 중퇴한 달삼이는 한때 대정중학교 교사로 근무하다가 대구 10월 폭동(좌익에서는 10월 인민항쟁이라고 칭했다)에 가담했고 지명수배령이 내리자 제주로 피신하여 좌익의 전위대인 민전(민주주의 민족전선의 약칭)을 이끌었다.

조선국방경비대 총사령부에서 근무하고 있던 진경이는 귀향하지 않았다. 군사영어학교 출신으로 영어에 능통했던 진경이는 미 군정청 요인들과 가까운 사이였다.

훗날 내 친구 세 사람이 한국현대사 최대 비극의 하나인 4·3의 주역으로 등장하리라고는 그때까지만 해도 아무도 예상하지 못했다. 하지만 예상할 수 없기 때문에 인생은 살아볼 만한 것이고 운명은 사랑할 수밖에 없는 그 무엇이 아니던가.

조선 민중이 그토록 열망하던 해방은 도적같이 찾아왔다. 삼천리 금수강산 방방곡곡에 감격과 환희의 물결이 거세게 출렁거렸다. 그 물결은 바다 건너 한반도의 끄트머리 제주섬에까지 파문을 일으켰고 일파만파로 번져 갔다. 그러나 언제나 그렇듯이 축제의 희열은 오래 가지 않았다.

1945년 8월 한민족은 일본의 압제에서 벗어나 국권을 되찾았지만 미군과 소련군이 남과 북에 들어와 38도선을 경계로 주둔함으로써 원하지 않는 분단의 벽이 생기게 된다.

태평양전쟁이 끝나자 제주도에 주둔했던 7만여 명의 일본군은 철수하고 군사시설은 모두 파괴되었다. 일본에 건너갔던 6만여 명의 제주 사람들이 고향으로 돌아와 새로운 세상이 열리기를 기대했다.

광복 직후, 자주독립국가를 세우기 위한 건준(건국준비위원회의 약칭)이 전국적으로 조직되자, 제주에서도 대정면 건준을 시작으로 1945년 9월 10일에는 제주도 건준이 결성된다. 이어 건준은 인민위원회로 개편됐다.

제주도인민위원회는 9월 23일 제주농업학교에서 각 읍·면 대표들이 참석한 가운데 결성된다. 인민위원회 조직을 계기로 1945년 말에 이르기까지 청년동맹·부녀동맹·농민위원회·소비조합 등 각종 산하단체가 조직됐다. 제주도인민위원회는 치안 활동에 주력했고 실질적으로 도내 각 면과 마을 행정을 주도했다.

미군이 제주도에 진주한 것은 1945년 9월 28일, 군정 업무를 담당할 59군정중대가 도착한 때는 11월 9일이다. 59군정중대는 인력 부족과 정보 부재로 원만한 통치 업무를 수행할 수 없었다. 따라서 영향력이 강했던 인민위원회의 지원을 받을 수밖에 없는 처지였다.

하지만 미군정이 인민위원회를 공식적인 행정기관이나 통치기구로 인정한 것은 아니다. 미군정은 도청과 경찰의 요직에 일제 때의 관리를 그대로 앉혔으며, 서서히 우익 인사들을 조직화하여 인민위원회에 대항할 세력으로 키워 갔다.

1946년 8월 1일 제주도(島)의 도(道) 승격은 우익의 입지를 강화시키는 결정적 계기가 된다. 도 승격을 줄곧 주장해 온 우익 세력의 손을 미군정이 들어준 셈이니까. 이후 도 수준에 맞게 경찰 병력이 증강되고 국방경비대 9연대가 창설되는 등 공권력이 강화됐다.

이에 발맞추어 1946년 말부터 인민위원회에 대한 미군정의 직접 탄압이 시작된다. 이러한 미군정의 무리수는 도민의 반발에 부딪쳤고, 경제적인 어려움이 중첩되면서 도민들의 불만은 더욱 커져 갔다.

미군정은 경제정책에서 원활한 생필품 수급과 물가 안정에 역점을 두었지만 광복 직후부터 식량 생산이 감소하여 양곡이 부족한 사태가 계속되는 가운데 가격도 폭등했다. 식량난은 일본에서 돌아온 6만여 명의 귀환인구가 불어나 더욱 심해졌는데, 해결책으로 제시된 미곡수집 정책의 실패로 도민들의 원성은 하늘을 찌를 듯했다.

해방 후 제주도의 좌익 활동은 1945년 9월 15일 조선공산청년동맹 제주도위원회가 결성됐고 동년 12월 9일에 조선공산당 제주도위원회가 결성된다. 이듬해인 1946년 11월 23일에는 미·소공동위원회의 결의에 따라 모든 단체가 정당 등록을 하게 되자, 좌익계인 공산당·인민당·신민당을 통합하여 남로당(남조선노동당의 약칭)으로 개편했다.

1
1947년 2월

 조천면 신촌리 바닷가에 있는 안가(安家)에 남로당 제주도위원회의 지도급 인사들이 속속 모여들고 있다. 조천의 안세훈, 성읍의 조몽구, 대정의 오대진, 이도백 등이 그들이었다. 동장군이 아직 물러가지 않아서 날씨는 쌀쌀했고 차가운 해풍이 살갗을 파고들었지만 그들의 얼굴은 열에 들뜬 듯 상기돼 있다.

 이덕구의 안내로 안방에 좌정한 사람들에게 내가 유인물을 나눠줬다. 유인물 배포가 끝나자 김달삼이 입을 열었다.

 "추운데 오시느라 고생이 많으셨습니다. 그럼 지금부터

회의를 시작하겠습니다. 먼저 위원장님의 인사 말씀이 있 겠습니다."

몇 번 헛기침을 한 안세훈이 나직한 목소리로 말했다.

"나눠드린 유인물 '3·1 운동 기념 투쟁의 방침'은 민전에서 작성한 것으로 보름 뒤에 열리는 3·1 운동 28주년 기념대회의 전략 전술을 담고 있는 중요한 문건입니다. 내용을 면밀히 검토해서 좋은 의견을 내 주시기 바랍니다."

눈치를 보던 김달삼이 다시 나섰다.

"이 문건 작성에 참여한 제가 간단히 설명을 해 드리겠습니다. 이 문건의 핵심내용은 다섯 가지입니다. 첫째, 각 읍·면에서는 인민위원회, 민애청, 부녀동맹 기타 각종 단체 및 직장 대표자로 3·1절 기념대회 준비위원회를 즉시 조직할 것. 둘째, 2월 24일까지 3·1 운동의 원인, 경과, 의의, 결과를 10월 인민항쟁과 현 정세에 결부시켜 민주주의 임시정부 수립의 방향으로 유도할 것. 셋째, 2월 25일부터 28일까지 각 읍·면·부락 및 직장대회를 소집하여 3·1 시위운동에 전원 참가를 결의할 것. 넷째, 3월 1일 당일에는 전원이 시위행렬로 부락준비위원회가 지정한 장소와 시간에 집합할 것. 다섯째, 부락준비위원회는 각 읍·면 준비위원회의 지시에 따를 것. 이상입니다."

조몽구가 손을 들었다.

"난 촌에 살고 있어서 요즘 돌아가는 정세에 어둡소. 작년 3·1절 기념행사는 관에서 주도한 걸로 아는데, 금년 미군정의 방침은 무엇이오?"

이번에는 이덕구가 대답했다.

"경찰 프락치의 보고에 따르면 미군정은 우리가 대규모 군중집회를 준비하고 있다는 정보를 입수하고 원천 봉쇄한다는 계획 아래 각 행정관서와 경찰에 지시하여 3·1절 기념행사는 각 직장 단위로 간소하게 치르도록 했다고 합니다."

"원천 봉쇄라면…… 우리 집회를 불법으로 몰아가겠다는 뜻 아니오?"

오대진이 끼어들었다.

"그렇습니다. 그래서 우린 위원장님 명의로 제주경찰서에 집회계를 제출해서 합법적인 방법을 모색하기로 했습니다만…… 경찰이 집회를 불허한다 해도 당초 계획대로 강행해 나가기로 방침을 세웠습니다."

김달삼이 활기차게 말했다.

"합법적 비합법적인 양면작전을 구사하는 건 바람직하오만…… 정작 중요한 건 데마고기(선전선동)가 아니겠소?"

이도백도 한마디 거들었다.

"물론입니다. 집회 당일에 참석자들에게 배부할 전단과

현수막의 표어도 이미 준비했습니다. 더 이상 의견이 없으시면……."

김달삼이 안세훈을 쳐다보자, 그가 고개를 끄덕였다.

"다들 아시다시피 미군정과 우익단체의 공세가 날로 강고해지는 이때에 3·1절 기념대회는 민주투쟁의 분수령을 이루는 중대한 전기가 될 것입니다. 특히 이번 대회는 남로당 제주도당부의 산하단체인 민전이 주도하는 행사인 만큼 젊은 동지들에게 거는 기대가 매우 큽니다."

안세훈 위원장의 폐회사로 회의는 끝났다. 남로당 간부들은 한꺼번에 우르르 나가면 사람들의 눈에 띌까 염려하여 사이를 두고 한 사람씩 안가를 벗어났다.

2
1947년 3월

 1947년 3월 1일은 해방 후 두 번째 맞이하는 3·1절로서 제주도 좌익진영은 이 날 기념식을 전 도민적 행사로 치르기로 준비했다. 이보다 앞서 2월 17일 관공서를 비롯한 사회단체·교육계·종교계 등 각계 각층을 망라하여 '3·1 투쟁 기념행사 제주도위원회'가 결성됐다. 이어서 2월 23일 제주도 민주주의 민족전선이 조직되자 3·1절 기념행사 준비는 민전이 주도하게 된다.

 한편 미군정 당국은 2월 23일 충남·북 응원경찰 100명을 제주에 급파하여 비상경계에 들어갔다. 미군정은 3·1절 행사 때 시위는 절대 불허한다는 방침과 집회 사전 허가

원칙을 정했다. 민전 의장단과 미군정 당국은 몇 차례 만나 협의했으나 합의점을 찾지 못하고 3·1절 행사는 민전의 당초 계획대로 추진됐다.

드디어 3월 1일 새벽이 밝아 왔다. 나와 김달삼, 이덕구는 일군의 민전 소속 청년들과 함께 집회 장소인 북국민학교에 도착했다. 미명에 싸인 운동장은 고요했고 개미 새끼 한 마리 보이지 않았다. 그런데 잠시 후, 요란한 발자국 소리가 들리더니 기마대를 앞세운 경찰관들이 학교 정문 쪽으로 행진해 오는 게 아닌가.

"덕구야! 호진아! 튀어!"

달삼이가 숨가쁘게 외치자 우리는 황급히 교실 안으로 들어가 몸을 숨겼다. 복도 유리창을 통해 경찰의 움직임이 한 눈에 들어왔다. 경찰은 정문에 바리케이드를 설치하고 운동장 담벼락을 따라 도열해서 그들이 마치 운동장을 포위한 듯한 형국이 되었다. 그들은 학교 안에만 있는 게 아니었다.

울타리 너머 도로 쪽에도 기마대와 경관들이 진을 치고 있다. 프락치가 제보한 원천 봉쇄가 이런 건가 보다. 우리는 숨죽여 저들의 동태를 살피면서 운동장에 내려 앉았던 어둠이 서서히 걷히는 걸 보고 있었다.

기마대와 경찰이 부산하게 움직이는 것과 때를 같이하

여 전도 일원에서 제주 성내를 향해 군중이 몰려왔다. 군중은 머리에 수건을 질끈 동여매고 기세도 당당하게 구호를 외치며 서문과 동문 쪽으로 밀려왔다.

성내에 들어온 학생들은 북국민학교와 가까운 오현중학교 운동장에 집결하고 청장년층은 곧바로 북국민학교로 향했다. 오전 10시가 되면서 경찰은 당황하지 않을 수 없었다. 거리는 온통 인파로 술렁거렸고 동서남북으로 계속 모여들고 있었다.

동쪽으로는 조천, 구좌, 성산, 표선, 남원, 서귀포 주민들이 원정 왔고, 서쪽으로는 애월, 한림, 고산, 대정 주민들이, 남쪽으로는 동광, 서광, 안덕, 중문 지역 청장년들이 진입해 왔다.

오현중학교에 모인 학생들은 약식으로 3·1절 기념식을 끝내고 '미·소 공동회의 재개 촉구', '모스크바 삼상회의 절대지지'라는 플래카드를 들고, "미군정은 물러가라!"는 구호를 외치며 거리로 쏟아져 나왔다. 학생들은 동쪽에서 원정 온 외곽지 주민들과 한덩어리가 되어 관덕정을 향해 밀려갔다. 제주 성내에 사는 사람들은 큰 구경거리가 났다고 남녀노소 모두 거리로 나왔다.

인파가 북국민학교로 몰리자 경비를 맡던 경찰도 속수무책이었다. 중과부적으로 어쩔 수 없이 국민학교 정문이 열리자 마치 둑이 무너지고 홍수가 밀려들 듯이 군중이 밀려들어 운동장은 발 디딜 틈도 없이 꽉 차버리고 말았다.

이때 나와 달삼, 덕구, 민전 청년들은 연단을 세우고 마이크를 설치하는 등 준비를 끝낸 상태였다. 3·1절 기념식은 안세훈의 개회사에 이어 독립선언서가 낭독됐다. 낭독이 끝난 후, 사회를 맡은 김달삼이 선동 구호를 외치자 군중은 옳소로 화답했다.

"미군정은 물러가라!"

"옳소!"

"독약이 들어 있는 양과자를 먹지 말자!"

"옳소!"

"친일파를 처단하라!"

"옳소!"

"친미 민족반역자를 숙청하라!"

"옳소!"

한참 동안 군중을 선동하여 흥분시킨 다음에 일군의 청년들이 7~8명씩 스크럼을 짜고 구호를 외치며 교문 밖으로 쏟아져 나갔다. 교문에서 관덕정으로 나오는 골목에는 돌자갈이 깔려 있다. 공교롭게도 기마경관의 말발굽에 부딪친 돌멩이가 튀어 구경하러 나온 여인이 안고 있던 어린이 머리를 맞혔다. 아앙~! 하고 어린이가 크게 울었다.

분노한 군중이 기마경관을 둘러싸고 욕지거리를 퍼부었다. 누군가 기마경관을 향해 돌을 던지자 너도 나도 돌멩이를 손에 들었다. 투석으로 그 경관을 죽일 기세였다.

"경찰이면 다야!"

"어린애를 다치게 해놓고 어디로 도망치려는 거야?"

조금 떨어진 곳에서 기마대를 지휘하던 기마대장이 이런 광경을 보고 급히 말을 몰아 달려오다가 옆 골목에서 갑자기 뛰쳐나온 소년을 치어버렸다.

"기마경관이 또 사람을 치었다!"

누군가 고함을 지르자, 군중의 흥분은 극에 달했다. 사람들이 기마대장을 말에서 끌어내리려는 소동이 벌어졌다. 이때 어디선가 탕탕탕! 총소리가 들려왔다. 기마대원들이 대장을 구출하기 위해 발포한 것이다. 몇 사람이 죽고 또 몇은 부상을 입었다. 군중은 삽시간에 사방으로 흩어져 도망쳤다. 위기상황을 눈치 챈 우리 일행도 안세훈 위원장을 모시고 급히 자리를 떴다.

이 발포사건으로 제주도내 민심은 극도로 악화됐다. 그러나 미군정과 경찰은 사태 수습보다는 시위 주동자를 검거하는 일에 주력했다. 좌익 진영은 대책위원회를 구성하고 미군정과 경찰의 탄압을 폭로하며 희생자 구호금 모금에 나섰다.

이어 3월 10일에는 제주도청을 시발로 민·관 총파업이 시작됐다. 관공서는 물론 은행·회사·학교·운수업체·통신기관 등 도내 156개 기관 단체 직원들이 파업에 들어갔고 현직 경찰관까지 파업에 가세했다. 남조선 어디에도 없었던 전대미문의 파업이었다.

미 군정청은 합동조사반을 제주에 급파하여 사건의 진상을 조사했으나 공식적인 조사결과는 발표하지 않고 돌아갔다. 미군정은 전남·북 응원경찰 222명, 경기도 응원경찰 99명을 증파해 총파업에 강경 대응했다.

조병옥 미군정 경무부장은 담화문을 발표하여 경찰의 발포를 정당방위로 주장하고 이 사건은 북조선과의 공모로 발생했다고 공표하여 제주도를 '빨갱이섬'으로 조작했다. 이 사건 직후 미군정 보고서는 "제주도는 70%가 좌익정당에 동조적이거나 당원으로 가입해 있을 정도로 좌익의 본거지"라고 기록했다.

또한 미군정은 파업 주동자란 혐의로 남로당과 민전 간부들을 연행하여 500명을 구금했다. 구금된 자들 가운데 328명이 재판에 회부되고 52명이 실형을 언도받아 목포형무소에 수감됐다.

제주도민들의 3·1절 기념식 참여와 총파업 동참은 미군정으로 하여금 제주도를 '레드 아일랜드'로 오인하게 했으며, 이후 제주도민들은 잔혹한 탄압의 대상이 됐다. 그러나 이런 걸 작용과 반작용의 법칙이라고 해야 할까? 탄압이 거세질수록 저항의 불길도 서서히 타오르기 시작했고 3·1 사건은 이듬해 제주 사회를 파천황의 혼란에 빠트리게 한 4·3 봉기의 도화선, 기폭제가 되고 말았다.

3
1947년 4월

 경찰서 유치장의 천장에는 낮은 촉수의 전등이 불알처럼 매달려 있다. 어찌 된 일인지 영문을 모르겠다. 내가 왜 경찰도 아닌 서청(서북청년단의 약칭) 단원들에게 붙잡혀 이곳으로 끌려 왔는지, 덕구와 달삼이는 무사한지, 안세훈 위원장을 비롯한 지도급 인사들은 어디로 잠적했는지, 궁금증이 꼬리에 꼬리를 물었다. 내가 알기에도 3·1절 기념대회가 끝난 뒤 엄청난 회오리바람이 일었다.
 남로당 제주도당부는 즉각 사건대책위원회를 구성하고 경찰에 대하여 공개 사과와 책임자 처벌을 강력히 요구했다. 급기야 미군정은 강동효 제주경찰서장을 해임하고 후임에 경찰감찰청 총무과장인 김차봉을 임명했다.

또한 남로당은 총파업투쟁위원회를 구성하여 총파업에 들어갔다. 여기에는 제주도의 거의 모든 기관·학교·업체와 군정청 관리의 75%가 가담하여 군정청의 모든 업무가 마비됐다. 이처럼 결정적인 치명타를 얻어맞고서야 미군정은 사태의 심각성을 깨달았다.

미군정은 3·1 사건과 총파업의 원인을 제주도민의 좌익 성향과 좌익분자들의 준동에 미온적으로 대처한 군정청 관리들의 실책으로 보고 고위 관리들을 극우 성향의 인물들로 교체했다. 제주도 군정장관 스타우트 소령의 후임으로 베로스 중령을 임명하고, 박경훈 도지사의 후임으로 유해진을 임명했다. 그리고 미군정은 관공서와 교육계에 대한 숙정작업에 착수하여 총파업에 가담한 사람들을 파직하고 파업에 동참한 경찰관 66명도 파면했다.

조병옥 경무부장은 철도경찰 200명, 서북청년단 500명, 민족청년단 100명 등 800명의 진압군(?)을 인솔하여 급거 내도했다. 제주도민 사이에서 '빨갱이 사냥꾼', '피에 굶주린 인간백정'으로 불려지면서 악명을 떨친 서북청년단 단원들이 대거 제주도에 들어와 온갖 만행을 저지른 것도 이때부터였다.

서북청년단은 북조선에서 김일성 일파가 사회개혁을 단

행하면서 일제 식민지 시대에 누렸던 경제적·정치적 기득권을 상실하여 남하한 사람들이 1946년 11월 30일 서울에서 결성한 극우 반공단체였다. 이들은 공산주의자라고 조금이라도 의심되는 자에게는 가차없이 공격을 가했다.

이들은 제주도민의 애국심을 심사한다면서 태극기와 이승만 박사의 초상화를 강매하고, 이에 불응하면 무조건 빨갱이로 몰아 죽이는가 하면 죄 없는 남자를 빨갱이로 조작해서 고문하고 남자의 애인에게 접근하여 석방을 핑계로 강간하는 등의 행패를 자행했다.

얼굴이 반반한 처녀들은 이렇게 애인이나 가족의 목숨을 구하기 위해 억지로 서북청년단원과의 정략결혼에 응할 수밖에 없었던 경우가 부지기수였다. 이처럼 난세에 여인의 정조라는 건 생명과 맞바꾸는 교환가치를 지니므로 정조를 지키지 못했다고 해서 정조관념이 희박하다고 탓할 바가 못 된다.

미군정은 대대적인 탄압에 나섰다. 도지사 사임 후 제주민전 의장으로 추대된 박경훈을 비롯한 민전 간부들이 구속됐다. 많은 청년들이 검거를 피해 도외로 혹은 일본으로 빠져나갔고, 한라산의 동굴 등에 은신처를 마련해 도피했다.

800명의 진압군들은 남로당 본부와 민전을 급습하고 서류 일체를 압수했으며 수많은 하급 당원을 구속했다. 검거 선풍이 일자 당 간부들은 모두 지하로 숨어들었고 나도 집 안 마루 밑에 은신해 있었는데 어떤 자의 밀고로 검거된 것이다.

 유치장에 수감된 지 하루 만에 나는 취조실로 끌려갔다. 물고문용 욕조와 변기, 침대 등이 갖춰진 작은 방이었다. 이 방은 유치장과는 비교할 수 없을 정도로 밝은 촉수의 전등이 환히 비치고 있다. 인상부터가 험상궂은 수사관이 옷을 다 벗으라고 명령했다. 팬티만 걸친 채 쭈뼛거리고 있는 나에게 다가온 사내가 솥뚜껑 같은 손바닥으로 내 뺨을 후려갈겼다.

 "신촌리 세포 고종현이 알지?"

 얼얼한 뺨을 어루만지며 나는 고개를 저었다.

 "이 자식이 경찰을 우습게 아네. 그 놈이 다 불었어, 임마! 네가 남로당 루트 책임자라고. 남로당이 3·1 사건을 조종했고 민전이 총파업을 주동했잖아?"

 "……."

 "이 녀석이 갑자기 벙어리가 됐나, 왜 대답이 없어, 빨갱이 새끼야!"

 "저는 무지렁이 농사꾼입니다. 아무것도 모릅니다."

 "빨갱이 새끼들은 사상교육을 세게 받아서 입이 무겁지.

너, 내가 누군지 알아? 일본 경찰의 고등계 출신이야. 고문 기술자라구. 철봉에 대롱대롱 매달아 놓는 통닭구이, 눈 코 귀 입에 고춧가루 탄 물을 붓는 고춧가루고문, 물고문, 전기고문…… 내 손에 걸리면 죽느냐, 사느냐 그것이 문제야, 임마."

"왜 이러십니까? 전 아무것도 모릅니다, 몰라요!"

"너, 전기고문의 후유증을 알아?"

"……."

"첫째, 성기능 장애가 와. 고자좆이 돼. 둘째, 정신분열이 와. 미치광이가 되지. 한 마디로 폐인이 되는 거야. 그래도 좋아?"

나는 어금니를 악물었다. 여기서 죽어 나갈지도 모른다. 그러나 동지들을, 조직을 배신할 수는 없다. 수사관이 침대를 가리키며 지시한다.

"야! 저기 가서 칠성판에 누워."

후둘후둘 떨면서 침대 위로 올라간다. 사내가 내 허리에 벨트를 채운 다음 전기 스위치를 올린다. 찌르르 하는 전류가 내 몸을 관통하더니 격렬한 통증이 찾아 왔다. 나도 모르게 발악한다.

"차라리 죽여라! 죽여! 이 백정놈아!"

"어쭈? 이게 어디서…… 오냐, 어디 한 번 칠성판 위에서 지랄 발광을 해 보거라."

온몸이 찢어질 것처럼 뒤틀리던 나는 어느 순간 혼절해 버렸다. 그리고 눈을 떴을 때 수사관이 뱀 같은 눈으로 날 내려다보고 있다. 난 소스라치게 놀라며 진저리쳤다.

"여기가 어디요?"

"어디긴 어디야, 경찰서 취조실이지."

"내가 왜 여기 있는 거요? 난 잘못한 게 없는데……."

"이 자식이 전기고문 한 방에 얼이 빠져 버렸군. 정신 차려, 임마! 넌 방금 지옥문까지 다녀왔지만 여긴 안전해. 너, 이 전기 침대에 빵빵하게 흐르는 전류가 몇 볼트인 줄 알아? 세게 틀면 넌 즉사야, 이 새끼야!"

"제발…… 다신 지옥에 보내지 말아 주세요. 부탁입니다!"

"알았으니까 불어."

"무얼 불란 말입니까?"

"남로당 제주도당부의 모든 것. 조직과 당원과 아지트까지…… 너, 심홍련이 알지? 애인이지? 그 년이 남로당 연락책인 걸 알고 있어. 네 놈이 끝까지 버티면 그 년을 잡아다가 발가벗겨서 전기 침대에 눕히고 말겠어. 그 년의 나체를 감상하고 싶네. 젖통은 얼마나 큰지, 계곡에 물은 잘 흐를까……."

야비한 놈이다. 세상에서 가장 소중한 내 여자를 능욕하겠다니, 참을 수 없다.
"안 돼! 홍련인 안 돼……."
그제서야 난 백기를 들었다. 원하는 게 뭐냐면서 사내에게 협상을 제의했던 것이다.
"이제야 말이 통하는군. 뺨 맞고 씹 주면 억울하지 않아?"
"경찰청장님을 만나게 해 주십시오."
"뭐?"
"청장님께 모든 걸 자백하겠습니다."
"청장님은 서울 출장 중이시니까 나한테 얘기해."
나는 망설였다. 이 자와 거래해도 좋은 건지 판단이 서지 않았다. 수사관이 재촉한다.
"시간 끌지 말고 신속히 끝내자. 그게 피차에 이로울 테니까."
"좋습니다. 그럼 서면으로 약속해 주십시오."
"뭘 약속해?"
"첫째, 저의 신변 안전을 보장해 줄 것. 둘째, 심홍련에게는 일체 피해가 돌아가지 않도록 할 것. 셋째, 저의 호구지책, 그러니까 생계 문제를 해결해 줄 것. 이상입니다."
"알았어. 윗선에 보고해서 최대한 수용하도록 하지."

그는 서류 두 장을 내밀었다.

"이건 전향서야. 내용을 잘 읽어보고 서명해. 이건 자술서야. 네가 알고 있는 모든 것을 한 치의 거짓 없이 자세히 써내."

전향서는 과거 남로당의 루트 책임자로 활동한 전비를 뉘우치고 공산주의자에서 자유민주투사로 전향한다는 내용을 담고 있다. 나는 자술서에 남로당 제주도당부와 각 읍·면 위원회의 조직 계보, 주요 인사, 아지트 등을 상세히 적었다. 이 자술서가 남로당을 궤멸하는 데 결정적으로 기여하리란 걸 난 잘 알고 있다. 그러나 어쩔 것인가. 주사위는 이미 던져졌는데.

지금 석방돼 나가면 당에서 날 의심할 것은 불을 보듯 뻔한 일. 그래서 정식 재판이 열릴 때까지 구치소에서 몇 달 썩다가 벌금형으로 풀려나게 해 주겠다고 수사관이 제의했다. 말하자면 당의 보복을 피하기 위한 꼼수였다. 다음 날 아침, 나는 경찰서 유치장에서 구치소로 이송됐다.

보름 후, 비트(비밀아지트)를 급습한 경찰 체포조가 숨어 있던 덕구와 달삼이를 검거했다. 덕구와 달삼이가 수갑을 차고 취조실로 끌려온 건 정오가 가까운 무렵이었다.

책상에 앉아 있던 수사관에게 두 사람을 인도한 형사가 사라지자, 수사관은 손짓으로 방바닥을 가리켰다.

"거기 꿇어 앉아!"

둘은 순순히 꿇었다. 서류를 검토하던 수사관이 버럭 소리를 질렀다.

"이 쌍노무 새끼들! 악질에다 골수 빨갱이들이로구만! 이덕구, 남로당 선전부장. 김달삼, 남로당 조직부장. 남로당의 핵심 간부가 검거됐어. 월척을 낚았네. 이봐, 남로당 제주도당부와 읍·면 조직 계보가 우리 경찰의 수중에 넘어왔다는 걸 아나?"

이 정도에 기가 죽을 김달삼이 아니다. 대들 듯이 묻는다.

"밀고자가 누구요?"

"밀고자…… 그건 알 필요 없고. 이제 남로당, 간판 내려야겠다. 빨갱이 본거지가 풍비박산이 될 거란 말이다, 이 새끼들아!"

이번에는 덕구가 나섰다. 그 역시 의연한 모습이다.

"우리 말고 또 체포된 사람이 있나요?"

"있지, 많지, 헌데 남로당 괴수들…… 안세훈 위원장, 조몽구 부위원장 등 주모자들이 아직 잡히지 않았어. 너희들이 비밀 아지트를 알려주면 곧 검거될 거야."

달삼이가 느물거리며 딴지를 걸었다.

"우린 죄가 없소, 불시에 체포된 이유를 모르겠소이다."

"얼씨구? 이 자식이…… 죄가 있는지, 없는지는 내가 정해. 살점이 톡톡 튀는 전기고문을 받으면 바른 말 술술 나오게 돼 있어. 기계가 이기는지, 사람이 이기는지 어디 한번 겨뤄보자."

덕구가 또 나선다.

"우릴 재판에 회부해 주시오."

"재판? 지금은 미군정이 통치하는 비상시국이야, 재판은 무슨 얼어 죽을 놈의 재판!"

달삼이가 눈을 부릅뜨고 수사관을 노려보며 말한다.

"고문으로 한낱 고깃덩이에 불과한 육체를 파괴해도 치열한 정신은 결코 파괴할 수 없을 거요. 나를 죽이지 못하는 고통은 날 더욱 강하게 만들 뿐이오."

수사관은 달삼의 이 발언이 니체가 한 말이란 걸 몰랐다. 니체는 어떤 수단과 방법으로도 바꿀 수 없는 몰이성적이고 반이성적인 영역이 존재하며, 오히려 이 영역이 인간의 삶에 더욱 본질적 중요성을 갖는다고 생각했다. 그러니까 고문의 수단과 방법으로도 인간의 초월적 의지를 바꿀 수 없는 것이다. 말하자면 김달삼은 니체적 사고방식의 신봉자이므로 결코 악랄한 고문을 두려워하지 않았다.

"햐, 이놈 보게. 먹물 좀 먹었다고 개똥 같은 소리 하고 자빠졌네. 이 새꺄, 그 따위 헛소리는 칠성판에 올라가서

질러 봐! 너! 너부터 저 침대로 기어 올라가."

달삼이가 머뭇거리자 수사관이 몽둥이를 집어든다.

"너, 몽둥이 찜질 맛부터 볼래?"

달삼이 침대로 올라간다. 이때 전화벨 소리가 자지러지게 울린다. 수사관이 왼손으로 전화기를 든다.

"곽 수사관입니다. 뭐라구요? 석방! 아니, 이런 경우가 어딨습니까? 우리가 이놈들을 검거하기 위해서 얼마나 피똥 싸게 고생했는데요. ……알겠습니다. 네, 네. 알겠습니다."

수사관이 신경질적으로 전화기를 놓고 몽둥이를 던진다.

"이런 씨팔!…… 야, 이 새끼들, 억세게 재수 좋은 놈들이네. 너희들, 나가."

두 사람은 어안이 벙벙하다. 이 자가 갑자기 돌았나? 수사관의 눈에서 번쩍 불이 튀었다.

"나가라고, 이 새끼들아!"

달삼이가 침대에서 내려오며 묻는다.

"석방이란 말이오?"

"그래, 석방…… 아쉽지만 상부의 지시라니까 어쩔 수가 없네."

"상부의 지시라면……?"

"미 군정청 포고령이 하달됐는데, 검거된 정치범들을 전원 석방하라는 거야. 5·10 선거를 앞두고 좌익 진영을 회유하고 환심을 사보려는 수작이지. 양키들은 이렇게 조선의 현실을 모른다니까. 빨갱이들을 풀어주면 암세포처럼 번져나가 조선을 집어삼킬지도 모르는데……."

"그럼 우린 나가겠소."

달삼이가 나가려 하자 수사관이 손으로 가로막는다.

"이봐, 잘 기억해 둬. 다신 날 만나지 않는 게 좋을 거야. 만일 다음에 또 만나면 너희들은 이거니까. 끄윽-."

수사관이 손으로 목을 긋는 시늉을 해 보인다.

4
1947년 6월

구치소에 수감된 지 3개월 만에 3천 원의 벌금형을 선고받고 풀려났다. 석방되자마자 집에도 들르지 않고 홍련을 찾아 나섰다. 감방에 있을 때 단 한 순간도 잊을 수 없었던 그녀다. 보고 싶었고 살 냄새가 그리웠다.

그런데 신촌리 그녀의 집에는 노모만 있고 노모도 그녀의 행방을 알지 못했다. 조천면 당부는 경찰에 의해 철저히 파괴됐고 주요 간부들은 잠적 중이었다. 몇 사람 세포의 도움으로 겨우 그녀를 만났지만 의외로 냉담했다. 내가 애인이 수감됐는데 면회 한 번 안 오는 법이 어딨냐고 너스레를 떨자 싸늘하게 대꾸한다.

"애인이라고 하지 말아요. 난 그런 애인 둔 적 없으니까……."

나는 속으로 찔끔했지만 침착하게 대응했다.

"그런 애인이라니…… 무슨 뜻이야?"

홍련이 날 빤히 쳐다보다가 어이없다는 투로 말한다.

"그걸 몰라서 물어요? 호진 씨가 잘 알고 있을 텐데."

"뭘 알고 있다는 거야! 구체적으로 얘기해 봐."

"다 알고 있어요. 호진 씨가 밀고했다는 걸."

나는 강하게 도리질하며 부정했다.

"밀고라니? 무언가 오해가 있었구나, 난 밀고하지 않았어."

그러면서 홍련의 손을 잡았지만 그녀는 거칠게 뿌리친다.

"배신자와는 말을 섞고 싶지 않아요. 앞으론 만나지 않겠어요."

그리고는 확인 도장을 찍듯이 말을 꾹 눌렀다.

"우리 사인 오늘로 끝났어요. 끝장이라고요."

말을 마친 그녀가 뒤도 돌아보지 않고 휭 하니 바람처럼 사라져 갔다. 멀어져 가는 그녀를 바라보면서 정말 그녀에게 하고 싶었던 말을 떠올렸다. 그것은 감방에서 마음 속으로 쭉 해 오던 생각이었다.

해방이 되자 나는 건국준비위원회 산하 건국청년동맹의 맹원으로서 조천면 신촌리에서 활약했다. 그러다가 얼마 후에 건준이 인민위원회가 되고 건청은 인민위원회 산하 청년동맹으로 개편되어 거기에서 활동했다.

1945년 12월경 친구 덕구가 조천면 공산청년동맹 위원장을 맡게 되자 공청 맹원으로 가입했다. 1946년 11월에는 조선공산당이 남조선노동당으로 개편되어 자연스레 남로당원이 됐다. 1947년 1월 남로당 제주도당부에 소환되어 세포지도원으로서 몇 군데 세포를 지도했고, 1947년 2월부터 제주도당부 조직부장인 김달삼과 동거하면서 루트 책임자, 곧 연락책임자로 활동하다가 3·1 사건 직후 경찰에 피검됐다.

해방 이후 나는 덕구, 달삼이와 어울리면서 '공산당선언'이나 '자본론' 등을 읽었지만 스스로를 공산주의자라고 생각해 본 적은 없었다. 나는 다만 이 땅에 자주독립국가가 세워지는 걸 바랐는데 덕구나 달삼이의 생각은 그게 아니었다. 미제와 우익 진영을 까부수고 공산주의 정권을 수립하는 게 그들의 궁극적인 목표였다.

저들이 말하는 프롤레타리아 혁명은 모든 자본주의적 관계를 타도하고 사회주의적인 관계를 수립하는 사회혁명인데, 그것은 프롤레타리아 독재를 위한 수단에 불과하고 그 독재는 공산당 간부들의 전유물이지 인민의 것은 아니다.

따라서 혁명에 성공한다 해도 우리는 여전히 피압박민으로 남을 것이다. 그렇다면 왜 우리가 저들의 선전선동에 놀아나서 선량하고 순박한 내 고향 사람들, 이 섬 무지렁이들을 배반해야 하는가.

나는 홍련이를 만나면 이 말을 꼭 하고 싶었다. "미망에서 벗어나라고, 벗어나야 한다고." 그러나 그녀는 내 말을 듣지도 않은 채 떠나가 버렸다.

그로부터 꼭 일주일 후. 밤중에 자고 있는데 세 사람의 침입자가 나를 깨웠다. 그 중 하나가 검정 고무신을 신은 발로 내 목을 누르고 둘은 내 몸을 결박해서 비트로 끌고 갔다. 지하 감방 같은 어두운 방에서 나는 죽지 않을 정도로 구타를 당했다. 눈, 코, 입…… 구멍이란 곳에서는 모두 피가 쏟아졌다. 정신을 잃고 쓰러진 지 한참 지났을 거다. 누군가 발로 내 몸을 툭툭 차고 있었다.

"일어나! 일어나, 이 반동 새끼야!"

달삼이었다. 난 힘들게 끙끙대며 일어났다.

"어…… 달삼이…… 덕구도 왔네."

"동지를 배신한 밀고자! 맛이 어때? 더러운 피, 많이도 흘렸군."

"달삼이, 덕구…… 너희들이 뭔가 오해하고 있는 모양인데. 난 아니야, 밀고자가 아니라고!"

덕구는 말이 없다. 달삼이가 눈알을 부라렸다.

"이 반동분자가 끝까지 오리발 내밀고 있네. 경찰에 있는 우리 프락치가 제보해 줬어, 이 새꺄! 네 놈이 쓴 전향서와 자술서 사본을 우리가 갖고 있는데도 아니라고 잡아뗄 거야!"

사본을 갖고 있다는 말에 난 기가 죽었다.

"하지만 나도…… 감옥에 있다가 벌금형을 받고 석방된 걸 너희들도 알잖아?"

"그건 우릴 속이려는 꼼수지. 금방 나오면 신변상 위험이 있으니까 벌금형을 때려달라고 네가 자청했잖아? 틀려?"

나는 대답할 말을 잃어 버렸다. 덕구가 처음으로 입을 열었다.

"당 징계위원회에서 널 제명하고 축출하기로 했어."

"출당으로 마무리 되는 게 아니지, 너 같은 해당 행위자는 살려둘 수 없어."

달삼이가 품에서 단도를 꺼낸다. 평소에도 달삼이는 예리한 단도를 안주머니에 넣고 다녔다. 나는 화들짝 놀라 무릎을 꿇고 두 손을 삭삭 비볐다.

"달삼아, 용서해 줘! 내가 죽을 죄를 졌어. 살려만 주면 목숨 바쳐 당을 위해 충성할 것을 맹세하겠네!"

"천만에! 한 번 배신한 자는 또 배신하게 돼 있어. 날 원망하지 마, 당과 인민의 이름으로 처단하는 거니까……."

"덕구야! 살려줘! 제발, 날 살려줘! 우린 친구잖아. 언젠가 네가 말했지? 우린 불알친구라고…… 덕구야!"

덕구가 단도를 치켜든 달삼의 팔을 붙든다.

"왜 이래? 변절자를 살려둘 거야?"

"한 번만, 마지막으로 딱 한 번만 기회를 주자."

"어째서 이런 놈을 용서해 주려는 거야? 후환을 없애야 하는데."

"친구니까, 우린 불알친구니까……."

"나중에 문제가 생기면 자네가 책임을 질 텐가?"

"그래, 내가 책임지지."

그제서야 달삼이 단도를 집어넣는다. 나는 덕구를 향해 연신 머리를 조아렸다.

"고마워, 덕구야. 생명을 구해준 이 은혜, 잊지 않을게, 절대로……."

크악-, 달삼이가 가래침을 바닥에 뱉고 나간다. 덕구도 따라 나선다. 나는 엉망진창이 된 몰골을 유리창에 비쳐본다. 휴-, 살았구나. 안도의 한숨이 나도 모르게 새어 나왔다.

5
1947년 7월

덕구의 구명으로 살아난 나는 신촌리 교양책임자로 조용히 활동하고 있으라는 명령을 받았다. 아랫마을에 사는 홍련이를 만나려고 여러 번 시도해 봤지만 끝내 만날 수 없었다. 그녀의 노모는 시종 모르쇠로 일관했다.

그녀보다 세 살 아래인 여동생 홍란이는 조천중학원 학생으로 덕구의 제자였다. 단발머리에 예쁘장하게 생긴 새침데기인 줄만 알았는데 어느새 처녀티가 물씬 풍겼다.

홍란이는 나에게 반감을 드러내지는 않았지만 언니의 행방에 대해서는 함구했다. 온갖 감언이설로 홍란이를 꼬드겨서 언니가 세포로 활동하는 비트를 알아내 그녀와 다시 만났다. 마침 그녀 혼자서 무슨 문건을 작성하고 있는 중이었다.

오랜 침묵을 깨고 내가 먼저 입을 열었다.

"미안해, 어쩔 수 없었어. 널 구하기 위해서……."

"날 구하기 위해서라니?…… 변명하지 말아요."

"변명이 아니야. 날 고문하던 수사관이 말했어, 널 체포해서 전기침대에 눕히겠다고…… 그래서 부득이 수사에 협조하게 된 거야."

"협조? 배신이 아니고? 뻔뻔하군요."

"그런 식으로 말하지 마. 순수한 내 사랑을 모독하지 말란 말이야!"

"사랑? 그게 당보다, 동지보다, 인민보다 더 중요한가요?"

"그래, 내겐 사랑이 당보다, 동지보다, 인민보다 더 중요해."

"철저히 부르주아 사상에 물들었군요, 당신은."

"사랑은 사상과는 아무런 관련이 없어. 하지만 사랑이 없다면 사상도 다 쓰레기야!"

나는 달려들어 홍련에게 입을 맞췄다. 그녀의 오른손이 내 뺨을 세차게 갈겼다. 분노한 나는 멧돼지처럼 돌진하여 그녀를 덮쳤다.

"미쳤어? 누가 오면 어쩌려고……!"

저항하는 그녀의 손을 뿌리치며 거칠게 옷을 벗겼다. 나는 우악스레 그녀의 몸을 파고들었다. 격정이 지나가고 욕정의 재만 남았다.

"이게 마지막이에요. 이별의 선물이라고 생각해. 다시 한 번 더 이 짓을 하려고 했다간 내 손에 죽을 줄 알아."

그녀는 냉혹하게 말하고 방을 나갔다. 집으로 돌아오면서 나는 모든 게 끝났다는 걸 깨달았다. 더 이상 홍련이를 만날 수 없다. 한때 그녀는 나의 모든 것이었으나 이제는 아무것도 아니다. 그녀는 완전히 나를 떠났고 지금은 무심한 타인일 뿐이다.

갑자기 알 수 없는 고독감이 밀려왔다. 우주의 미아가 된 기분이었다. 내 살점 하나가 떨어져 나간 것처럼 아프고 미어지고 저려왔다. 증오와 원한, 저주의 감정보다는 그저 맥 빠지고 허탈했다. 건들기만 하면 금방 바스러져 버릴 지푸라기처럼 무기력해져서 어떻게 집으로 왔는지 알지 못할 정도였다.

며칠 동안 병자처럼 방 안에 틀어박힌 채 끙끙대다가 햇볕이 좋은 날, 나는 바닷가를 산책했다. 갈매기들이 해변의 바위 위에 떼 지어 앉아 있었다. 언제나 변함없는 파도가 밀려왔다 밀려간다. 한때는 우리의 사랑도 저 파도처럼 영원할 거라고 생각했지. 영원은 없어, 구원이 없는 것처럼.

그러고 보니 난 조직으로부터 버림당했고 애인으로부터도 실연당했다. 이제 더 이상 갈 곳이 없다. 이대로 주저앉을 수는 없어. 여기서 무너져 버릴 수는 없지. 무언가 돌파구를 찾아야 해. 그때 번개처럼 떠오른 생각, 일본 밀항이다. 해방 전, 일제의 잔혹한 수탈과 악랄한 유린을 피해 얼마나 많은 제주 사람들이 일본으로 떠났는가.

3·1 사건과 뒤이은 총파업으로 상당수 제주도민은 피검되거나 쫓기는 신세가 됐다. 물 막은 섬에서 쫓기는 자의 도피처로 떠오른 곳이 일본이었다. 일제 강점기에 먹고 살기 위해 일본으로 건너갔던 제주 사람들은 광복 이후 부푼 꿈을 안고 귀향했으나 3·1 사건으로 시국이 뒤숭숭하고 생활이 불안해지자 다시 일본으로 돌아가 오사카를 중심으로 모여 살았다.

대판시 생야구(大阪市 生野區) 일대에 제주촌(濟州村)이 형성됐다. 거리에는 한글 간판이 즐비하고 시장에 가면 제주 사투리로 왁자지껄했으니 상인들 대부분이 제주 사람들이었기 때문이다. 제주 사람들은 처음에 노점상을 하거나 일본 사람들이 운영하는 가내 수공업의 공원으로 들어가 일했으나 특유의 근면·성실로 돈을 모아 차츰 이쿠노쿠 시장의 상권을 장악하기 시작했다.

친척이나 고향 사람이 일본에서 성공했다는 소식이 전

해지자 감시의 눈을 피해 조그만 밀항선을 타고 섬을 떠나는 사람들이 끊이지 않았다.

그래, 가자. 아무도 모르는 낯선 타국으로 가서 내 운명을 새롭게 개척해 보자. 집으로 돌아온 나는 곧 가족회의(가족이라고 해야 형은 출타 중이고 부모님과 누이뿐이지만)를 소집했다. 밀항 계획은 은밀히 추진해야 했다. 당에서 이 사실을 알면 난 즉각 숙청될 것이다. 배신의 전력이 있는 나에게 숙청은 곧 죽음이리라.

동네 사람들 몰래 집을 반값으로 팔아 치우고 제주읍내 변두리에 단칸방을 마련했다. 그리고 야반도주하듯이 이사는 밤을 이용했다. 옷가지 등 생활에 꼭 필요한 것들만 챙기고 허드레 물건들은 그냥 놔뒀다. 사람들 눈을 속이기 위해 부모님과 누이만 보내고 난 당분간 신촌집에 머물면서 밀항을 알선하는 중개업자와 접촉할 계획이었다. 중개업자는 내 친구의 친척뻘 되는 사람이어서 믿을 만했다.

사흘 뒤, 조천포구에서 배를 타기로 했고 운임은 반을 선금으로 내고 반은 일본에 도착한 후 지불하기로 하는 계약이 성사됐다. 중개업자를 만나고 돌아와서 내 머리 속은 온통 일본과 관련된 일로 가득 찼다. 가서 누구와 만나고 어떤 일부터 시작할 것인가. 몇 년 동안 고생하면 한 밑천 잡을 수 있겠지. 그 다음은……?

드디어 출발의 날이 왔다. 나는 륙색에 최대한 많은 걸 집어넣고 조천포구로 향했다. 어둠에 싸인 포구 근처 선술집에 들어서니 중개업자와 밀항객들로 보이는 몇 사람이 의자에 앉아 있다가 나를 보더니 일제히 일어섰다. 아마 다들 날 기다린 모양이다. 일행은 중개업자의 인솔로 포구로 갔다. 일행이 작은 발동선에 올라타니 중개업자는 말없이 어둠 속으로 사라져 갔다.

중개업자가 사라진 후에도 배가 출항하지 않으니까 누군가 선장에게 따지듯 물었다.

"왜 출발하지 않는 거요?"

"기다리쇼. 탈 사람들이 곧 올 거요."

선장의 퉁명스런 대답이 있고 한참을 기다리자 두런거리는 소리와 함께 네 사람이 선실로 들어 왔다. 그 중에 중절모를 눌러쓴 한 사내가 물끄러미 나를 쳐다보더니

"너, 호진이 아니야?"

하면서 모자를 벗었다. 하마터면 외마디 비명을 지를 뻔했다. 그 사내는 바로 덕구의 형, 자구, 이자구가 아닌가! 나중에 알았지만 이자구는 한라산 유격대가 사용할 무기와 물자를 조달하기 위해 일본으로 가는 모플(조달) 책임자였다. 나는 그 자리에서 즉시 연행되어 끌려갔다. 운명이란 이처럼 야속하고 가혹한 것이다.

6
1947년 8월

조천면 선흘리는 해안가 마을인 신촌리에서 남쪽으로 20km 정도 떨어진 중산간 마을이다. 3·1 사건 이후 좌익에 대한 검거 선풍이 일자 남로당 도당부를 이곳으로 옮겼다. 선흘리는 한라산과 가까워 유사시 도주하기가 용이할 뿐 아니라, 지서가 멀리 떨어져 있고 주민 대다수가 남로당원으로 가입하고 있어 활동하기도 수월한 마을이어서 일찍부터 지도부가 점찍어 두었던 곳이다.

밀항선을 탔다가 도당부에 연행된 나는 아침 8시부터 오후 4시까지 장장 8시간 동안 심문을 받았다. 처음 본 사람인데 꼭 소도둑같이 생긴 놈이 날 어르고 달래다가 내가 끝까지 당을 배반할 생각이 없었다고 우기자, 뚫어지게 바라보던 그가 입을 열었다.

"동무, 동무의 결정적인 과오가 무엇인지 알겠소?"

"……"

"동무의 과오는 조직과 동지들을 팔아넘기거나 버린 게 아니오."

"……?"

"동무는 이제 혁명투사가 아니오. 혁명에 대한 뜨거운 열정과 헌신을 잃어버린 게 동무의 최대 과오라오."

뭐라고? 이 자가 뭔 헛소리를 하는 거야. 난 뜨악한 눈으로 그를 쳐다봤다. 그는 내가 죽음을 면한 두 가지 이유를 설명했다. 하나는 내가 체포되어 곽 수사관에게 인계되기 전, 석방돼 나가는 낯이 익은 남로당원에게 귓속말로 "내가 고문에 못 이겨서 자백할지도 모르니까 빨리 아지트를 옮기라 하시오."라고 말해 준 것이고 또 하나는 이덕구의 구명 운동이다. 덕구가 이번에도 날 살린 것이다.

"동무는 오늘 부로 선전선동부에 배속되었소. 그러나 먼저 자기과오를 뉘우치고 자아비판을 하시오."

나는 무조건 잘못했고 죽을 죄를 졌다, 다시는 여사한 행위를 반복하지 않겠다, 당과 인민에게 충성할 것을 맹세한다고 고래고래 소리를 질렀다.

그리하여 나는 그 자의 손아귀에서 놓여나 덕구가 책임자로 있는 선전선동부로 향했다. 선전선동부에서 내가 할 일은 남로당 3·1 사건 투쟁위원회의 기관지 「혈화(血火)」를 발행하는 일이었다. 편집된 원고를 가리방(철필)으로 긁어 등사하는 임무였다.

며칠 후, 내가 열심히 등사판을 미는데 덕구와 달삼이가 나란히 등사실에 들어섰다. 덕구가 말한다.

"쉬엄쉬엄 하지."

"아냐. 오늘 중에 읍·면 세포들에게 전달해야 하니까 쉴 틈이 없어."

내가 대답하자 달삼이 날 째려본다.

"저 새끼, 또 사고쳤다면서?"

"으응, 일본 가는 밀항선에 탔다가 당 모플 책임자에게 걸렸지."

"거 봐, 내가 뭐랬어. 저 새낀 내 밑에 있었으면 벌써 숙청감이야. 자네 너무 온정주의에 빠지는 거 아냐? 저런 놈을 싸고돌다니."

"자아비판을 했고 근신하고 있으니 좀 더 두고 보자고."

나는 맘속으로 '덕구야, 고마워'를 몇 번이나 곱씹고 있었다. 두 사람이 나가고 내가 잠시 쉬고 있을 때 덕구가 돌아왔다.

"덕구야, 고마워……."

"뭐가?"

"이거 저거 다……. 생각해 보면 해방 이후 내가 좌익 진영에 가담해 활동하면서 여기까지 온 건 다 자네의 도움이었어."

"자네가 날 도왔지."

"아냐. 내가 남로당 제주도당부 조직지도원이 된 건 자네의 추천이었다는 걸 알아. 내 깜냥으론 어림도 없는 일이었지. 그러고 보니 친구 따라 강남 간다는 말이 맞았어."

"이 사람아, 우린 영원한 불알친구야."

"그래, 불알친구지. 하하하……."

정말 오랜만에 웃어 보았다. 덕구도 미소를 짓다가 내 손을 잡는다.

"여보게, 자넨 남로당의 전위가 될 사람이야. 우리 조국은 일제의 마수로부터 벗어났지만 아직 완전히 해방된 게 아니라네. 미제로부터 해방될 때까지 싸워야지. 자넨 조국의 부름을 받은 해방전사라네! 그 이름에 걸맞는 혁혁한 전공을 세워 주리라 믿네."

"내가 해방전사라고……?"

"아암, 물론이지. 그래서 말인데……."

덕구의 설명은 이랬다. 제주도내 정세는 3·1 사건,

3·10 파업투쟁 등으로 경찰의 사찰이 강화되고 우익세력이 점차 커지면서 대공활동이 증강됨에 따라 남로당 조직이 위축되고 당의 핵심 간부가 노출됐으며 읍·면 지역당이 해체될 누란의 위기에 봉착했다.

당의 당면과제는 내년에 있을 5·10 선거 반대 투쟁인데 현재의 상황은 내년은 고사하고 당장 명맥을 유지하는 게 급선무다. 그리하여 당 지도부는 우선 당의 투쟁역량을 배가하기 위한 첫번째 조치로 한라산에서 유격대를 양성하기로 결정했다.

5개월 전부터 유격대 훈련을 계속하고 있는데 대원 수는 약 100명이다. 도내 경찰은 육지에서 내려온 응원경찰대 2,500명, 기존 경찰 500명 등 3천 명이므로 이에 대응하기 위해서는 유격대를 확충할 필요가 있다. 그래서 도내 중산간 마을 중에서 남로당원이 80% 이상인 민주마을의 청년들을 대상으로 한라산 입산을 권유하려고 한다.

민주마을 제1호가 선흘리다. 선흘리 청년들은 입산에 호의적이나 마을의 원로들은 극력 반대하고 있다. 호진이, 네가 마을에 침투하여 세포들과 긴밀히 연락하면서 입산 찬성 쪽으로 마을의 여론을 조성해줘야겠다. 당장 내일부터 「혈화」 발행하는 일을 그만 두고 새 임무를 수행하라는 거였다. 말은 부드럽게 했지만 이건 명령이나 다름 없었다.

"유격대 일은 전혀 몰랐는데…… 달삼이와 이자구 동무가 자꾸 없어지길래 이거 무슨 일인가 했었지."

"워낙 극비로 추진되는 일이니까 지도부 몇몇밖에는 몰라."

"아무튼 내게 맡겨진 일이니 최선을 다해서 성공하도록 힘써 보겠네."

"수고하게. 당이 자네에 대한 오해와 염려를 불식시키는 계기가 됐으면 좋겠네."

"알았네. 내 온몸을 던져서라도 이번 일만큼은 꼭 성사시키고야 말겠네."

나는 옹골찬 결의를 증명해 보이기라도 하듯 주먹을 불끈 쥐었다.

7
1947년 10월

 선흘리 상동과 하동이 만나는 마을 중심부에 백 년 묵은 우람한 팽나무가 있고, 여기는 일종의 광장으로 주요 사안이 있을 때마다 마을 회의가 열렸다. 미리 정보를 입수한 나는 사람들 틈에 섞여서 사태의 추이를 예의 관찰하고 있었다.

 마을 청년들이 하나 둘씩 팽나무 주위로 모여 들었다. 선흘리 민애청(민전 산하 '민주애국청년동맹'의 약칭) 책임자인 최상진이 좌대 위에 올라서자 웅성대던 무리들이 잠잠해진다.

 "동지 여러분이 잘 아시다시피 2년 전인 45년 8월 15일, 우리는 조국 광복의 감격적인 순간을 맛보았습니다. 그러나 일제로부터 해방이 됐건만 이번에는 미제라는 다른 외세가 쳐들어 왔던 것입니다. 그리고 그 외세는 일제 때의 사회조직을 그대로 이어받아 이 땅을 다스리고 있습니다. 2년 전, 파우웰 대령이 지휘하는 미군 1개 연대가 이 섬에 처음 상륙했을 때, 파우웰은 기자회견을 통해 미군정이 실시됨과 아울러 식민지 경찰의 미군정 경찰화를 선포했습니다. 알기 쉽게 말하면 휴전선 이남을 점령한 미군이 이 땅을 통치하겠다는 것이고, 일제시대 경찰관들이 해방된 이 나라에서도 계속 경찰관 노릇을 해 먹게 하겠다는 겁니다. 이것만 봐도 이 나라는 아직 해방된 게 아닙니다. 독립된 게 아닙니다. 따라서 우리 젊은 애국 청년들이 신명을 바쳐서 이룩해야 될 일은 진정한 자주독립국가로서의 조국을 되찾는 일입니다. 제2의 해방을 맞이하기 위하여 총궐기합시다!"

사자후를 토하는 듯한 상진의 연설에 청년들은 박수를 치며 옳소! 옳소! 를 연호했다. 한 청년이 동조 발언을 한다.

"안 되지, 안 되고 말고. 어떤 이유에서건 이제 더 이상 남의 종살이를 할 순 없어. 내 나라요, 우리 땅인데……죽이 되건 밥이 되건 우리끼리, 우리 힘으로 나라를 세워 나가야지. 날아온 돌이 박힌 돌 보고 이래라 저래라 하는 건 참을 수 없는 일이야."

또 다른 청년이 대꾸했다.

"옳거니, 지금 연설하는 상진이가 쟁쟁한 와세다대학 출신이야. 많이 배운 사람이 잘 알 테지, 우리 같은 촌 무지렁이가 뭘 알아?"

상진의 연설이 이어지고 있었다.

"완전한 독립과 해방을 쟁취하기 위해선 '미제 물건 안 쓰기'와 같은 소시민적이고 소극적인 운동으로는 안 되고 외세를 이 땅에서 영구히 몰아내기 위한 보다 조직적이고 적극적인 투쟁, 곧 무장항쟁을 전개해야 할 시점에 이르렀습니다. 외세가 강점한 이 사회가 개선될 수 있다고 주장하는 보수 반동들의 궤변을 우리는 과감히 거부해야 합니다. 온갖 모순으로 점철된 현재의 이 사회는 거대한 변혁으로 붕괴되어야 하며, 완전히 새로운 사회로 탈바꿈해야 합니다. 그것은 오로지 혁명이라는 수단을 통해서만 가능합니다. 현 단계에서 혁명 이외에 다른 대안이 있다고 생각하는 사람은 서슴없이 말해 보십시오!"

"……."

아무도 대답하지 않았다. 대안을 가지고 있는 자가 있다면 이 자리에 있지도 않았을 거다. 상진이 다시 입에 게거품을 물었다.

"여러분은 금년 봄에 있었던 3·1 사건을 기억하십니까? 기마경찰이 가엾은 어린애를 말발굽으로 밟아 죽이고 무고한 시위 군중에게 무차별 발포하여 10여 명이 그 자리에서 숨졌습니다. 이 사건 이후, 미군정과 그 하수인인 경찰은 도민들에게 사과하기는 커녕 육지에서 2,500명의 서북청년단과 응원경찰대를 불러들여 민족주의자와 양민들을 체포·구금·고문하는 야수와 같은 탄압과 패륜적 만행을 저질러 왔던 것입니다. 그리하여 이 섬 전체가 치 떨리는 감옥으로 화하고 아비규환의 생지옥으로 변하고 말았습니다. 우리 마을 청년들도 저 간악한 살인마들의 고문으로 인하여 무참히 생명을 빼앗긴 가슴 아픈 사연을 어찌 우리 잊을 수 있단 말입니까, 여러분!……"

열렬한 박수가 터져 나왔고 여기저기서 울분에 찬 목소리가 들려 왔다.

"서북청년단과 응원경찰대들? 그들이 하는 일이 뭐야! 그들의 총구는 닭과 개와 도야지를 향해 불을 뿜고 군화를 신은 채 아무 집에나 들어가서 밥을 뺏어먹고 얼굴이 반반하면 처녀건 유부녀건 마구 끌어다 욕을 보였지."

"놈들은 젊은이만 보이면 불문곡직 빨갱이라고 하며 잡아다 족치고 죽였어. 그리고 아무도 몰래 한밤중에 시체에 돌을 매달아 깊은 바다 속에 던져 버렸지."

상진의 연설은 점점 절정으로 치닫고 있었다.

"여러분의 심장은 지금 뛰고 있습니까? 혈관 속엔 따뜻한 피가 흐르고 있습니까? 고동치는 가슴, 뜨거운 혈맥이 있다면 두 주먹을 불끈 쥐고 일어서야 합니다. 적들의 총칼을 향하여 우리의 몸뚱아리를 디밀어야 합니다. 행방불명으로 처리돼 제삿밥조차 얻어먹지 못하는 수많은 억울한 원혼들을 위해 살아남은 자들이 해야 될 일은 과연 무엇입니까?"

군중 속에서 한숨과 신음이 함께 터져 나왔다.

"싸워야지. 앉아서 죽느니 차라리 일어서서 싸우다 죽어야지."

"강아지들도 그들을 보면 꼬리를 말고 도망치는데⋯⋯ 우리가 뭣으로 놈들과 싸워. 맨주먹으로?"

"무기에는 무기로 맞서야지. 손에 죽창이라도 들고 싸우자고."

"놈들은 토끼몰이 식으로 이 섬의 청년들을 한라산으로 내몰고 있어. 수평선으로 갇혀 있는 섬에서 우린 어디로 피신해야 하나?"

"모든 게 분명해졌군. 우린 산으로 들어가야 해."

"어르신네가 입산 금지령을 내린 걸 모르나? 입산하는 자는 마을에서 추방하겠다는 거야."

"자넨 추방이 죽음보다 더 두려운가?"

"여보게들, 우리 이럴 게 아니라 어르신네와 장로들을 이곳으로 모셔 와서 담판을 짓는 게 어떨까? 이왕지사 이리 된 거 아예 속 시원히 결정을 내리자고."

이때 어르신의 둘째 아들 손영택이 나섰다. 마침 장로들이 자기 집에 와 있다는 거다. 사람들이 영택의 등을 떠밀었고, 영택이 자리를 뜨자 상진이 품에서 두루마리를 꺼낸다.

"들리는 바에 의하면 유격대 본부가 샛별오름 너머 민오름으로 옮겨졌다고 하는데 김달삼 동지가 유격대를 지휘한다고 합니다. 김 동지의 메시지를 낭독하겠습니다. '역사가 다가온다. 일어서자, 인민들이여! 자유란 피의 대가 없인 획득되지 않는다. 더 이상 노예이지 말자. 머지않아 새로운 세상이 전개될 것이다. 이전에 우리는 아무것도 아니었지만, 앞으로 우리는 모든 것이 될 것이다. 인민은 거센 바람이 불면 풀잎처럼 드러눕지만 언젠가는 일어서고야 만다. 일어서자, 인민들이여!'……"

긴 메시지 낭독이 끝나고서야 손달하와 장로 둘이 등장한다. 영택이 그들을 좌대로 인도하자 세 사람이 자리에 앉는다. 말 없이 군중을 훑어보던 달하가 무겁게 말문을 연다.

"장로들과 할 얘기가 있다고?"

청년 하나가 공손히 허리를 굽히며 대답한다.

"그렇습니다, 어르신."

"무언가?"

"입산을 허락해 주십시오."

"이미 금지령을 내리지 않았는가?"

달하가 이마를 찡그리자 다른 청년이 나선다.

"마을에 남아 있다간 젊은이들은 서북청년단과 경찰 손에 다 죽습니다."

"죄가 없는데 왜 죽어?"

"동호는 죄가 있어서 죽었습니까? 그 후로도 마을 청년 수십 명이 잡혀가서 돌아오지 않고 있잖습니까?"

달하가 말문이 막히자 또 다른 청년이 결연히 외친다.

"우리는 살기 위해서, 이 하찮은 목숨 건지기 위해 산으로 가야겠습니다!"

이번에는 고남식 장로가 입을 떼었다.

"산으로 가서 어쩌겠다는 건가?"

"싸워야지요. 살아서 죽느니, 죽어서 사는 길을 택하겠습니다."

달하가 버럭 소리를 지른다.

"미친 놈들! 계란으로 바위를 깰 수 있다더냐? 이룰 수 없는 일을 벌여서 장차 어찌 하려고? 무모하도다, 무모하도다!"

이때 상진이 당당히 앞으로 나온다.

"결코 무모한 일이 아닌 줄 압니다."

"뭣이! 네가 누구냐? 못 보던 얼굴인데……."

"최상진이라고 합니다."

"부친의 함자는?"

"득자 수자입니다."

"득수의 아들? 그렇다면 와세다대학 법문학부를 나왔다는……."

상진이 고개를 끄덕이다가 설득조로 말을 이어 나간다.

"어르신, 이 섬은 고려 중기까지만 해도 탐라국이라는 독립된 국가였으며, 중앙 정부의 직접적인 통제가 미치지 못하는 평화스런 땅이었습니다. 13세기 말 삼별초군의 최후의 항쟁터였던 이 섬이 여몽연합군에 정복된 이후, 섬사람들은 외세의 침탈로 고초를 겪어 왔지만 조선조에서 계속된 민란과 일제 때 항일독립투쟁에서 보여준 바와 같이 이 섬은 역사적으로 반외세·반봉건 투쟁의 전통이 있습니다. 몇몇 민란에서는 지배세력을 물리친 경험도 있구요. 우린 그 봉기군들과 의거자들의 자랑스러운 후예입니다. 총칼로 인민을 찍어 누르려는 그 어떤 폭압적 기도도 성공할 수 없음을 우리는 싸움을 통해 실증해 보일 겁니다."

연달아 헛기침을 하던 달하가 나직나직 말했다.

"네가 외국 문물을 접한 탓으로 말은 그럴 듯하게 한다만…… 세상 돌아가는 이치엔 아직 풋내가 나는구나. 옛사람이 이르기를 얕은 물도 깊게 건너라고 했어. 우공이 산을 옮긴다는 고사를 아느냐? 때를 기다려야 하느니라. 난세에 사람들은 먼 곳을 보지 못하고 눈앞의 이익과 보신책에만 급급하게 마련이지. 경거망동하여 입산하는 일은 좌익의 편에 선다는 것이고, 그건 자신은 물론 가족과 이웃에게까지 화를 미치게 하는 어리석음일 뿐이야. 거듭 당부하노니 너희들 모두가 이런 때일수록 더욱 자중자애하기 바란다."

그러자 상진이 비아냥거리듯 대꾸한다.

"어르신, 선흘리는 이제 장로가 지배하는 노인들의 천국이 아닙니다. 마을 사람들은 스스로 자신들의 사상과 운명을 선택할 자유가 있지요. 케케묵은 노인들의 권위주의적이고 가부장적인 주민 통치의 시대는 끝났습니다."

"뭐, 뭐라고!……"

달하와 장로들은 충격을 받았다. 상진은 쐐기를 박듯 한 발 더 나간다.

"우리 청년들은 향약이라는 낡은 규범의 폐기를 선언합

니다. 또한 장로회의의 폐지도 아울러 주장합니다. 무덤을 향해 걸어가는 노인들 손에 우리의 장래를 맡길 순 없으니까요."

달하는 벌떡 자리에서 일어나 주먹을 쥐고 온몸을 부르르 떤다.

"무엄한지고! 니 애비도 내 앞에서 고개를 들지 못했건만 감히 구상유취한 네 따위가······!"

부희수 장로가 가까스로 정신을 수습하고 달래듯 말한다.

"이 봐, 젊은이······ 애기업개 말도 귀담아 들으라고 했어. 쇠도 너무 강하면 부러지고 만다는 걸 왜 몰라?"

상진의 얼굴이 벌겋게 달아올랐다.

"아무도 우릴 제지할 수 없습니다. 누가 뭐래도 우린 산으로 올라갑니다."

그리고 군중을 향하여 오른팔을 높이 치켜든다.

"서청과 경찰, 살인 청부집단의 만행에 분노하고 한 맺힌 자, 혁명의 열망에 사로잡힌 자, 모두 나를 따르시오! 한라산으로 오릅시다. 산은 너른 가슴을 열고 기쁨으로 여러분을 맞이할 것입니다. 자, 갑시다!"

상진이 앞장서자 청년들은 〈인민군가〉를 부르면서 샛별오름을 향해 출발한다.

원수와 더불어 싸워서 죽은
우리 죽음을 슬퍼 말아라
조국의 자유를 팔려는 원수
무찔러 나가자 인민 유격대
날아가는 까마귀야 시체 보고 울지 말라
몸은 비록 죽었으나 성명 석자 살아 있다.

남은 사람은 장로들과 어르신의 아들 기택, 영택뿐이다. 이미 나는 기택과 안면을 튼 사이지만 분위기가 어색한지라 어정쩡하게 앉아 있었다. 고남식 장로가 털석 주저앉으며 내뱉었다.

"먼저 난 머리보다 나중 난 뿔이 더 무섭다더니…… 저 젊은이들을 말릴 방도는 없겠지?"

달하가 입맛을 다셨다.

"활시위를 떠난 화살은 다시 돌아올 수 없다네. 아까 그 아이의 말, 못 들었나? 우리 시대는 끝났어. 장강(長江)의 뒤 물결이 앞 물결을 밀어낸다네."

부희수 장로가 침통한 표정을 지었다.

"지난 6월 장마에 동네 연못이 불어서 물이 길 위로 넘쳐 흘렀지. 그때 길가엔 허연 올챙이 사체들이 널려 있었어. 어디 것뿐이야? 들판엔 냉이가 아무 데서나 쑥쑥 잘 자랐지. 옛 어른들 말씀이 '냉이가 무성하면 변이 일어난다'고 했어."

고남식 장로가 끼어든다.

"자넨 흰 까마귀 못 봤나? 진드르 소나무 숲에 하얀 털을 가진 까마귀가 나타났대. 어렸을 적 조부한테서 들은 얘기가 있어. 흰 까마귄 백 년 터울로 하나씩 나오는데 흉조를 미리 알려준다는 게야."

"궁한 쥐가 돌아서서 고양일 물고 지렁이도 밟으면 꿈틀한다는데 서청이나 경찰 측에서 너무 하긴 너무 했어."

"아무튼 시국이 심상치 않아. 난리가 터져도 크게 터지고 말 거여."

장로들의 대화를 귀 담아 듣던 달하가 몸을 일으켰다.

"난 좀 들어가 쉬어야겠네."

장로들과 기택, 영택도 자리를 털고 일어섰다. 나는 기택과 몇 마디 주고받고는 아지트로 돌아왔다. 마을 청년들은 샛별오름에서 다시 마을로 내려와 옷가지와 식량을 챙기고 입산했다는 보고를 세포로부터 받았다.

이로써 나의 첫번째 임무를 성공적으로 수행했다. 나중에 안 사실이지만 기택이도 청년들과 함께 입산했고, 그 충격으로 어르신이 중풍으로 쓰러져 반신불수가 됐다고 한다.

8
1948년 2월

1948년 1월 남한 단독선거안이 명백해지자 남한 내의 많은 정당과 단체에서 잇따라 반대성명을 발표하면서 격렬하게 반발했다. 반대 이유는 한반도가 영구히 남과 북으로 분단된다는 거였다. 이 반대 대열에는 좌파 진영만이 아니라 우파 일부와 중도파까지도 가담하고 있었다.

남한 단독선거를 놓고 우파 진영도 두 갈래로 나뉘었다. 하나는 단독정부 반대와 남북협상의 추진을 내걸고 통일운동을 주창한 김구·김규식 등의 노선이고, 다른 하나는 미군정과 보조를 맞춰 단독정부 수립을 추진하던 이승만과 한민당 계열의 노선이었다.

이런 정치 흐름 속에서 박헌영을 중심으로 한 남조선노동당은 단독선거를 저지하기 위한 강력한 투쟁계획을 세웠다. 이것이 1948년 2월 7일을 기해 전국을 총파업으로 몰고 간 '2·7 사건'이다. 2·7 사건을 거치면서 전도적으로 또 다시 검거 선풍이 몰아쳤고, 붙잡힌 청년들에 대한 가혹한 취조와 고문이 경찰과 서청 단원에 의해 저질러졌다.

궁지에 몰린 제주도내 좌익 진영은 결사 항전을 하자는 쪽으로 기울어졌다. 결국 수차례의 비밀회의 끝에 경찰과 서청에 대한 공격을 개시하기로 결의했다. 좌익 진영의 강경파들은 다가오는 5·10 단독선거의 파탄을 봉기 결행의 주요 명분으로 내걸었다. 조국 통일은 조국 해방과 마찬가지로 그들에게는 절체절명의 과제였던 것이다.

조천면 신촌리의 안가에 남로당 도당 책임자와 각 면당의 책임자가 속속 모여들고 있었다. 참석자는 조몽구, 이종우, 강대석, 김달삼, 이덕구, 나(양호진) 등 19명이었다. 안세훈, 오대진, 강규찬, 김택수 등 장년파는 이미 제주를 떠나고 없었다. 신촌회담의 의제는 단 하나, 무장투쟁이었다.

이 자리에서 성격이 급한 조직부장 김달삼이 무장봉기 문제를 제기하자, 강경파와 신중파의 의견이 갈렸다. 조몽구와 이종우 등 7명은 신중파이고 김달삼, 이덕구 등 12명은 강경파였다. 신중파의 주장은 병력이나 식량 비축 등

준비가 되지 않았고 국방경비대나 미군이 참전하면 '상황은 끝'이라고 했다. 유식한 조몽구가 한 마디 덧붙인다.

"레닌은 '이길 수 없는 전쟁은 애초에 시작하지도 말라. 시기 아닌 시기에 폭동을 일으키면 대가 없는 희생을 치러야 한다. 그것은 계급적 죄악이다'라고 했어요."

20대의 열혈 청년 김달삼이 핏대를 세우고 말한다.

"레닌은 레닌이고 우린 우리죠. 왜 벌써부터 이길 수 없는 전쟁이라고 지레 겁을 먹나요? 그건 패배주의 아닌가요?"

"겁을 먹다니? 말을 함부로 하는군. 지금 패배주의라고 했는데…… 정말로 문제인 것은 김 동무의 소영웅심, 극좌 모험주의가 아니오!"

"정세판단이 다를 수 있다는 말이죠. 저는 이렇게 전망합니다. 제주도 봉기가 기폭제가 되어 전국적인 봉기를 유발시킬 수 있고, 그리 되면 중앙에서 제주도에 진압 병력을 추가로 내려 보내지는 못할 겁니다. 민족주의 성향이 강한 경비대는 중립을 지킬 테고 그러면 경찰력만으로는 진압이 어려울 거라고 예상하고요. 미국 또한 국제문제로 확대될 우려 때문에 직접적으로 진압에 관여하지는 못할 거예요."

"김 동무도 프로이센의 전략가인 클라우제비츠의 「전쟁론」을 읽었을 테지. '전쟁은 정치의 연장선이다. 목표를 초과

하는 전쟁은 더 이상 성공할 수 없는 무익한 노력일 뿐만 아니라 적의 반격을 유발하는 유해한 노력'이라고 했소. 필연적으로 무장폭동은 동족끼리의 내전으로 이어질 거요. 전쟁은 이기기 위해 싸우는 것이오. 우리가 이기려면 병력, 군수 물자, 무기 등은 얼마나 필요하고 어떻게 동원할지 등의 계획을 면밀히 세우고 실제로 확보돼 있어야 하는데, 다들 알다시피 너무나 빈약하고 턱없이 모자라오. 나는 단언하오. 무장폭동은 피비린내 나는 무익한 전쟁이 될 거요."

이종우가 대화에 뛰어든다.

"경찰과 싸우는 건 그 뒤의 미군정과 싸우는 일이고, 미군정과의 싸움은 미국과의 싸움이에요. 기백 명의 전투원과 원시적인 재래식 무기로 세계 최강국인 미국과 대결하겠다니 이처럼 무모한 행위가 어딨나요?"

이때 이덕구가 반박한다.

"무모한 행위라고요? 그럼 무슨 수로 남한만의 단독선거를 저지할 수 있단 말입니까? 대안을 말해 보세요, 대안을……!"

덕구와 달삼이는 미리 입을 맞춘 듯했다. 그럴 것이다. 둘은 친구니까. 우정은 때로 사리사욕을 초월하니까. 조몽구가 제압하는 눈길로 김달삼을 바라본다.

"아까 김 동무가 정세판단이라고 했지요? 제주도 봉기가 전국 봉기를 유발시킨다고 했는데…… 다른 지방에서 호응하지 않으면 어쩔 거요. 경비대가 중립을 지킨다는 건 뭘로 보장하지요? 미국이 개입하지 않으리라는 보장도 없고. 한 마디로…… 객관적 상황분석을 잘못하고 있는 거라고요."

가만히 있을 달삼이가 아니다.

"단선 저지는 당원 동지들에게 부여된 절체절명의 역사적 책무라고 생각합니다. 그러나 솔직히 말씀드리면 그 따위 정치적인 이유는 무장항쟁의 본질을 호도할 뿐이죠. 보다 근본적인 이유는 바로 우리의 생존권을 박탈하려는 미제와 그 주구들의 폭압 때문이에요. 만약에 이처럼 혹독한 상황에서 무장투쟁이 일어나지 않는다면 오히려 그게 더 이상한 일이 아닐까요?"

조몽구가 손을 들어 김달삼의 발언을 제지한다.

"가장 중요한 문제를 간과할 뻔 했소. 무장항쟁은 중앙당의 지령이오?"

"……."

일순 싸늘한 침묵이 장내를 내리덮었다. 달삼이 눈빛으로 덕구와 의견을 나눈 후, 자신을 얻은 듯했다.

"중앙당의 지령은 없습니다. 하지만 중앙당 군사부장 이재복이 도당에 오르그(지도원)로 와 있지 않습니까? 그 동무와 교감이 있었지요."

"이 동무는 왜 오늘 회의에 참석하지 않았소?"

"중앙당의 소환으로 엊그제 제주를 떠났습니다."

"방금 교감이라고 했는데, 구체적으로 무슨 뜻이오?"

"이심전심으로 다 통하는 거 아닙니까?"

"이게 지금 선문답하듯이 적당히 넘어갈 문제가 아니잖소? 수천, 수만의 목숨이 달린 지극히 중대한 문제란 걸 모르오?"

"압니다. 하지만 제겐 확신이 있습니다. 현 단계에서는 무장투쟁만이 우리가 나아갈 길이라고요. 경찰과 서청의 탄압은 극심해지고 당과 인민은 지금 벼랑 끝에 내몰려 있습니다. 탄압엔 항쟁뿐이에요. 쥐새끼도 궁지에 몰리면 고양이를 무는 법이죠."

또 덕구가 거들었다.

"5·10 선거가 코앞에 다가왔어요. 남한만의 단독선거가 치러지면 단독정부가 들어서고, 그러면 통일은 물 건너 가지요. 무슨 수를 써서라도 단독선거는 막아야 합니다. 벌써 잊었나요? 36년 동안 일제 치하에서 지긋지긋하게 살아온 날들을…… 우리가 왜 이 고생을 하면서 견뎌 왔습니까? 우리의 소원은 통일, 꿈에도 소원은 통일이 아닙니까?"

잠자코 있던 강대석이 한 마디 보탠다.

"당의 원로들은 무혈 혁명을 원하고 있지."

"혁명은 낭만이 아니에요. 혁명은 피를 먹고 자라는 나무죠."

"퇴로조차 없는 물 막은 섬에서 무기, 식량, 전투에 대한 치밀한 준비도 없이 거사하는 건 스스로가 설정한 도그마에 빠져서 과오를 범하는 일이 될 거요."

"한라산에 있는 우리 유격대가 1년 전부터 지옥훈련을 하고 있잖습니까?"

"그런 소규모 병력으로 막강한 적을 이길 수 있을 것 같아? 손바닥으로 하늘을 가릴 순 없지."

조몽구가 또 한 번 손을 들었다.

"여러 동지들께서 무장투쟁에 관한 찬반 의견을 충분히 개진했다고 생각하오. 물론 나는 현재의 국내 정황이나 제주도의 입지조건으로 봐서도 무장투쟁이 성공할 확률은 거의 없다고 판단하오. 하지만 이제 결론을 내려야 할 때가 된 것 같소. 투표로 결정합시다. 어느 쪽이 다수가 됐든 간에 다수 의견을 따르기로 하지요."

투표 결과는 12대 7. 강경파의 승리였다. 훗날 사람들은 이 신촌회담의 결정을 두고 '모순과 오류 투성이'라고 지적했지만 이 역사적 결정을 되돌릴 수는 없었다. 제주도의 좌파들은 돌아올 수 없는 다리, 루비콘 강을 건넜던 것이다.

9
1948년 4월 3일

 4월 3일 새벽 2시. 한라산 중허리 오름마다 봉화가 붉게 타오르면서 남로당 제주도당이 주도한 무장봉기의 신호탄이 올랐다. 350명의 유격대는 이 날 새벽 도내 24개 경찰지서 가운데 12개 지서를 일제히 공격했고 경찰과 서북청년단 숙소, 독립촉성국민회, 대동청년단 등 우익단체 요원의 집도 습격했다.

 이 사건으로 4월 3일 하루 동안에 경찰관 사망 4명, 부상 6명, 우익인사 등 민간인 사망 8명, 부상 19명의 인명 피해가 발생했고 유격대원도 2명이 사망했다. 유격대는 4월 3일 행동을 개시하면서 2개의 격문을 뿌렸다. 하나는 경찰·공무원·대동청년단 단원들에게 보내는 경고문이다.

〈친애하는 경찰관들이여! 탄압하면 항쟁이다. 제주도 유격대는 인민들을 수호하며 동시에 인민의 편에 서고 있다. 양심 있는 경찰관들이여! 항쟁을 원치 않거든 인민의 편에 서라. 양심적인 공무원들이여! 하루 빨리 선을 타서 소여된 임무를 수행하고 직장을 지키며 악질 동료들과 끝까지 싸우라. 양심적인 경찰관, 대청원들이여! 당신들은 누구를 위하여 싸우는가? 조선 사람이라면 우리 강토를 짓밟는 외적을 물리쳐야 한다. 나라와 인민을 팔아먹고 애국자를 학살하는 매국매족노들을 거꾸러뜨려야 한다. 경찰관들이여! 총부리를 놈들에게 돌려라. 당신들의 부모 형제들에게 총부리를 돌리지 말라. 양심적인 경찰관, 청년, 민주인사들이여! 어서 빨리 인민의 편에 서라. 반미 구국투쟁에 호응 궐기하라.〉

다른 하나는 유격대가 도민에게 보내는 호소문이다.

〈도민 동포들이여! 경애하는 부모 형제들이여! '4·3' 오늘은 당신님의 아들 딸 동생이 무기를 들고 일어섰습니다. 매국 단선단정을 결사적으로 반대하고 조국의 통일 독립과 완전한 민족해방을 위하여! 당신들의 고난과 불행을 강요하는 미제 식인종과 주구들의 학살 만행을 제거하기 위하여! 오늘 당신님들의 뼈에 사무친 원한을 풀기 위하여! 우리들은 무기를 들고 궐기하였습니다. 당신님들은 조국과 민족을 위해 싸우는 우리들을 보위하고 우리와 함께 총궐기하여 주십시오. 우리들의 애국적 투쟁은 반드시 승리할 것입니다.〉

무장대는 남로당 제주도당 군사부 산하 조직으로서, 정예부대인 유격대와 이를 보조하는 독립대, 자위대 등으로 편성됐다. 4월 3일 봉화가 올랐을 때, 무기라고는 소총 30여 정과 죽창뿐이었던 산적 수준의 유격대가 경찰지서를 습격하여 다량의 무기를 탈취함으로써 비로소 정규군의 면모를 갖추게 됐고 성난 민중의 폭동은 들불처럼 번지기 시작했다.

이것이 이후 1954년 9월 21일 한라산 금족지역이 전면 개방될 때까지 6년 6개월 동안 지리하게 계속된 제주도 유혈사태의 시발이었다.

민오름에 있던 유격대 지휘본부도 바삐 움직였다. 총사령관 김달삼 휘하에 3개 연대와 2개 독립대를 편성했는데 1연대(별칭 3·1 지대)는 이덕구를 책임자로 하여 제주읍과 조천, 구좌면 관내를 맡도록 하고 2연대(별칭 2·7 지대)는 김봉천을 책임자로 애월, 한림, 대정, 안덕, 중문면을 맡도록 했으며 3연대는 김용관을 책임자로 나머지 지역인 성산, 남원, 서귀면 관내를 통할토록 했다.

독립대로는 정찰 임무를 맡은 특공대와 우익인사 및 경찰토벌대의 동정 파악을 맡은 특경대를 두었는데 특경대는 자체 감시의 임무도 맡고 있었다. 이밖에 10명씩 조직된 자위대를 부락마다 배치해서 동조하는 주민들의 이탈을 막고 협동작전을 위한 중간 다리 역할을 하도록 했다.

지역별 습격 상황이 유격대 지휘본부에 속속 보고됐다. 우선 반동의 아성인 제주읍에 있는 감찰청과 제주경찰서는 국경(국방경비대)이 담당하여 분쇄하기로 계획됐으나 국경이 투쟁에 불참함으로써 실패했다.

국경에는 문상길 소위를 중심으로 하는 중앙당 직속의 정통 조직과 고승옥 하사관을 중심으로 하는 제주 출신 프락치 등 이중 세포가 활동 중이었는데 문 소위와 고 하사관을 접선한 결과, 이들은 중앙당의 지시가 없어 무장투쟁에 경비대를 동원할 수 없다면서 참여를 거절했다. 이는 4·3 봉기가 중앙당의 지령이 아니라, 제주도당의 독단적 결정이었음을 증명하는 것이다.

제주읍 이외의 지역에서는 부락마다 자위대를 중심으로 출정식을 열었다. 부락의 중심지에 죽창과 긴 칼과 총을 가진 청년들이 모여 '인민공화국 만세!'를 외치면서 노래도 부르고 민족 반역자를 처단하라고 악을 썼다.

마을 거리 요소요소에는 호소문이 나붙었는데 ①남조선

군정수립의 음모는 민족분열의 죄악이다 ②매국적 단선·단정 절대 반대 ③유엔 임시조사단은 즉각 물러가라 ④5·10 단독선거는 절대 반대다 ⑤응원경찰대는 즉시 철수하라 ⑥친일 민족 반역자를 처단하라 ⑦서북청년단을 즉각 해체하라 ⑧정치범을 즉시 석방하라 ⑨미군은 철수하라…… 등의 내용이었다.

청년들이 소리 높여 부른 노래는 〈적기가〉였다.

무궁화 핀 삼천리 화려한 강산
민족은 영원히 변치 않는다
창에 찔리면서 부르짖었다
쇠사슬에 엉키운 채 고함을 쳤다
정의의 큰 길 위에 우뚝이 서서
붉은 피를 뿜으며 꺼꾸러졌다
찬란 호화스럽다 3·1 운동
우리는 싸웠도다 맨주먹으로
민중의 기 붉은 깃발은 전사의 시체를 감싸노라
높이 들어라 붉은 깃발을! 그 밑에 전사하리라

한라산 무장대의 4·3 봉기에 관한 정보를 전혀 갖고 있지 못했던 미군정과 경찰, 우익단체들은 벼락을 맞은 것처럼 혼비백산하여 우왕좌왕할 뿐이었다. 제주 주둔 국방경비대 제9연대도 사정은 마찬가지였다.

그런데 9연대장 김익렬 중령 일행은 4월 3일 한림여관에 묵고 있었다. 김 연대장은 제주를 방문했던 국경 정보국장 백선엽 대령을 제주읍에서 배웅하고 부대가 있던 모슬포로 귀대하던 도중에 그의 전용 쓰리쿼터 헤드라이트가 고장 나서 한림에 유숙하게 됐던 것이다.

김 연대장 일행은 연대 부관 심흥선 대위와 사병 5명, 그리고 연대 군수참모 유근창 대위를 면회하러 온 그의 형, 대정중학교장 등 모두 9명이었다. 이들이 사제 다이너마이트를 투척한 무장대의 공격을 받고 한림여관을 탈출하여 한림지서로 대피했을 때 그들이 소지한 무기는 99식 소총 1정과 32구경 권총 한 자루에 불과했다.

김 연대장은 날이 밝은 뒤, 한림에서 모슬포로 직행하여 부대를 장악하고 사태의 진상을 조속히 파악하도록 부하들에게 지시했다.

한편 이덕구가 지휘하는 3·1 지대는 조천지서와 세화지서를 습격했다. 손달하의 큰 아들 기택도 3·1 지대원으로 습격에 참여했는데, 조천지서에는 기택의 아우 영택이 순경으로 근무하고 있었다.

영택이 순경이 된 건 기택 때문이었다. 기택이 입산한

뒤, 손달하의 가족은 폭도가족으로 지목되어 조천지서와 서북청년단의 요시찰 대상이 됐다. 걸핏하면 집에 들이닥쳐서 기택의 행방을 대라고 닦달하고 돌아가니, 이를 무마하기 위해 영택은 울며 겨자먹기로 순경을 자원한 거다. 영택의 순경 특채에는 감찰청에 근무하던 이종 사촌의 도움이 있었다.

그 날, 무슨 기구한 운명의 장난인지 형제간에 총격전이 벌어졌고 열세에 몰린 지서 경관들이 도주한 후, 지서는 불태워졌다. 기세등등한 유격대는 일단 선흘리로 철수했다.

마을 한가운데 있는 팽나무 주위에 게릴라와 생포자, 마을 주민들이 몰려 왔다. 이덕구가 좌대 위에 올라섰다.

"동무들! 저 반동분자들을 꿇어앉히시오."

평소와 다르게 이덕구의 모습은 늠름했다. 관동군 장교로 만주 벌판에서 부하들을 호령하던 지휘관의 웅자가 되살아난 듯했다. 게릴라들이 거칠게 생포자들을 꿇리자 덕구가 말을 이어 나갔다.

"친애하는 인민 여러분! 항일 빨치산의 혁명정신을 계승한 용맹무쌍한 우리 인민유격대는 금일 오전 2시를 기해 역사적인 무장봉기를 일으켰습니다. 우리 3·1 지대 대원들은 조천지서와 세화지서를 공격하고 면사무소, 서청, 국민회, 대청 사무실을 기습 방화했을 뿐 아니라 반동 우익인사와 악질 경찰관을 생포해 왔는데 바로 저 자들입니다. 이 자들은 곧 인민재판에 회부될 것입니다. 서 동무! 반동들의 죄상을 낱낱이 폭로하시오."

지명받은 게릴라가 앞으로 나온다.

"먼저, 대동청년단 조천면 부단장 문시찬, 일어서! (일어선다) 이 자는 반동우익단체의 간부라는 직함을 이용하여 조천면 관내의 민주인사와 활동가들에 대한 테러를 자행, 여러 사람을 살상하였습니다. 다음, 독립촉성국민회 조천면 단장 강대진, 일어서! (일어선다) 이 자 역시 반동 우익단체의 우두머리인데 경찰 프락치로 암약하면서 민족주의자 검거에 혁혁한 공을 세운 자입니다. 다음, 서북청년단 출신으로 조천지서 순경인 조유순, 일어서! (일어선다) 이 자는 무고한 양민을 빨갱이란 죄목을 뒤집어 씌워 고문 치사케 한 인간백정으로 조천면 인민들에게 공포와 저주의 대상이 되어 온 자입니다. 이상입니다."

한 주민이 일어서서 순경을 가리키며 규탄한다.

"서북청년단은 이북에서 쫓겨 온 친일파, 악질 지주의 후레자식들이다! 육지에서 발붙일 곳이 없으니까 이 섬에 원정 온 깡패 집단이다!"

이덕구가 손을 들어 흥분한 주민을 진정시킨다.

"인민 여러분! 여기 끌려온 반동분자들의 죄상을 잘 들으셨을 줄 압니다. 이 자들을 어떻게 처분했으면 좋겠습니까?"

또 다른 주민이 팔을 휘두르며 소리친다.

"죽여! 백정 놈들 죽여!"

그러자 일제히 발을 구르며 아우성친다.

"죽여! 죽여! 죽여!"

이덕구가 다시 손을 들어 제지한다.

"아, 여러분! 조용히 해 주십시오. 그러면 지금부터 여러분의 심판대로 사형을 집행하겠습니다. 동무들! 처단하시오."

게릴라 셋이 죽창을 꼬나잡고 돌진하여 생포자들의 가슴에 꽂는다. 그들은 비명을 지를 틈도 없이 그 자리에 꼬꾸라진다. 이때 사람들 틈을 헤집고 김달삼이 나타난다. 좌대에서 내려선 이덕구가 그에게 다가가 정중히 거수경례를 붙인다.

"사령관 동무! 어떻게 이곳까지 내려오셨습니까?"

"하하핫…… 동무들이 용감히 싸우는 모습을 내 눈으로 직접 보고 싶었다오."

이덕구가 주민들을 향해 몸을 돌린다.

"인민 여러분! 대단히 영광스럽게도 유격대 총사령관이

신 김달삼 동무께서 친히 이곳에 오셨습니다. 박수로 맞이해 주시기 바랍니다."

주민들이 모두 박수치며 환호하자 김달삼이 여유 있게 손을 흔들며 좌대 위로 올라선다. 인민복을 입고 허리에 권총을 찬 달삼이 이렇게 멋진 인간인 줄 예전에 나는 몰랐다.

"4월 3일 오늘, 애국적 도민의 혁명적 열의는 활화산처럼 타오르고, 여러분의 아들, 딸, 형제들은 무기를 손에 들고 일어섰습니다. 매국적 단독선거에 반대하고 조국의 통일과 민족의 독립을 위하여! 여러분에게 뼈아픈 고통과 불행을 안겨준 미제와 그 앞잡이의 학살 만행을 깨부수기 위하여! 그리고 골수에 사무친 여러분의 원한을 풀어드리기 위하여 우리는 분연히 떨쳐 일어섰습니다. 우리는 최후의 한 사람까지, 아니 최후의 한 방울의 피조차 남김없이 싸울 것입니다. 돌격, 돌격, 돌격! 인민들이여 앞으로 나갑시다—!"

달삼의 갈라진 목소리에는 소름이 돋는 광기가 묻어 있었다. 요란한 박수가 끝나자 늙수그레한 주민이 고함을 지른다.

"사령관 동무! 유격대가 도내의 전 지서를 깡그리 쳐부수면 인민들은 보리쌀과 나무와 모든 생활필수품을 읍내 반동 놈들에게 보내지 않겠습니다. 그러면 놈들은 항복하고야 말 겁니다. 이 섬의 농민들이 1901년에 일어난 '이재수란' 때 사용해서 성공한 전법입니다."

"우린 그런 전법을 쓰지 않아요. 읍내에는 반동 놈들만 사는 게 아니라 선량한 인민들도 있지요. 또 농민들도 보리쌀과 나무를 팔아야 필요한 물건을 살 수 있잖아요?"

역시 달삼이는 노련하다. 나는 속으로 혀를 내두른다.

"반동 놈들만 쓸어버릴 수 있다면 어떤 고생이라도 참겠습니다."

"고기가 물을 떠나 살 수 없듯이 유격대는 인민을 떠나 살 수 없어요. 우리를 따르세요. 당의 지도에는 잘못이 없으며 당이 지휘하는 투쟁은 승리가 보장돼 있으니까요. 우린 인민을 압제의 사슬에서 해방시키는 해방군입니다. 이 땅이 해방될 날도 멀지 않았어요."

이때 총소리가 울리며 하동 쪽에서 기택이 허겁지겁 뛰어온다. 기택은 3·1 지대의 가장 용감한 대원 중 하나다. 기택은 금방 숨이 넘어갈 듯 덕구에게 달려간다.

"지대장 동무! 지대장 동무!"

"손 동무, 무슨 일이오?"

"큰일 났습니다. 검은 개들이 추격해 오고 있습니다."

"뭐라고? 경찰이?"

덕구가 달삼을 쳐다보자, 달삼이 기택에게 묻는다.

"추격대의 병력은 얼마나 되나?"

"벌판을 새카맣게 덮었습니다. 1개 대대는 족히 넘을 것으로 보입니다."

"중과부적이로군. 후퇴하시오, 제1방어선까지."

달삼이 덕구에게 명령하고 서둘러 자리를 뜬다. 덕구가 대원들을 향해 외친다.

"후퇴하라! 제1방어선까지 후퇴하라!"

게릴라들은 샛별오름을 향해 후퇴하고 마을 사람들도 사방팔방으로 흩어진다. 기택만이 홀로 남아 자기 집을 향해 무릎을 꿇는다.

"아버님, 어머님…… 불효자를 용서하십시오. 그러나 이 한 목숨 바쳐 나라가 산다면, 내 한 몸 이슬처럼 죽겠습니다."

기택이 몸을 일으켜 샛별오름을 향해 뛰어간다. 오름 입구에서 기택이 숨을 고를 때 어느새 추격대가 쫓아왔다. 순경 하나가 소리친다.

"저기닷! 폭도 한 놈이 도망친다! 잡아라!"

순경들이 한꺼번에 조준 사격을 가한다. 총에 맞은 기택이 사력을 다해 달아나다 굴헝 속에 빠진다. 순경들은 이를 보지 못하고 계속 돌진한다. 맨 뒤에 처져서 등성이를 오르다가 신음소리에 놀라 뒤돌아선 영택이 굴헝을 향해 총을 겨눈다.

"누구얏! 어서 나와, 나오지 않으면 쏜다!"

기택이 엉금엉금 기어 나온다.

"아니? 형! 기택이 형!"

영택이 다가가니 기택이 손을 내젓는다.

"오지 마, 가까이 오지 마……."

기택의 복부에서 붉은 피가 쏟아지고 있다. 영택이 총을 버리고 기택의 손을 잡는다.

"형! 어서 내 등에 업혀요. 어서요!"

"으, 여, 영……택아. 나, 난 틀렸다."

"안 돼! 살 수 있어, 혀엉-!"

기택이 영택의 팔을 꽉 움켜쥔다.

"자, 잘 들어라. 고, 곧 검은 개들이 돌아온다. 나, 날 쏴 줘. 워, 원수의 손……보다 도, 동생의 손에 죽고 싶어. 나, 난 이제 가망이 없어. 제, 제발 이 모, 못난 형의 마지막 부, 부탁이다……."

영택이 완강히 고개를 젓는다.

"그건 안 돼. 절대 그럴 수 없어. 어떻게 내가……."

"어, 어서 쏴. …… 빠, 빨리……."

영택이 총을 들고 후둘거리며 기택의 심장을 겨눈다.

"거, 검은 개들이 오기 전에 바, 방아쇠를 당겨. 다, 당기라니까……."

타앙-! 한 방의 총성이 울리고 기택이 넘어진다. 기택을 가슴에 안은 영택이 상처난 짐승처럼 울부짖는다.

"혀엉-! 혀엉-!"

10
1948년 4월 17일

 미군정은 4월 3일 제주도에서 무장봉기가 일어나자 사태 초기에는 이 사건을 '치안 상황'으로 간주했다. 5·10 총선거를 앞두고 다른 지역에서도 단선 지지파와 저지파 사이에 첨예한 대립 양상을 보이면서 무력 충돌이 종종 발생했기 때문이다.
 4·3이 발발하자 미군정은 1단계 조치로 각 도의 경찰청에서 1개 중대씩 차출, 8개 중대 1,700명에 이르는 본토 경찰 병력을 제주로 내려 보냈다. 이에 따라 4월 5일 제주경찰감찰청 내에 '제주비상경비사령부'가 설치됐으며, 사령관으로 경무부 공안국장 김정호가 파견됐다.

제주에 도착한 김정호는 일단 제주사태의 유발을 외부로부터 온 도배들의 선동에 의한 것으로 규정지었다. 경무부는 구체적인 근거를 제시하지 않으면서도 4·3 봉기를 '외부의 지령설'과 '국제공산주의와의 연계설'에 의한 것으로 몰고 갔다.

한편 유격대 지휘부의 작전은 경찰을 도민들로부터 고립시키는 데 주력했다. 따라서 경비대 9연대를 자극하는 일체의 행동을 자제했다. 유격대는 9연대가 주둔하고 있는 모슬포 부근 대정면과 중문 일대에는 접근하지 않았다. 주로 북제주 조천면에서 한림면까지의 지역에 출몰했다.

유격대가 군대와 충돌을 피한 이유는 첫째, 무장봉기 이유가 군대와 무관하고 둘째, 전투력에서 상대가 안 되는 훈련된 군대를 적대하는 건 불리하다고 판단했으며 셋째, 경찰과 군대를 동시에 치는 양면작전이 불가능했고 넷째, 설사 군대가 경찰의 증원군으로 개입하더라도 그 시기를 될 수 있는 대로 지연시킬 필요가 있으며 다섯째, 군 내부의 환심을 사기 위한 것이었다.

육지에서 경찰의 증원군이 도착하여 지서의 병력이 보강되고 대병력의 경찰토벌대가 도착하자 지서 습격도 없어지고 치안은 평온을 되찾았다. 제주도 군정장관이나 경찰 지휘관들은 토벌이 시작되면 2~3일 내에 진압되리라고 믿었다. 그런데 막상 토벌 작전이 시작되고 보니 예상과는 정반대였다.

토벌대는 초전부터 도처에서 패전의 연속이었다. 사상자가 속출하고 무기마저 빼앗기기 일쑤였다. 이렇게 되니까 유격대의 사기는 충천해지고 백주의 지서 습격이 재개됐다. 교통과 통신의 두절도 빈번해졌다. 이렇게 토벌이 실패하자 호언장담하고 내려온 김정호 사령관의 체면이 말이 아니었다. 그래서 궁여지책으로 수립된 작전계획이 '초토작전'이다.

최초의 작전은 조천면과 애월면 일대의 산간부락에서 행해졌다. 이 초토작전은 제주도 군정장관이나 9연대 정보참모부에서도 모를 만큼 극비로 추진됐다. 선흘리가 처음으로 이 작전의 타깃이 됐다.

손달하의 집 마당에서 그의 아내 복녀가 방아를 찧고 있는데 부엌에서 며느리(기택의 아내) 수정이 나온다. 수정의 아랫배가 눈에 띄게 불러 있다. 복녀가 일손을 멈추고 수정을 바라본다.

"영감은 뭘 하고 계시냐?"

"깊이 잠드셨어요."

"화병인 거여. 지 새낄 산으로 올려 보내 놓고서 어떻게 마음이 편안하겠냐?"

영택은 중풍으로 쓰러졌던 아버지가 받을 충격을 염려해서 형의 죽음을 아직 가족에게 알리지 않았다.

"아범은…… 살아 있을까요?"

"인명은 재천이라고 했다. 무사하길 빌어야지."

"저어…… 어머님……."

"응?"

"아, 아네요. 아무것도……."

"말해 봐. 나한테 못할 말이 어딨어? 자식 키우랴, 시부모 공양하랴 뼈 빠지게 고생만 한 년 며느리가 아니라 내 딸이여. 딸년이 지 에미한테 속엣말을 못 해?"

"죄송해요. 요즘은 몸이 점점 무거워져서 아버님 병시중을 소홀히 하고 있어요."

복녀는 수정의 배를 쳐다보다가 외면해 버린다.

"몇 달 됐지?"

"여섯 달이에요."

"육실헐 놈들…… 천벌을 받고야 말지. 그 더러운 놈의 씨를 어떡 허지?"

"낳아야죠, 낳아서 복수해야죠."

"어떻게?"

"낳자마자 애를 패대기쳐서 죽일 거예요."

"얘야……."

"원수의 씨를 살려둘 순 없어요."

"허지만…… 아이한테 뭔 죄가 있겠냐?"

"누구의 씬지도 모르는 새낄 키워서 불행하게 만드는 것보단 그게 훨씬 나아요. 무슨 수로 죽이고 싶도록 미운 아이를 조석으로 본답니까?"

"허긴 그래. 그 일을 다시 생각하니 머리털이 곤두서고 등어리에 식은 땀이 흐르는 것 같구나. 군홧발로 어질러진 방이며, 찢어진 옷가지며…… 네 입엔 재갈을 물렸었지. 짐승 같은 놈들이 다섯이나 쳐들어 와서……."

수정이 두 손으로 얼굴을 가리며 오열한다.

"그만! 어머님, 그만……."

"미안하다, 얘야…… 내가 괜한 말을 끄집어내서 아물어 가는 상채기를 헤집었구나. 그나마 영감이 눈치 채지 못한 게 다행이었어. 영감이 알았더라면 그 날로 우린 늙은 송장을 치워야 했을 거여."

"해산일이 가까워 오면 친정으로 가겠어요. 거기 가서 아일 낳겠어요…… 흑!"

또 다시 억제할 수 없는 울음이 터진다. 복녀가 며느리의 등을 토닥인다.

"에미야, 난리통에 많은 사람들이 죽어가고 있다. 아침에 본 사람을 저녁에 못 보고, 저녁에 본 사람을 아침에 보지 못하는 게 다반사가 됐어. 우리도 지금은 살아 있긴 하다만 언제 어떻게 될지 몰라. 그렇지만 살아있는 한은 굳세게 살자. 자, 에미야, 힘을 내자꾸나."

"어, 어머님-!"

수정이 복녀의 품에 와락 안긴다. 이때 이장이 울타리 안으로 들어선다. 수정이 손등으로 얼른 눈물을 닦고 이장을 반긴다.

"이장님이 웬 일이시죠?"

"토벌대장의 명령인데 주민들을 전부 궤뜨르에 집합시키라는 거예요."

"무슨 일이라도……?"

"낸들 압니까. 그저 무턱대고 하라면 하는 거죠."

"우리 집 영감은 몸져누워 있는데 안 가도 되겠수?"

"와흘리에서는 모임에 참석하지 않았다고 총살시킨 일도 있대요."

"이거야 원, 무법천지니…… 미친 놈에게 칼 쥐어준 꼴이지 뭐유?"

"쉿! 입은 화를 불러들이는 대문이랍니다. 그럼 전 갑니다."

이장이 가고 나서 바로 지프차 소리와 함께 안내 방송이 들려 왔다.

"선흘리 주민에게 알립니다. 주민 여러분은 지금 즉시 궤뜨르로 모이기 바랍니다. 남녀노소를 막론하고 전원 집합하기 바랍니다."

방송이 있고 한동안 잠잠하더니 곧 마을 사람들 — 주로 노인, 부녀자, 어린이 — 이 삼삼오오 궤뜨르로 올라간다. 달하를 부축한 수정과 복녀도 집을 나섰다. 아들 민수가 보이지 않아 수정이 애를 태웠지만 어쩔 수 없었다.

궤뜨르는 샛별오름 근처에 있는 너른 공터인데 먼저 도착한 주민들이 수군대고 있었다.

"별안간 모이라고 한 까닭이 뭘까? 예감이 안 좋은데."

"어젯밤에 또 조천지서가 당했다는군. 듣자 하니 주민들에게 자수를 권고하려고 집합시킨다던데."

"자수라니? 우리가 뭘 잘못했기에 마른 나무에 물 짜듯 맨날 들들 볶는 거야!"

"아닌 말로, 우리 마을 사람치고 산부대에 협조 안 한 사람 있나?"

"예끼, 이 사람! 큰일 날 소리! 대흘리에서 실제로 일어난 일이라네. 산에 쌀 한 줌이라도 올린 사람, 회의 보러 갔다 온 사람, 남로당 입당가입서에 도장 찍은 사람은 누구든지 자수하면 살려주고 안 하면 죽인다고 응원경찰들이 협박했다는 게야. 영문 모른 대흘리 사람들은 원족 가듯 떼 지어서 쓰리 쿼터를 타고 읍내 정뜨르 비행장으로 갔는데……
거기서 따라락 총질한 후에 휘발유를 뿌려서 태워 버렸대."

"저런 끔찍한 일이 있나! 죄 없는 농투성이들이 살려고 자수했다가 난데없이 줄초상이 났군. 조심들 하게, 집문 밖 나서면 황천길일세."

"나도 그 얘긴 들었네. 고기 굽는 냄새는 코시롱해서 좋은데 사람 타는 냄샌 구역질이 올라와."

"그것뿐인 줄 아나? 함덕리에서 자수한 사람들은 읍내 동척회사에 갇혔었지. 어느 날 밤, 석방해 줄 테니 몽땅 트럭에 타라고 해서 멋모르고 우르르 탔는데, 부두에 가서 차를 대더니 경비정에 태웠어. 배 갑판 가장자리에 앉혀 속력을 내어 달리다 급커브를 도니까 왕창 바다 속으로 빠져 버렸지. 두 손을 묶인 채 헤엄도 못치고 허우적이다 꼬르륵 물귀신이 되고 말았어. 이래도 자수할 텐가?"

"……."

모두들 유구무언이었다. 이때 민수가 팽나무에서 쪼르르 내려오며 외친다.

"토벌대가 온다! 검은 개들이 온다! 검은 개들이 온다-!"

복녀와 수정이 크게 손짓하며 민수를 부르자, 소년은 병아리가 암탉의 품으로 뛰어들 듯 수정의 가슴에 안긴다. 쓰리 쿼터가 공터에 도착하고 어깨에 카빈총을 멘 경관들이 2열 종대로 들어와 주민들을 포위하듯 에워싸더니 지휘관이 앞으로 나선다. 냉혹한 인상의 지휘관이 다들 앉으라고 하자 주민들은 쭈뼛거리다가 앉는다.

"먼저 밝혀둘 게 있소. 우린 빨갱이 토벌 임무를 띠고 육지에서 온 응원경찰대요. 퀜당이다 뭐다 해서 당신들과 한 통속인 현지 경찰과는 종내기가 다르오. 같은 사람이라고 생각했다간 큰 코 다칠 거요. 어젯밤, 우리 토벌대 관할하에 있는 조천지서가 폭도들의 습격을 받고 경관 두 명이 희생됐소. 우리가 수집한 정보에 의하면 공비들은 선흘리를 거쳐 지서를 습격했고 샛별오름을 거쳐 한라산으로 도주했다는 거요. 이건 무얼 말해 주고 있느냐? 분명히 선흘리 이곳에 공비와 내통하는 통비분자가 있소. 통비분자가 길잡이 노릇을 했고 조천지서의 동향을 폭도들에게 알려준 게 확실하오. 따라서 통비분자가 자수하거나 주민 스스로 색출해 내면 살려줄 것이로되, 그렇지 않을 경우엔 이 마을 전체가 아주 혹독한 보복을 당하게 될 거요. 5분간의 여유를 주겠소. 난 팔삭둥이요. 성급한 내 어머니가 산일도 되기 전에 날 세상에 토해 버렸지. 선천적으로 난 눈꼽만치도 참을성이 없는 사람이라오."

얼음 같은 침묵이 흘렀다. 팔삭둥이가 시계를 보다가 입을 연다.

"끝까지 숨길 셈이로군. 좋아, 저기 있는 꼬마, 이리 나와."

민수를 가리키자 경관 하나가 민수를 그 앞으로 데려간다.

"이 꼬마의 가족이 누구요?"

수정이 벌떡 일어선다.

"접니다, 제가 엄마예요."

"당신이 통비분자를 가려내지 않으면 이 꼬말 죽일 거야."

"주, 죽이다뇨?"

"통비분자를 대라고!"

"우, 우리 마을엔…… 그, 그런 사람…… 없습니다."

"꼬마를 끌고가서 처치해!"

팔삭둥이의 명령에 따라 경관이 민수를 끌고 가려 하자, 수정이 달려들어 경관의 팔을 문다. 경관이 비명을 지르며 수정을 가격하자, 저만치 나가떨어진다. 이번에는 복녀가 에미야! 에미야! 하면서 일어서 나가자 그녀의 면상을 후려친다.

민수가 엄마! 할머니! 하면서 발광하자 소년을 꽉 붙든다. 달하가 일어서려 했을 때 이장이 노인을 눌러 앉힌다. 지휘관이 무서운 눈초리로 주민들을 노려본다.

"모두들 눈을 감으시오. 선흘리는 폭도 마을로 지목됐소. 그 이유는 첫째, 이 마을 청년들은 입산해서 빨치산으로 활동하고 있으며 둘째, 이 마을이 폭도들에게 식량과 물자를 조달해 주는 보급기지이기 때문이오. 이장, 가까이 오시오."

그가 이장에게 귓속말을 한다. 이장이 고개를 젓자 권총을 뽑아 이장의 관자놀이에 갖다 댄다. 그제서야 이장이 끄덕인다. 눈 감은 사람들 앞을 지나가면서 이장이 손가락질 하면 경관들이 끌어내 한 쪽으로 세운다. 마지막으로 한 노파를 가리킬 때 노파가 눈을 번쩍 뜬다.

"조카, 날 모르겠어? 자네가 아랫도리를 내놓고 다닐 적부터 우린 한 동네에 살았어. 우리 집안엔 산에 올라간 사람이 하나도 없지? 그렇지?"

경관들에게 끌려가며 노파가 울부짖는다.

"조카, 한 마디 해 줘. 난 아니라고. 조카, 조카!"

팔삭둥이가 무겁게 입을 연다.

"눈을 뜨시오. 이 자들이 입산자 가족이오. 통비분자가 수두룩하군."

그가 서 있는 사람들을 가리키자, 그들은 사색이 돼 어쩔 줄 모른다.

"이 자들을 2열 횡대로 마주보게 하고 한 쪽 줄만 죽창을 나눠 줘."

경관들이 짝을 맞춘 후, 죽창을 나눠 준다.

"지금부터 죽창을 든 사람이 마주 보고 있는 사람을 찌른다. 실시!"

아무도 움직이지 않는다. 주민들은 손가락 하나 까딱할 힘조차 없다.

"어쭈, 이것 봐라? 만일 상대편을 찌르지 않으면 다음엔 상대방이 그대들을 찌르게 될 것이다. 가장 먼저 찌른 사람은 살려주겠다. 자, 찌른다. 실시!"

터질 듯한 침묵만이 공터에 가득하다. 백발의 고남식 장로가 일어서서 깊숙이 허리를 굽혀 절한 다음 간절히 읍소한다.

"지휘관님! 너그러우신 마음으로 헤아려 주십시오. 우리 마을은 대대로 이웃 간에 한 형제를 이루어 살아 왔습니다. 모두가 일가붙이로 친족 아닌 사람이 없을 정돕니다. 가까이는 삼촌과 조카 사이요, 멀리는 사돈에 팔촌 간입니다. 이런 연고로 해서 우리 이웃들은 남이 아닙니다. 하온데 인륜을 무시하고 어찌 제 형제 자매를, 삼촌과 고모와 이모를 찌를 수 있겠습니까? 굽어 살피옵소서."

팔삭둥이가 느물거리며 웃는다.

"후후후…… 그건 댁의 사정이야. 토벌대의 임무는 빨갱이와 그 가족을 박살내는 것 뿐이라구. 좋아, 죽창을 상대방에게 넘겨."

아무도 넘기지 않자 그가 노발대발한다.

"뭣들 하는 거야! 빨랑 넘겨, 이 새끼들아!"

주민들, 마지못해 넘기고 마지못해 받는다.

"되풀이하지만 최초로 찌른 사람은 살려주겠다. 그러나 이번에도 찌르지 않으면 한꺼번에 몰살시키겠다. 굼벵이 같은 것들! 자, 찌른다. 실시!"

주민들은 여전히 꿈쩍하지 않는다. 허연 수염의 부희수 장로가 일어선다.

"자비를 베풀어 주십시오. 이 사람들을 살려 주기만 한다면 저희 장로들이 책임지고 이 나라의 착한 백성으로 만들겠습니다. 애원입니다, 보살펴 주소서."

"시끄러! 잡소리 들을 시간이 없다. 이번이 마지막 기회다. 자, 찌른다. 실시!"

이때 주민 하나가 천천히 창을 치켜든다. 사람들, 경악하는데 순식간에 몸을 틀며 팔삭둥이를 향해 창을 던진다. 창은 정확히 복부에 가 꽂힌다. 팔삭둥이 억! 하며 쓰러진다. 상급자로 보이는 한 경관이 창을 던진 주민에게 총을 난사한다.

"이 찢어 죽일 빨갱이 새끼들! 오냐, 이놈들, 샛별오름으로 도망쳐라. 껍질을 벗겨서 난도질 치기 전에 빨리 뛰어 갓!"

 상급자가 공포를 쏘자, 서 있던 사람들이 뒤엉켜 오름을 향해 달음질친다. 상급자가 조준! 이라고 소리치자 경관들이 일제히 '서서쏴' 자세를 취한다. 발사! 명령이 떨어지자 총구에서 불을 뿜는다. 주민들이 하나 둘씩 나자빠진다.

 상급자가 핏발 선 눈으로 앉은 사람들을 노려보며 고함친다.

 "토벌대는 빨치산과 주민을 분리시키고 게릴라의 근거지를 없애기 위해 초토작전을 감행한다. 태울 수 있는 건 가랑잎 하나 남기지 않고 태울 것이며, 생명이 있는 건 사람이나 가축을 가리지 않고 죽일 것이며, 폭도의 식량이 될 만한 건 쌀 한 톨 좁쌀 한 줌 흘리지 않고 빼앗을 것이다. 선흘리 주민들은 즉시 귀가하여 양식과 가재도구를 챙기고 해안으로 내려가라. 마을에 남아 있는 자는 이유 여하를 막론하고 처단한다. 즉각 행동을 개시하라! 명령에 불응하는 자는 모조리 사살하겠다!"

 학살의 현장을 목격한 주민들은 이미 반쯤은 넋이 나간 상태에서 삼십육계 줄행랑을 치듯 집을 향해 쏜살같이 달려 내려갔다.

11
1948년 4월 28일

　미군정은 처음에는 초토작전을 강력히 반대했으나 어느 시점부터 초토작전을 묵인했고, 경찰은 공공연하게 중산간 마을을 초토화시켜 나아갔다. 이렇게 하자 일이 예기치 않은 상황으로 돌변했다.

　대부분의 산간부락 주민들이 산으로 도주하여 유격대에 가담하기 시작했다. 그리하여 게릴라 수는 기하급수로 증가하여 갑자기 수천 명으로 불어났다. 더구나 그들은 결사적으로 경찰에 대항해 왔다. 결국 남한의 경찰 병력을 전부 투입하더라도 토벌이 어렵게 된 것이다.

　사태가 이 지경에 이르자 미 군정장관 딘 장군은 경비대를 투입하여 토벌할 결심을 하게 된다. 그 임무가 제9연대장 김익렬에게 부여됐다. 그러나 경찰에 비해 민족주의적인 성향이 강했던 9연대는 이 사건을 경찰 및 서청과 같은 극우 세력의 횡포로 인해 야기된 것으로 판단했다.

김익렬은 선선무 후토벌(先宣撫 後討伐) 원칙을 세워 생명의 위험을 무릅쓰고 유격대 지휘부와 만나 평화협상을 벌이게 된다. 협상 테이블에 앉은 사람은 경비대 측에서 김 연대장과 이윤락 정보주임, 유격대는 김달삼 총사령관과 이덕구 지대장이다.

군복에 중령 계급의 작업모를 쓴 김익렬과 이윤락 중위가 애월면 구억국민학교 교장실로 들어서니 미리 와 있던 김달삼과 이덕구가 두 사람을 맞이한다.

"어서 오세요. 제가 김달삼입니다. 앉으시지요."

네 사람의 통성명이 끝나자 김달삼이 웃으며 입을 열었다.

"그러고 보니 이 씨가 둘, 김 씨가 둘…… 짝이 맞네요. 우연치곤 보통 인연이 아닙니다."

김익렬이 맞받았다.

"회담이 순탄하겠군요. 헌데 당신이 진짜 김달삼이고 총사령관이 맞습니까?"

"허허…… 왜 그런 말씀을 하십니까?"

"하도 미남이고 영화배우 같아서 살인을 일삼는 무시무시한 사람 같지 않아서 하는 말이오."

김달삼은 미소만 짓고 이덕구와 뒷자리에 배석했던 내가 폭소를 터뜨렸다. 김달삼이 싱긋 웃으며 말한다.

"사람은 애국심과 정신이 중요하지 외모 같은 건 문제가 되지 않지요."

이때 이윤락이 끼어든다.

"왜 이렇게 우리 동족끼리 피를 흘려야 하나요?"

이덕구도 지지 않고 참견한다.

"우리도 이렇게 하고 싶어서 하는 줄 아슈? 자고 나면 경찰이나 서북청년단이 와서 다 빼앗아 가고 끌고 가니까, 자위권을 발동해서 산으로 올라온 거 아닙니까? 왜 내 말이 틀려요?"

김달삼이 주머니에서 회중시계를 꺼내 시간을 확인한다.

"자, 얘기를 정식으로 합시다. 연대장님은 미군정 하의 조선인 군인인데 나와의 교섭 결과에 대해 어느 정도의 약속 이행 권한이 있습니까?"

"나는 미 군정장관의 지시에 따라 왔어요. 그러므로 군정장관 딘 소장의 권한을 대표하며, 여기서의 나의 결정은 군정장관의 결정으로 보면 될 거요."

"본인도 제주도 도민의거자의 대표로서 전권을 위임 받

앉으니 회담이 되겠군요. 제가 먼저 말씀드리지요. 지금 이 나라는 자주독립을 해야 할 때임에도 불구하고 일제 하의 민족 반역자인 경찰과 일제의 고관을 지낸 자들이 자기들의 죄상이 드러날까 두려워 미 제국주의의 앞잡이가 되어 해방된 조국의 제주도에서도 압정을 자행하고 있습니다. 특히 이북에서 월남한 난봉꾼들인 서북청년단 수백 명이 경찰과 합세하여 무고한 도민의 재산을 약탈하고 살인·강간·고문치사를 일삼고 있소이다. 그래서 선량한 도민들은 견디다 못해 무장의거를 일으켰습니다. 미군정이 이 의거를 수습하기 위해서는 제주도내에 있는 일제 경찰과 민족반역자 관리들을 축출하고, 도민으로 경찰과 관리를 채용하여 도민을 위한 행정과 치안을 해야 합니다. 만일 우리의 요구가 받아들여지지 않을 경우, 이리 죽으나 저리 죽으나 매일반이니 우리는 최후의 1인까지 사투하여 기필코 목적을 달성할 것이오."

"해방된 지 3년이 됐고, 미군정 하에서 군인 노릇을 하면서 미국식 자유민주주의를 배우고 익혀 왔지만, 아직까지 민주주의가 무언지 난 잘 모르겠어요. 당신들도 마찬가지일 거요. 그 동안 얼마나 공산주의를 배웠고 얼마나 알겠어요. 공산주의니 민주주의니 하는 외래사상을 위해 아까운 청춘과 생명을 바칠 필요가 있나요? 우린 민족의 자주독립이 급선무이니, 무기를 버리고 귀순하여 조국 독립을 위해 합심 노력합시다."

김달삼이 핏대를 세우고 외쳤다.

"연대장은 정의감이 강하고 분별력이 있는 사람인 줄 알았더니, 당신도 악질 경찰처럼 우리 의거를 공산주의 소행으로 덮어씌우려는 거요! 당신이 정말로 그렇게 생각한다면 더 이상 회담을 진행시킬 이유가 없소이다!"

김달삼이 자리를 박차고 일어서자, 이윤락이 은근슬쩍 공을 던진다.

"당신들이 공산주의자가 아니라면 어찌하여 이 어마어마한 유혈폭동을 일으켰습니까?"

이번에는 이덕구가 눈에 쌍심지를 켰다.

"누가 봉기를 일으키고 싶어서 일어난 줄 아슈? 살기 위해서 한 거요. 우리 조건을 들어주고 자유롭게 살 수 있게만 해준다면 지금이라도 당장 집으로 돌아가겠수다."

이덕구도 자리를 박차고 일어선다. 김익렬이 손을 저으며 만류한다.

"자자, 진정들 하시고 앉으세요. 당신들이 정말 공산주의자가 아니라면 회담을 계속합시다."

두 사람이 자리에 앉자, 김익렬이 메모지를 꺼내 들었다.

"3개 항의 우리 측 요구 조건을 제시하겠소. 첫째, 전투

행위 즉각 중지. 둘째, 무장해제. 셋째, 범법자 명단 제출과 즉각 자수요."

"첫째와 둘째 조건은 수락하겠소이다. 하지만 범법자 명단 제출과 즉각 자수는 어불성설이오. 우리의 의거는 정당방위이기 때문에 의거 전투에서 있었던 일들은 모두 불문에 부쳐야 합니다."

"그럼 이 문제만 나중에 재론하기로 합시다. 귀측의 요구 조건을 말해 보시오."

김달삼도 메모지를 꺼내 들었다.

"첫째, 단선단정(單選單政)을 획책하는 미군의 철수. 둘째, 응원경찰과 서청의 추방. 셋째, 제주도민으로 구성된 경찰이 편성될 때까지 치안업무를 경비대가 수행. 넷째, 의거 참여자의 행위는 전원 불문에 부칠 것. 이상입니다."

"첫째와 둘째 조건은 정치적인 문제이지 군대의 소관이 아니오. 셋째 조건은 이 회담이 성공하면 자연히 경비대가 치안을 맡게 되고 경찰은 나의 지휘를 받게 될 거요. 넷째 조건은 교전 중이 아닌 때에 범한 살인·방화행위는 책임을 물어야 하고, 그 외에는 불문에 부치겠소."

"선별 불문은 있을 수 없는 일이오. 전원 불문에 부쳐야 하오."

김익렬이 손목시계를 들여다보며 말한다.

"나는 지금 돌아가야겠소. 내가 5시까지 연대 본부에 돌아가지 않으면 나의 부하들은 회담이 결렬되고 내가 당신들에 의해 살해된 것으로 단정해서 곧 공격을 시작할 거요. 오늘은 이것으로 일단 휴회하고 내일 또다시 이 장소에서 만납시다."

김달삼이 단호하게 금을 그었다.

"오늘 결말이 안 나면 회담은 결렬이오."

"그러면 마지막으로 말하겠소. 입산자들의 귀순과 무장해제를 이행해 준다면 주모자들이 제주섬을 떠날 수 있도록 신변 보장을 약속하지요. 해외나 도외로 탈출할 수 있도록 화물선을 마련해 주겠소."

연대장의 뜻밖의 제안에 배석해 있던 유격대원들이 술렁거린다.

김달삼이 못을 박았다.

"좋소. 모든 약속이 지켜지면 나는 당당히 자수하여 이번 의거의 책임을 질 것이며, 법정에서 우리의 행동이 자위를 위한 정당방위였다는 사실과 경찰의 만행을 만천하에 폭로하겠소이다."

김익렬이 김달삼의 손을 굳게 잡았다.

"오늘의 약속은 나의 생명과 명예를 걸고 이행되도록 힘쓰겠소."

신뢰에 찬 눈으로 이덕구가 연대장을 바라본다.
"그 말을 믿어도 되겠습니까?"
"나에겐 노모가 한 분 계십니다. 내 말을 믿지 못하겠다면 노모를 인질로 잡아 두어도 좋소."
유격대원들이 감격의 함성을 터뜨린다. 김달삼이 연대장의 손을 잡고 힘차게 흔든다.
"감사합니다. 그렇게까지 백성을 사랑하시니 무어라 할 말이 없군요."
여기저기서 유격대원들의 탄성이 들려 왔다.
"이제사 제주도에 평화가 올로구나!"
"게메이, 이거 꿈이라, 생시라? 우리도 집에 돌아갈 수 이서. 꿈에 시꾸던 고향으로 강 헤어진 가족들도 만날 수 이시크라."
"아지방들, 그동안 고생 많았수다. 살단보난 이런 날도 이신게……."
어떤 대원들은 서로 껴안고 엉엉 운다. 한 젊은 아낙은 퉁퉁 부은 젖가슴을 연대장에게 내보인다.
"연대장님, 속히 집으로 돌아강 우리 설운 애기에게 젖을 먹이게 해 주십서, 부탁이우다."
"연대장님, 우리가 귀순한 다음에 경찰이 우릴 잡아가지 못허게 꼭 지켜주십서."

유격대원들이 연대장 곁에 몰려들어 둘러싼다.

"지켜주십서! 우린 연대장님만 믿엄수다. 고맙수다, 연대장님……."

"잘 알겠소. 귀대하기로 약속된 시간이 지났으니 이젠 가야겠소."

운동장까지 따라 나온 유격대원들이 지프차가 멀리 사라질 때까지 손을 흔들며 배웅했다. 김익렬과 이윤락의 표정에도 회심의 미소가 떠돌고 있었다. 그리고 자신들이 큰 일을 해냈다는 뿌듯한 희열과 자신감에 차서 의기양양하게 부대로 돌아왔다.

그러나 평화협상은 미군정 하지 사령관의 무력진압 방침 결정으로 깨졌다. 하지 사령관은 미 24군단 작전참모부 슈(M. W. Shewe) 중령을 제주로 보내서 사태 진압을 위해 귀순 공작과 무력 진압의 두 가지 방법을 함께 살피게 했다.

제주에서 조사를 마치고 서울로 돌아간 슈 중령의 조사보고서는 "미 59군정 중대장이 제주도에 있는 병력을 확실히 통솔한다면 현재의 주둔 병력만으로도 상황을 진정시키는 데 충분하다. 공산주의자들과 게릴라 세력이 '오름'(얕은 산)에 있기 때문에 그들을 진압하기 위해서는 신속하고 활발한 작전이 요구된다"고 기술했다.

현재의 병력만으로 진압이 가능하다는 내용의 이 보고서는 하지 사령관으로 하여금 무력 진압을 결심하게 했고 결국 김익렬과 김달삼의 평화협상은 미군정 수뇌부에 의해 무시되고 말았다.

12
1948년 5월 1일

 평화회담 사흘 후, 제주도 군정장관 맨스필드 대령이 미군 고위층의 명령이라고 하면서 제주읍 용머리 해안가 부근에 있는 미군 CIC사무실로 가 VIP를 만나라고 김익렬 연대장에게 지시했다.
 군복 차림의 김익렬이 CIC에 도착하자 민간인 복장에 선글라스를 쓴 사람이 자신은 딘 소장의 정치고문이라면서 김익렬에게 담배를 권한다. 김익렬이 손을 저으며 사양하자 사내가 색안경을 벗었는데 날카로운 눈빛의 소유자였다.
 "거두절미하고 본론으로 들어가겠소. 사우스 코리아의

정치상황은 연대장이 익히 아는 바요. 유엔은 유엔의 감시 하에 남북한 동시 선거를 실시하여 한국을 독립시키자는 결의안을 채택했지만 북한은 이 안을 거부했고, 남한만 5월 10일에 총선거를 실시할 예정이오. 그런데 소련은 지난 4월 유엔에서 2차대전 후 미·소 양국의 점령지역 중에 소련 점령지역의 주민들은 평화로운데, 미군 점령 하에 있는 지역에서는 미군의 약탈이 심하다. 미군정의 폭정에 대항해 주민들이 각지에서 폭동과 반란을 일으키고 있다. 그 좋은 예가 제주도의 폭동사건이다 이런 내용의 성명을 발표해서 미국 정부를 궁지에 몰아넣었소. 이렇게 되자 미국은 미 군정장관 딘 소장을 문책하고 조속한 시일 내에 폭동을 진압하라는 명령을 내렸소. 그리고 소련의 악랄한 선전을 봉쇄하기 위해서는 제주도 폭동사건을 공산주의자들의 선동에 의한 반란으로 규정해야 한다는 게 미군정의 훈령이오. 총선을 앞두고 민심 수습을 위해서도 폭동은 신속히 진압돼야 하오. 진압 명령을 신속하게 수행하는 유일한 방법은 초토작전이라고 생각하는데 연대장의 의견은 어떻소?"

"초토작전이라면……?"

"한라산을 근거지로 하는 게릴라와 제주도민을 분리하기 위해 해안선에서 5km 이상 떨어진 중산간지대를 적성

지역으로 간주해서 초토화하는 거요. 나무 한 그루, 풀 한 포기 자라지 못하도록 깡그리 불태워 버리는 거지."

"제 의견을 물으신다면, 저의 대답은 '노'(No)입니다."

사내는 의외라는 듯이 눈을 치떴다.

"화이(Why)?"

"몰라서 묻습니까? 초토작전은 인도적으로 결코 허용될 수 없고 전시에도 명령하거나 묵인한 사령관은 전범으로 처리됩니다. 하물며 평화 시에 군정을 실시하는 영토 내의 국민에게 이런 짓을 했다가 나중에 세상에 알려지면 그 뒷 감당을 누가 할 겁니까? 더욱이 초토작전은 이미 제주도 경찰이 시도했다가 실패한 작전입니다. 저는 고문께서 하신 말씀은 안 들은 걸로 하겠습니다."

김익렬이 모자를 집고 일어서자 사내가 황급히 제지하고 나섰다.

"아, 왜 이러시오? 아직 얘기가 끝나지 않았으니 앉아 있어요."

김익렬이 앉자 사내는 잠시 뜸을 들이다가 말을 이어 나갔다.

"당신은 정의감이 강한 청년이고 민족주의자이며 훌륭한 군인이오. 하지만 나이가 어려서 자신에게 돌아올 이득과 손실을 분별할 줄 모르고 있는 것 같소."

"건 또 무슨 소립니까?"

"나에겐 연대장과 동년배의 아들이 있는데 성격이 당신과 비슷하오. 아들의 성격이 너무 강직해서 탈이라오. 아비의 충고를 듣지 않아 출세할 수 있는 기회를 놓치고 고생을 사서 하고 있소. 당신도 내 말만 들으면 출세도 하고 부도 누릴 수 있는 일생일대의 기회가 왔는데 고집만 부리고 있으니 참 딱하오."

"나에게 초토작전을 감행하리라는 건 내 민족을 배반하라는 것과 같습니다. 분명히 말하지만 나는 조선의 군인으로서 선량한 동족에게 총부리를 겨누는 짓은 결코 하지 않을 겁니다."

"임무를 완료한 후, 국민들로부터 미움을 받아 코리아에서 살기 어렵게 되면 당신의 가족을 데리고 미국으로 이민 가서 살도록 해 주겠소."

"이민이라고요? 난 내 나라를 떠나 미국으로 갈 생각이 전혀 없습니다."

"잘 생각해 보시오. 미국은 돈만 있으면 모든 행복을 다 누릴 수 있는 곳이라오. 아메리칸 드림이라는 말이 괜히 생겨난 게 아니오. 위대한 미국이 당신의 꿈을 실현시켜 줄 거요."

"저는 못 먹고 못 살아도 탯줄 자른 땅, 내 조국에서 살다가 이 강토에 뼈를 묻고 싶습니다."

"5만 달러를 주겠소."

사내는 손가락 다섯 개를 펴 보인다. 김익렬이 침묵하자 나머지 다섯 손가락도 더 보탠다.

"10만 달러를 주겠소. 얼마가 필요하오? 얼마면 되겠소?"

"닥치시오! 나더러 민족 반역자가 되어 동족을 살육하고 그 대가로 10만 달러를 챙겨서 미국으로 도망치란 말이오? 더 이상 날 모욕하지 마시오! 참을 수 없소!"

김익렬이 거칠게 내뱉고 일어나 뚜벅뚜벅 걸어간다.

"연대장! 김 중령! 김 중령!······"

다급한 사내의 외침을 뒤로 하고 김익렬은 지프차에 올랐다.

유격대는 약속대로 전투를 중지했고 오래간만에 총소리가 그치자 제주섬은 평온을 되찾았다. 첫날에는 어린애와 부녀자만 귀순했고 그 수도 극히 적었으나 귀순자는 점차 늘어났다.

귀순자가 갑자기 늘기 시작하자 수용소에 준비한 천막이 부족해서 일부 귀가를 희망하는 자는 집으로 돌려보냈다. 이렇게 되니까 온 섬에 생기가 살아났다. 군인들은 신이 나서 천막을 치고 수용소를 증설하고 또 선무공작에 나서는 등 피곤도 잊은 듯했다.

휴전 나흘째 되는 5월 1일은 노동기념일인 '메이데이'였다. 연대장이 정치고문과 면담하는 그 시각에 제주읍 변두리 마을인 오라리에 정체불명의 괴한이 나타나서 부락민을 죽이고 가옥에 방화하는 난동사건이 일어났다. 이 사건을 두고 경찰은 공산폭도들의 소행이라 주장하고 유격대는 경찰이 서북청년들을 시켜 만행을 저질렀다고 주장했다.

이틀 후인 5월 3일에는 미군과 경비대의 인솔 아래 산에서 내려오던 귀순자 대열을 향해 경찰관이 중기관총을 난사하는 사건이 발생했다. 경비대의 조사에 따르면 오라리 사건은 우익단체인 서북청년단과 대동청년단에 의해 저질러진 사건인데 폭도들의 난동으로 조작됐고, 5·3 기습사건은 평화회담과 무장대원의 귀순을 방해하려는 경찰의 소행으로 드러났다.

경찰의 최고 책임자인 조병옥 미군정 경무부장은 제주도 현지 경찰의 허위보고만 듣다가 대세의 판단을 그르쳤고 그 진상을 정확히 파악했을 때는 이미 늦어 버렸다. 폭동이 신속하게 진압되어 뒤처리 문제로 들어가 폭동 발생의 원인이 밝혀지고 초토작전의 진상이 탄로나면 경찰은 벼랑 끝에 몰리게 된다.

경찰 지휘부는 자신들의 죄상을 은폐하기 위해서는 화평·귀순공작을 방해하고 폭동을 재연시켜 자기들이 주장해 온 공산폭동으로 조작하는 이외의 다른 방도가 없었다. 그래서 방해공작 명령을 극비리에 제주도 현지 경찰에 하달했던 것이다.

아무튼 이 기습사건으로 귀순이 중단되어 입산자가 다시 늘기 시작했고 4·28 평화협상이 깨지게 되자 성난 유격대원들은 김익렬 연대장을 '약속을 위반한 배신자'라고 규탄했다.

13
1948년 5월 5일

 귀순 공작의 성공으로 제주도 전역에 전투가 중지되고 완전 진압이 눈앞에 보이던 중 경찰의 방해공작과 귀순자들의 잇단 피살로 폭동이 재연되는 상황으로 급변하자, 당황한 미 군정장관 딘 장군은 직접 제주도에 내려와 현지에서 대책을 세우기 위해 최고 수뇌회의를 소집했다.

 회의는 5월 5일 12시, 미 군정청 회의실에서 열렸는데 참석자는 딘 장군, 민정장관 안재홍, 경무부장 조병옥, 경비대사령관 송호성 준장, 제주군정장관 맨스필드 대령, 제주도지사 유해진, 경비대 9연대장 김익렬 중령, 제주경찰감찰청장 최천, 딘 장군 전속통역관 김 씨 등 9명이었다.

미군정 당국의 행정수반과 군·경찰의 최고 수뇌부가 모두 모인 이 회의에서 맨스필드 대령이 먼저 입을 열었다.

"이 회의는 딘 장군의 명에 의해 소집됐고 참석자 누구든지 자유로이 의견을 말할 수 있으며, 회의 내용은 극비입니다. 누설자는 군정재판에 회부하겠습니다. 먼저 경찰 측에서 말씀해 주십시오."

조병옥 경무부장이 눈짓 하자, 최천 감찰청장이 나선다.

"이번 제주도 폭동은 국제공산주의자에 의해 사전에 조직·훈련·계획된 것이며, 군·경의 대병력을 투입하여 합동작전을 펴서 철저히 토벌할 수밖에 없습니다."

"다음은 송호성 장군께서 경비대의 의견을 말씀해 주시기 바랍니다."

"제주도 실정은 본인보다 김익렬 연대장이 더 잘 아니까 연대장이 설명하시오."

김익렬은 말 없이 참석자들을 둘러본 다음, 침착하게 말을 꺼냈다.

"이 사건은 제주도민의 전통적인 배타성을 이용해 공산주의자·불평분자·밀무역자 등이 합세해서 일으킨 도민폭동으로 봅니다. 직접적인 도화선은 밀무역자와 경찰 간의 마찰이었습니다. 폭동자 수가 수만 명으로 증가한 것은 경찰이 초동 대책과 작전에 실패했기 때문입니다. 한라산 유격대의 실제 무장 병력은 300명 이내고 나머지는 동조자입니다. 이에 대한 대책으로는 폭도와 일반 민중 동조자를 분리시켜야 하며, 그러기 위해서는 무력 위압과 선무귀순 공작을 병행해야 합니다. 이 작전의 방해요소는 경찰의 기강문란이므로 전 제주도경찰을 나의 지휘 하에 있도록 해 주십시오. 나는 나의 보고와 건의가 정확하다는 걸 입증할 증거물을 제시하겠습니다."

김익렬은 맨스필드 대령과 9연대 군사고문 드루스 대위와 함께 사전에 회의 자료로 준비한 사진첩을 딘 장군에게 제출했다. 사진첩에는 맨스필드 대령이 사건의 진행과정을 영문으로 상세히 적어 놓았다.

딘 장군은 사진첩을 몇 장 넘겨보다가 대단히 흥분하여 안색이 붉어지면서 조병옥에게 사진첩을 던지며 불쾌한 어조로 말했다.

"경찰을 연대장에게 배속시키겠소. 닥터 조! 이게 어찌 된 일이오? 당신의 보고 내용과 전연 다르지 않소?"

장내가 술렁이기 시작했다. 조병옥은 사진첩을 급히 뒤적이다가 단상으로 뛰어 올라간다.

"연대장의 설명과 사진첩은 전부 허위 조작된 것입니다. 이건 경찰에 대한 중상모략입니다!"

그리고 나서 김익렬을 손가락으로 가리킨다.

"저기 공산주의자 청년이 한 사람 앉아 있소. 나는 오늘 처음으로 국제공산주의가 무서운 조직력을 가지고 있다는 걸 알았소. 헝가리·루마니아·체코슬로바키아 등지에서 그랬듯이 처음에는 민족주의를 앞세워 각지에서 폭동으로 정부를 전복하고 나중에는 본색을 드러내는 게 국제공산주의자들의 상투 수법이오."

김익렬이 닥치시오! 라고 고함을 지르자 딘 장군은 그에게 연설을 방해하지 말라고 주의를 준다. 조병옥은 계속해서 김익렬을 가리키며 속사포처럼 쏘아댄다.

"민족주의의 가면을 쓴 청년들이 먼 외국에만 있는 줄 알았더니 우리나라에도 있소. 바로 저 연대장이 그런 청년이오. 우리 경찰의 조사에 의하면 저 청년의 아버지는 국제공산주의자이며 소련에서 교육을 받고 현재 북조선에서 공산당 간부로 맹활약하고 있소. 저 자는 부친의 교화를 받고 공산주의자가 됐으며 자기 부친의 지령에 따라서 행동하고 있는 것이오."

딘 장군은 깜짝 놀라며 의심에 찬 눈초리로 김익렬을 주시한다. 맨스필드 대령까지도 의외라는 듯 고개를 돌렸다. 가만히 있다간 영락없이 공산주의자로 낙인 찍힐 판이었다.

격분한 나머지 김익렬은 이성을 잃고 자리에서 벌떡 일

어나 단상에 뛰어 올라 주먹으로 조병옥의 복부를 친 후 멱살을 잡아 내동댕이치려고 했으나 조병옥도 힘이 장사였다. 김익렬이 조병옥의 넥타이를 당기니까 그는 목을 졸리게 되어 숨을 못 쉬고 컥 컥 밭은 비명을 질러댔다.

최천이 말리러 올라왔으나 김익렬의 발길질에 급소를 차여서 그도 비명을 지르고 나뒹군다. 딘 장군이 송호성에게 싸움을 말리라고 고함을 쳤다. 그러나 김익렬은 손을 놓지 않았다.

"날 공산주의자로 몰아? 이 새빨간 거짓말쟁이! 아버지는 내가 다섯 살 때 돌아가셨어! 그 말 취소하지 않으면 죽여 버리겠어!"

송호성이 소리만 꽥 꽥 지른다.

"이놈 연대장! 누구에게 폭행을 해. 네 놈이 죽으려고 환장했구나!"

얌전한 안재홍도 한 마디 거들었다.

"연대장! 손을 놓으시오. 폭행을 멈추시오. 외국 사람들이 우릴 야만인이라고 흉 보니 어서 손을 놓고 말로 하시오."

이때 딘 장군이 밖으로 뛰어나가 미군 헌병을 불러 온다. 덩치 큰 두 명의 MP가 김익렬의 두 팔을 붙잡아 조병옥에게서 떼어놓고는 김익렬을 장난감 다루듯 번쩍 들어 의자에 앉힌다. 딘 장군이 일동을 노려보다가 침묵을 깬다.

"닥터 조는 설명을 계속하시오."

"저 자는 공산주의자가 분명하오."

"닥쳐라! 네 놈이 일제시대에 독립운동을 한 애국자냐? 자기의 죄상이 백일하에 드러나니까 날 무고해? 하늘이 두렵지 않느냐!"

딘 장군이 책상을 내리치며 콰이엇! 하고 외친다. 안재홍도 탁자를 두드리며 한탄한다.

"연대장, 참으시오! 이게 다 우리 민족 스스로의 힘으로 해방된 게 아니고 남의 힘을 빌려서 해방됐기 때문에 이런 억울한 일을 당하는 거요. 연대장! 참으시오, 제발······."

느닷없이 안재홍이 방성대곡하자 장내는 순식간에 숙연해진다.

"오늘 회의는 이것으로 해산이오."

딘 장군이 총총히 회의장을 나가 버리자 하나 둘씩 자리를 뜨기 시작한다. 이 날 회의는 결국 아무런 결론도 내리지 못한 채 난장판으로 막을 내렸다.

14
1948년 5월 8일

　군정장관 딘 소장이 제주에서 군정 당국 수뇌회의를 주재하고 떠나간 다음 날인 5월 6일, 전격적으로 9연대장의 교체가 이뤄졌다. 그동안 화평정책을 추진해 온 김익렬 중령을 해임하고 그 후임에 경비대 총사령부 인사참모 박진경 중령을 발령한 것이다.
　군사영어학교 출신인 박 중령은 영어에 능통하여 딘 소장의 총애를 받던 인물이다. 또한 구 일본군 소위로 제주도에서 근무한 경력도 있었다. 그가 섬으로 떠나기 앞서 딘 장군에게서 최소한의 무력을 사용해 반란을 진압하라는 밀명을 받았는데 그 밀명은 '초토작전 명령'이다.

그러니까 연대장 교체의 배경은 표면적으로 미군정 하의 제1인자였던 조병옥 경무부장을 폭행한 데 대한 문책경질이었지만 내면적으로는 현지 연대장인 김익렬이 한사코 초토작전을 반대하니까 딘 장군은 자기 명령을 충실히 이행해 줄 연대장이 필요했다. 그만큼 딘 장군은 미국 정부로부터 제주도 폭동의 조속한 진압을 독촉받고 있었다.

신임 박진경 연대장은 취임사에서 우리나라 독립을 방해하는 제주도 폭동사건을 진압하기 위해서는 제주도민 30만을 희생시키더라도 무방하다고 했다. 고급 지휘관으로서 있을 수 없는 실언이었다.

군인은 목숨을 바칠 만한 명분, 국가와 민족을 위한다는 대의가 있어야 복종한다. 박진경 중령은 이런 사실을 망각하고 군인은 무슨 명령이라도 복종하는 줄 착각했기에 군심(軍心)의 이반을 불러올 이런 망언을 서슴치 않았던 것이다.

박진경이 연대장으로 부임해서 사흘째 되는 날 나는 그를 찾아갔다. 부관이 꼬치꼬치 캐묻더니 연대장에게 보고하는 것 같았다. 연대장실 문을 열고 들어서자 그는 책상에 앉아 서류를 검토하고 있었다.

"진경아!"

그가 자리에서 벌떡 일어섰다.

"이게 누구야? 양호진이…… 정말 오랜만이군."

우리는 악수하고 응접의자에 앉았다.

"축하하네. 자넬 만나려고 부랴사랴 달려왔네."

"자넨 여전하네. 요즘 뭐 하고 있지?"

"농사꾼이 농사나 짓지, 할 일이 뭐가 있나. 4·3 사태 후론 농사짓기도 어려워졌어."

"사태로 세상이 뒤숭숭한데 고향 친구들은 어떻게 지내나?"

"달삼이와 덕구 소식은 들었겠지?"

박진경의 표정이 일순 굳어진다.

"폭도들의 우두머리가 됐다고 하더군."

"달삼이는 얼마 전에 전임 김익렬 연대장과 평화회담을 추진했다가 실패하고 말았지."

"제기랄! 김익렬의 섣부른 판단 때문에 한라산 폭도들이 전열을 정비할 수 있는 시간만 벌어줬어. 머저리 같은 자식!"

"그래도 김익렬 연대장은 도민들 사이에서 꽤나 인기가 있었어. 4·3을 평화적으로 해결하려는 민족주의자, 평화주의자라고……."

박진경이 화를 내며 말을 자른다.

"김익렬이가 평화주의자라고? 그 자는 공산주의자들의

술수에 놀아난 바보, 멍청이일 뿐이야."

"4 · 28 평화회담이 공산주의자들의 술수라고?"

"공산주의자들의 전략 전술 가운데 '담담타타(談談打打)'라는 게 있어."

"담담타타?"

"여건이 불리해지면 회담을 제의해서 시간을 끌다가 유리해지면 무력도발을 감행하는 전술이지. 전형적인 속임수요, 뒤통수치기야."

"회담을 제의한 것은 달삼이가 아니라 김익렬이었는데……."

"김익렬에게도 노림수가 있었지. 4 · 28 평화회담은 김익렬의 공명심과 김달삼의 기만술의 합작품이야."

"그렇지만 회담이 성공했다면 지긋지긋한 살육이 끝나고 이 땅에 평화가 찾아오지 않았을까?"

"평화를 원하거든 전쟁에 대비하라. 로마의 교훈이야. 강한 군대만이 평화를 지키는 유일한 수단이지. 주둥이가 평화를 지켜주지 않아. 그 따위 싸구려 회담은 엿 먹으라고 해!"

나는 진경이에게서 벽을 느꼈다. 그것도 난공불락의 철벽인 것을. 나는 천장을 쳐다보며 이리저리 눈알을 굴렸다.

"저어…… 이런 얘기 해도 될까 모르겠는데……."

"뭔데? 해 봐."

"다른 사람이 아니고 자네가 연대장이니까 하는 말인데…… 친구끼리…… 달삼이와 한 번 만나보는 건 어떨까?"

"내가? 왜?"

"실패한 회담을 성공으로……."

다시 박진경이 말을 끊는다.

"자네 지금 그 임무를 띠고 날 찾아온 건가? 자넨 김달삼의 하수인인가? 남로당 끄나풀이야!"

"아니, 아니…… 곡해하진 말게. 사태가 너무 심각하고 안타까워서…… 우린 소꿉동무들이 아닌가 말야, 그래서……."

"그런 얘기라면 일언반구 들을 가치도 없다니까!"

박진경이 버럭 소리를 지르고 나서 확신에 찬 음성으로 으르렁거렸다.

"군정장관 딘 소장이 나를 김익렬의 후임으로 보낸 의도는 회담이 아니라 빨갱이 소탕이야. 이 섬에서 빨갱이를 깨끗이 청소하라는 명령이라구!"

"허나 한라산 무장대의 반격도 만만치 않을 텐데…… 그리 되면 고래 싸움에 새우등 터지듯 양민들만 희생되겠지."

"자네, 토끼몰이 해 봤지?"

"토끼몰이?"

"조만간 국방경비대의 강력한 토벌이 본격적으로 시작될 거야. 경비대는 경찰 같은 오합지졸이 아니야. 훈련된 군대가 한라산을 이 잡듯 뒤지며 폭도들을 한라산 꼭대기로 몰아가서 섬멸하는 거지. 이걸 저인망식 토벌이라고 하거든. 물 막은 섬에서 폭도들이 도망칠 곳이 어디야? 독안에 든 쥐새끼들이 찍찍거리는 소리가 들리는군."

"그러나 동족 간에 피 흘리는 싸움을 피할 수만 있다면……."

"조병옥 경무부장이 그런 얘기를 했더군. 제주도민의 70~80%가 좌익사상에 물들어 있다. 그러니 섬 전체에 휘발유를 뿌려서라도 빨갱이를 깡그리 태워 버려야 한다."

"설마 자네도 그런 생각을…… 하는 건 아니겠지?"

"조 부장의 말에 동의하네. 빨갱이들은 병균과 같단 말이야. 음습한 곳이면 어디든지 파고들어서 나쁜 균을 퍼뜨리는 거야. 창궐하기 전에 박멸해서 뿌리를 뽑아야지. 안 그런가?"

나는 오줌 마려운 강아지처럼 낑낑대며 일어섰다.

"난 이만 가봐야겠네. 언제 또 만날 수 있을지……."

"하하핫…… 또 만나게 되겠지. 토벌작전이 성공해서 빨갱이 소탕이 끝나면 자네 말처럼 이 섬에 평화가 찾아오고…… 그 후에 난 스타가 될 거야."

"스타라면……?"

"장군말이야, 장군! 경비대에서 유일한 스타는 송호성 사령관인데 그 늙은 너구린 오래 가지 않을 거야. 내가 그 후임이 돼서 금의환향하면 그때 또 만나세. 하하핫……."

그는 마치 당장에 하늘의 별이 된 것처럼 호탕하게 웃어 제끼며 내 손을 잡고 흔들었다. 난 알 수 없는 전율을 느꼈다.

그후 박진경 연대장은 소신껏 토벌작전을 전개했다. 그 방법은 과거 일본군이 만주·중국 등 점령지에서 게릴라를 토벌했던 것처럼 양민과 폭도를 구분하지 않고 게릴라 출현 지역 내에 거주하는 주민을 무차별 학살하는 거였다. 이로써 그동안 김익렬이 추진해 오던 평화협상은 완전히 물거품이 되고 말았다.

15
1948년 5월 10일

 통일정부의 수립을 바라는 여러 정치세력들의 반대 속에 5월 10일 남한만의 단독정부를 세우기 위한 총선거가 실시됐다. 총선거에는 김구와 김규식을 비롯한 남북협상 참가 세력과 많은 중도계 인사들이 참가를 거부함으로써 이승만과 한국민주당, 그리고 일부 중도세력만 출마했다.
 한라산 유격대는 5·10 단선에 대한 적극적인 거부 투쟁을 전개했다. 선거 하루 전인 5월 9일 밤이 되자 총을 메고 죽창을 든 유격대원들이 산에서 내려와 중산간 마을의 가가호호를 방문해서 내일은 반드시 피난을 가야 한다고 으름장을 놓았다.

5월 10일에는 마을의 전 주민이 산 사람의 지시에 따라 오름이나 동굴 속으로 대피했다. 어린애까지 동굴 안에 들어가니 아기 우는 소리로 시끄러웠다. 경찰관에게 발견되는 게 두려워 불도 켜지 못하고 담배도 피우지 못하게 주민들을 통제했다. 하루를 오름이나 동굴에서 지내고 선거일 오후 투표가 끝난 저녁 시간에야 집으로 돌려보냈다.

주민들이 돌아와 보니 피난 못 간 노약자와 병자들을 경찰관이 잡아 갔다. 경찰관은 그들에게 주민들의 행방을 묻고 모른다고 대답하자 총살해 버렸다. 사람 목숨이 파리 목숨보다 더 쉽게 끊어졌다. 사람 목숨이 천하보다 귀하고 중한데도 학살자들은 화풀이로, 어떤 경우에는 장난삼아 유희로 사람을 죽였다. 전쟁이나 폭동이 불러오는 가장 큰 해악은 생명경시 풍조를 인간의 내면 속에 심어 주는 것이다.

유격대는 선거사무소를 집중 공격하고 선거 관련 공무원을 납치·살해하는 한편, 선거인 명부를 탈취했다. 5월 10일 선거 당일에 유격대는 중문·표선·조천면 등지에서 투표소를 공격했다.

결국 전국 200개 선거구 중 제주도 2개 선거구는 투표인의 과반수 미달로 무효 처리됐다. 제주도 선거구 3개 중 남제주군 선거구만 선거를 치러 오용국이 당선되고, 북제주군의 2개 선거구는 투표율이 모자라 무효로 처리된 것이다.

미군정은 북제주군 2개 지역의 선거 무효화를 공표함과 동시에 6월 23일에 재선거를 실시한다고 발표했다. 그러나 선거를 치를 여건이 갖추어지지 않아 재선거는 무기 연기됐다. 미군정은 브라운(Rothwell H. Brown) 대령을 제주지구 사령관으로 임명하여 강도 높은 진압작전을 펴서 재선거를 시도하려 했으나 실패하고 말았다. 5·10 선거의 거부는 미군정에 대한 심각한 도전으로 받아들여졌고, 제주도민들에 대한 대탄압이 예견되고 있었다.

경비대 병력은 기존 9연대 1개 대대와 부산 5연대에서 차출된 1개 대대, 수원의 11연대 1개 대대가 합쳐져서 모두 3개 대대로 강화됐다. 박진경은 새로 편성된 11연대장에 취임하여 본격적인 토벌에 나섰다.

조병옥 경무부장도 특별담화를 발표해 강경 진압방침을 분명히 하고, 경찰 특수부대를 파견하는 한편 서청 단원을 계속 증파했다. 경비대가 주도하는 본격적인 토벌작전이 전개되면서 5월 27일까지 붙잡힌 입산자는 3,126명에 달했고, 6월 중순에는 무려 6,000여 명에 달하게 됐다.

무리한 토벌이 이루어지자 5월 30일 밤 11연대 병사 41명이 탈출하는 사건이 발생했다. 이들은 무기와 장비,

5,600발의 탄약을 소지하고 모슬포 주둔지를 빠져나가 대정지서를 공격한 후 입산했다.

이 무렵, 홍련이는 경찰의 추적을 피해 신촌리를 떠나 중산간 마을인 성읍리에서 레포(연락원)로 활동하고 있었다. 그녀는 5·10 선거가 임박하자 한밤중에 삐라를 마을 곳곳에 뿌리고 다녔다.

삐라에는 "경찰에 대항하기 위해 제주도민이여! 단결하자!", "투표하면 인민의 반역자이다!", "단선에 참가한 매국노를 단죄하자!" 등의 구호가 적혀 있었다. 그녀의 왕성한 활동은 삐라 살포와 벽보 부착에 국한되지 않았다.

그녀는 마을 노인들에게 상해 임시정부의 수반이었던 김구 선생이나 김규식 선생도 단선에 반대해서 남북연석회의 참석차 평양을 다녀오지 않았느냐고 설득하며 다녔다. 통일정부를 수립해야 한다는 단선 반대 명분이 심정적으로 지지를 받는 분위기를 만드는 데 그녀는 적지 않은 공을 세웠다.

그녀의 활약상은 곧 세포를 통해 유격대 지휘부에도 알려졌다. 그녀의 동생 홍란이는 이미 스승인 이덕구를 찾아 입산하여 덕구의 비서 역할을 하고 있으니 누구보다 빨리 소식이 전해졌다.

본토의 통금시간은 밤 10시부터 시작됐지만 제주섬에서

는 저녁 8시로 앞당겨졌다. 그러나 제주읍을 벗어난 지역에서는 밤이 되면 군정 당국의 통치력이 미치치 못했다.

위급한 사태가 발생해도 밤중에 경찰이 출동하는 일은 거의 없었다. 유격대원의 결사 항쟁에 겁먹은 경찰관들은 향보단까지 동원하여 보초를 서도록 하면서 자신들은 지서 지키기에 급급했다.

치안의 진공상태가 되는 밤은 게릴라들에게는 해방구의 일탈을 즐기기에 안성맞춤이다. 나는 야음을 이용하여 수행원 한 사람만 대동한 채 성읍리로 내려갔다. 보름달이 온누리를 비추고 있는 고즈넉한 밤이다.

수행원의 안내로 나는 홍련의 집 앞에 도착했다. 작은 규모의 초가집이었는데 뒤쪽은 대나무 숲이다. 바람이 불 때마다 대나무 숲은 쏴아 쏴아 파도 소리를 내며 몸부림친다.

창호지 문에는 호롱불의 희미한 불빛이 어른거리고 있다. 내가 헛기침을 하자 순식간에 호롱불이 꺼지면서 긴장된 침묵이 흘렀다.

"나야…… 호진이."

나직이 내가 중얼거리듯 말하자 잠시 부스럭거리는 소리가 나더니 창호지 문이 열렸다.

"웬 일이야? 갑자기……."

"으응. 보고 싶어서 왔어."

"……."

"들어가도 돼?"

"빨리 들어 와. 사람들 보기 전에."

내가 방으로 들어가자 홍련이가 잽싸게 문을 닫는다.

"무슨 일이야? 산에 있어야 할 사람이……."

"불 좀 켜자. 오랜만에 얼굴이라도 좀 보게."

"안 돼. 동네 사람들이 날 주시하고 있어. 외간 남잘 집 안에 끌어들였다는 소문이 나면 난 쫓겨나. 아니, 내가 얼굴 들고 다닐 수가 없어."

"근 1년 만에 만났는데 너무 하는 거 아냐?"

"그때, 내가 말했지? 이게 마지막이라고…… 근데 왜 또 왔어?"

"사랑하는 사람을 만나러 왔는데 무슨 이유가 꼭 필요해?"

"사랑? 사랑 좋아하지 마. 욕정 때문이겠지."

"욕정……?"

난 정신이 번쩍 들었다. 산중 생활을 오래 하다 보니 성욕 같은 건 아예 잊어 버렸는데 그녀가 아랫도리에 불을 질렀다. 나도 모르게 사타구니에 손이 가고 그곳을 쓰다듬었다.

"그런 생각도 없지 않았겠지. 하지만 내 마음을…… 넌 몰라."

"지금이 어느 땐데 한가하게 사랑타령이야? 수많은 인민들이 죽었고, 죽어가고 있어. 사랑이 인민의 피보다 더 진한가?"

나는 입을 다물었다. 그녀의 말처럼 지금 한가하게 입씨름으로 노닥거릴 시간이 없다. 밤이 새기 전에 산으로 돌아가야 하니까. 별안간 마음이 급해졌다. 나는 무릎걸음으로 천천히 그녀에게 다가갔다. 그녀가 조금씩 물러나 앉더니 등이 벽에 닿았다. 그녀가 목소리를 낮춰 신음하듯 외쳤다.

"가까이 오지 마! 내 몸에 손대지 마! 소리칠 거야!"

"소리쳐 봐. 외간 남자와 잤다는 소문나면 쫓겨난다며?"

"……."

"너, 그거 알아? 네가 아니라 네 몸이, 내가 아니라 내 몸을 기억한단 말이야. 네 머리보다 가슴이, 가슴보다 자궁이 더 솔직하단 걸 몰라? 더구나 앙탈부리는 여자가 더 남자의 욕망을 부추긴다는 걸 모르지?"

"제발…… 오늘은 안 돼. 생리 중이야. 다음에 하자, 응?"

창호지를 투과한 희미한 달빛이 그녀의 얼굴을 마치 여신의 조각상처럼 만들었다. 강렬한 욕구가 내 몸을 뚫고 나오려는 듯 맹렬히 요동쳤다. 나는 천천히 그녀의 손을 잡고 입을 맞췄다. 그 다음에는 하얀 살이 드러난 다리와 허벅지를 혀로 핥았다. 온몸의 세포들이 모두 아우성치며 발기하는 것 같았다.

이번에는 한 손으로 계곡을, 다른 손으론 유방을 움켜쥐고 쓰다듬으면서 그녀의 입술에 혀를 들이밀었다. 아! 하는 탄성이 그녀의 입에서 새어나왔고 동시에 그녀의 두 다리가 내 허리를 꽉 조여 왔다.

얼마나 많은 시간이, 영겁의 시간이 흘렀는지 모른다. 둘은 뒤엉켜서 끝없이 자맥질했고 끊임없이 교성을 질러댔다. 그녀의 몸이 내 몸을 기억한다는 건 옳았다. 그 기억은 뇌에 간직돼 있던 게 아니라, 그녀의 근육과 신경세포 안에 깊숙이 잠들어 있다가 화산처럼 폭발한 것이다. 또한 사랑이 인민의 피보다 더 진하다는 것도 언제나 옳은 명제이다.

그 후 나는 몇 번 더 홍련이와 살을 섞었다. 생사를 넘나드는 긴박한 상황에서 치러지는 섹스는 더 격렬해질 수밖에 없다. 온몸이 땀으로 흥건한 격전을 치르고 난 뒤에도 홍련은 자신의 육체는 날 받아들이지만 여전히 정신은 거부한다고 했다.

사랑이 육체와 정신의 합일이란 것쯤은 나도 안다. 그러나 그건 이상일 뿐이다. 정신 없는 육체와의 교합, 육체 없는 정신적 배설도 얼마든지 가능하다고 본다. 정숙한 체하는 여자들이 사랑하지 않는 남자하고는 그 짓을 할 수 없다고 하는 건 새빨간 거짓말이다.

그런 여자들은 자신을 육체적으로 만족시켜 주는 남자를 아직 만나지 못한 것이다. 말하자면 오르가즘을 느껴보지 못한 석녀(石女)들이 하는 말이다. 백인 여자가 흑인 남자를 경멸하는 체 하는 건 니그로의 거대한 페니스에 대한 갈망과 동경을 애써 감추기 때문이다.

나는 프로이트가 "사랑은 욕정의 가면에 지나지 않는다"고 한 지적에 동의한다. 적어도 지금 상황에서는 정신 운운은 나에게는 사치 이외의 아무것도 아니다.

16
1948년 6월

　박진경 중령은 제주 부임 한 달 만에 대령으로 진급했다. 미군정으로부터 제주도 토벌작전의 공로를 인정받은 것이다. 그의 진급은 동료 장교들과 비교할 때 초고속 승진이었다. 박 대령 승진 축하연이 6월 17일 저녁 제주읍 관덕정 북쪽에 있는 요정 옥석정에서 열렸다.

　이 축하연에는 미군 장교들과 11연대 참모, 그리고 통위부에서 파견된 장교뿐 아니라 도지사, 법원장, 경찰감찰청장, 검사장 등 도내 주요 기관장이 빠짐없이 참석했다. 이날 파티의 요리 장만에는 연대본부 취사병은 물론이고 읍내 전문 요리사들까지 동원됐다.

박 대령은 거나하게 취해서 새벽 1시께 숙소인 연대본부로 귀대했다. 그는 자기 사무실에 책상과 침대를 두고 그곳에서 업무도 보고 잠도 잤다. 그가 난폭하게 군복 상의를 벗어 던지며 뇌까렸다.

"와우! 드디어 내가 대령이 됐어! 머잖아 별을 달게 될 테지. 별, 별, 별! 나는 별을 따기 위해 이 세상에 태어난 사람이야. 개천에서 용 났지. 가난한 시골 농부의 아들이 장군이 되다니. 오늘 술을 너무 많이 마셨어. 도지사, 감찰청장, 법원장, 검사장…… 이 자들이 모두 내 비위를 맞추느라 정신이 없더군. 아무도 날 건드리지 못 하지. 아니, 모두들 내 앞에서 꼬리 내린 강아지처럼 벌벌 떨고 있는 꼴이라니. 이래서 권력이 좋은 거야. 나는 새도 떨어뜨리는 권력! 무소불위의 권력! 하하핫…… 통쾌하군, 통쾌해!"

그러다 그는 방구석의 칸막이에 붙은 거울을 보고 그 앞으로 걸어간다. 거울 속의 자신을 물끄러미 바라보다가 다시 군복 상의를 입고 모자까지 쓴다. 거울 속의 자신을 향해 경례한다.

"충성! 대령 박진경!"

그는 몇 번이고 충성을 외치다가 옷 입은 채로 침대에 쓰러져 잔다. 6월 18일 새벽 3시경 연대장 숙소에서 한 방의 총성이 울려 퍼졌다. 박 대령이 목 부위에 딱 한 발의 총알을 맞고 숨을 거뒀다.

비상 나팔소리가 울리고 연대본부 전 장병이 비상소집 됐다. 단독군장으로 연병장에 집결한 후 헌병들이 도착했다. 헌병들은 세밀하게 탄창과 총기 검사를 했다. 총기 검사는 연대 본부뿐만 아니라 11연대 산하 전 장병들을 대상으로 확대했다.

암살사건 수사에는 헌병대, 경찰 이외에도 미군 CIC(방첩대), CID(범죄수사대) 요원들이 투입됐다. 군정장관 딘 소장은 사건을 직접 조사하기 위해 경찰의 총포연구 권위자 2명을 대동하고 전용 군용기를 타서 내도했다.

딘 소장은 암살범 검거에 총매진하라는 특별지시를 내린 뒤 저녁 7시께 박 대령의 시신을 싣고 귀경했다. 박 대령의 시신이 도착한 김포공항에는 통위부와 총사령부 참모들이 출영했다. 박 대령의 장례식은 6월 22일 총사령부에서 엄수됐다. 이 장례식은 육군장 제1호로 기록됐다.

미군정은 6월 21일자로 제11연대장에 최경록 중령을, 부연대장으로 송요찬 소령을 임명했다. 신임 연대장은 제주도에 부임 즉시 토벌작전을 계속 추진하는 한편 박 대령 암살범 색출에 주력했다. 그러나 암살범 수사는 오리무중이었다.

수사가 미궁으로 빠져들고 있을 때 한 장의 투서가 날아들었다. 모 하사관이 보내온 이 투서는 '제3중대장 문상길 중위와 연대 정보과 선임하사를 문초하면 암살사건 전모를 밝힐 수 있을 것'이라는 내용을 담고 있었다.

박 대령 암살사건 수사대는 즉각 문 중위와 문제의 하사관을 체포하여 수사에 박차를 가했다. M-1 소총으로 직접 박 대령을 쏜 범인은 부산 5연대에서 파견된 손선호 하사였다. 이밖에 암살 동조자로 양회천 이등상사, 신상우 일등상사, 강자규 중사, 배경용 하사 등이 체포됐다.

박 대령 암살의 주범으로 부각된 문상길 중위 등 혐의자 8명은 미군 비행기를 타고 서울로 압송되어 서울고등군법회의에 회부됐다. 재판이 열린 서울고등군법회의 방청석에는 군 관련 장병은 물론이고 전 언론기관의 기자들이 참석하여 북새통을 이뤘다.

재판정의 정면에 재판장 이응준 대령, 법무사 김완룡 소령이 배석하고 맞은편에 피고 문상길 등 8인이 자리했으며 측면 좌우에 검찰관과 변호인, 참고인 자격의 14연대장 김익렬 중령이 착석했다.

검찰관이 일어서서 범인들에 대한 기소 이유를 밝혔다.

"문상길 중위는 4월 20일경 동 연대 근무 고승옥의 연락으로 제주도 폭도대장 김달삼과 만나 경비대원 40명을 도주케 했고, 5월 중순에는 제2차로 박 대령을 살해하라는 지령을 받았다. 6월 17일 밤 박 대령이 중령에서 대령으로 진급한 것을 축하하고자 제주읍내 옥석정이라는 요릿집에서 잔치를 벌였을 때 죽이려다가 삼엄한 경비로 미수에 그쳤다. 동 18일 새벽, 경비대 대원 손선호는 사수가 되고 배경용은 전지를 켜 들고 신상우, 강자규, 양회천 등은 현장 주위를 지키는 가운데 술에 취해서 잠든 박 대령을 향하여 M-1라이플 총을 발사하여 그가 사망하게 된다. 이로써 박 대령을 암살한 문 중위 이하는 오늘 법의 심판을 받게 된 것이다. 중위 문상길!"

호명하자 문상길이 자리에서 일어선다.

"제11연대장 박진경 대령의 암살 주범으로서 본 검찰관이 논고한 사실을 인정합니까?"

"우리들은 공산주의자가 아닙니다. 우리에겐 다른 정치적 목적도 없었고 국가와 민족을 수호하는 군인으로서, 이 민족이나 식민지 국민에게도 감히 할 수 없는 무차별 학살을 동족인 제주도민에게 자행한 민족반역자를 사살한 것은 당연한 일이며 그것이 군인의 임무라고 믿습니다. 이 법정은 미군정의 법정이며 미 군정장관 딘 소장의 총애를 받던 박진경 대령의 살해범을 재판하는 법정입니다. 우리는 군인으로서 자기 직속상관을 살해하고 목숨을 구할 수 있으리라고 생각하지 않았습니다. 죽음을 결심하고 행동한 것입니다."

 검찰관은 문상길의 발언에 대해 가타부타 언급하지 않고 피고인들을 차례로 호명하여 자신이 논고한 사실을 인정하느냐고 물었다. 피고인들이 인정한다고 대답하자 자리에 앉았다. 이번에는 변호인이 일어섰다.

 "본 변호인이 조사한 바에 따르면, 암살의 원인을 한 마디로 단정하기는 어렵지만 박 대령이 9연대장 취임사에서 '우리나라 독립을 방해하는 제주도 폭동사건을 진압하기 위해서는 제주도민 30만을 몽땅 희생시켜도 무방하다. 명령에 불복하면 무조건 사살하라. 그리고 보급은 일체 현지에서 조달하라'며 무기와 탄약만 지급해서 민간인 약탈을 조장했습니다. 또한 박진경 대령 사망 후, 11연대 전 장병을 대상으로 무기명 여론조사를 실시하여 경비대 군인 중에서 존경하는 자와 미워하는 자, 그 이유를 물었습니다. 그 결과, 존경하는 군인으로 김익렬 전 연대장을, 증오하는 군인으로 박진경 대령을 꼽았는데, 그 이유는 민족반역자라는 거였습니다. 문상길 중위 이하 각 사람은 산 사람의 지령을 받은 일도 없고, 또 무슨 사상적 배경을 가지고 한 일도 아닙니다. 다만 민족을 사랑하는 마음과 정의감에서 우러나온 행동이라고밖에 달리 볼 수 없습니다."

 변호인이 자리에 앉자 검찰관은 '그릇된 민족 지상의 이

넘에서 군대의 생명인 규율을 문란케 한 중범죄'라고 규정하고 피고인들에게 사형을 구형했다.

이응준 재판장이 지긋이 문상길을 내려다 본다.

"피고들은 최후로 법정에서 진술할 말이 없습니까?"

문상길이 일어서서 재판장을 쳐다본다.

"우리가 박진경 연대장님을 사살했지만 개인적으로는 대단히 죄송하게 여깁니다. 연대장님은 먼저 저 세상으로 갔고 며칠 뒤에는 우리도 갑니다. 그리고 재판장님 이하 모든 분들도 언젠가 저 세상으로 갈 겁니다. 그러면 우리 모두는 하나님 앞에서 만나게 됩니다. 이 인간의 법정은 공평하지 못해도 하나님의 법정은 절대 공평합니다. 그러니 재판장님은 장차 하늘의 법정에서 다시 재판하여 주시기 바랍니다. 여러분 모두 먼 훗날 다시 만나게 되길 기원합니다. 감사합니다."

문상길이 자리에 앉자 일순 법정은 찬물을 끼얹은 듯 정적에 빠진다. 재판장이 창백한 안색으로 말을 더듬거렸다.

"잠시……휴정을 선언……합니다."

잠시 후, 재판이 속개됐고 판결문을 낭독하는 재판장의 손이 파르르 떨렸다. 재판장은 군대의 규율을 문란케 했다는 이유를 들어 조선경비대법 제35조를 적용, 문상길 중위와 손선호·신상우·배경용 하사관 등 4명에게 사형을 선고하고, 양회천 이등상사에게는 무기징역을, 강자규 중사에게는 5년형을, 황주복·김정도 하사에게는 무죄를 선고했다.

총살형은 수주일 후에 수색에서 집행됐다. 총살형 집행인인 저격수들이 4인의 사형수 맞은 편에 도열한 후, 사형수들에게 눈 가리개를 씌우려 하자 문상길이 고개를 저었다.

"잠깐만! 눈 가리개를 치워 주시오. 파아란 조국의 하늘을 마지막으로 보고 싶소."

기독교인 문상길이 두 손을 모으고 하늘을 우러른다.

"주여, 우리의 영혼을 받아주시고 우리들이 뿌리는 피가 조국의 독립을 위한 밑거름이 되게 하소서. 아멘!"

그가 두 손을 번쩍 쳐들고 '대한민국 만세!'라고 외치자 세 사람도 따라 한다. 그가 '양양한 앞길을 걸어 갈 때에……'라는 군가를 부르기 시작하자 세 사람이 따라 부르다가 목이 메인다. 저격수 분대장의 '거총! 조준! 발사!' 구령이 떨어지자 총구에서 불을 뿜는다. 네 사람의 고개가 털썩 꺾인다.

네 명의 사형수가 형장의 이슬로 사라진 그 날, 하늘은 유난히 푸르렀다.

17
1948년 7월

7월 중순경부터 남한 전역에서 '지하선거'가 실시됐다. 이는 북한의 정권 수립에 따른 것이다. 4·3의 와중에 있던 제주도에서의 지하선거는 주로 백지에 이름을 쓰거나 손도장을 받아가는 형식으로 진행됐다.

유격대의 강요에 마지못해 가명으로 이름을 쓰고 손도장을 누르는 경우가 많았다. 나중에 이 일이 빌미가 되어 엄청난 인명 피해가 발생했다. 백지 날인은 곧 총살의 원인이 됐던 것이다.

한라산 유격대의 아지트. 김달삼과 이덕구, 그리고 나, 세 사람이 회동했다. 김달삼은 인민복 차림이고 이덕구는 늘 즐겨 입는 관동군 장교 복장이다. 달삼이가 먼저 입을 열었다.

"연판장 돌리는 일은 잘 진행되고 있나?"

덕구를 보고 물었지만 이 일의 책임자인 내가 대답했다.

"경찰의 손길이 닿지 않는 중산간 마을부터 가가호호 방문해서 도장을 받고 있네. 조만간 통계가 잡히면 진행 상황이 보고될 걸세."

"이번 사업이 남한의 5·10 선거에 대응해서 치러질 '8·25 최고인민회의 대의원선거'의 전초전이란 걸 알고 있지?"

달삼의 지적에 내가 대꾸하려 하자, 덕구가 손을 저었다.

"그건 그렇고…… 해주에 꼭 가야 하겠나?"

"내가 남조선인민대표자회의에 참가하는 건 제주 4·3 투쟁에 관한 보고를 해서 4·3의 정당성과 필요성을 역설하려는 거야."

"그래서 얻는 게 뭔데?"

"국내와 국제 여론을 환기시켜 국방경비대의 토벌·진압작전을 중지시키는 거지."

"여론 따위에 굴복할 그들인가? 토벌은 미국의 세계전략의 일환이야. 아시아의 환부를 도려내려는 소거정책이란 말일세."

"상관없어. 최소한 무장투쟁의 성과와 4·3의 진상을 세계 만방에 알릴 기회가 될 테니까."

쓸데없는 토론이라 생각되어 내가 끼어들었다.

"이번에 월북하면 언제 다시 만날 수 있을까?"

"……통일된 조국에서 보자."

"꿈에도 소원인 통일이 이뤄지지 않는다면?"

"떠도는 혼이 되어 구천을 헤매다 만나게 되겠지."

덕구가 양 손을 깍지 끼며 말한다.

"사령관이 잠적하면 유격대 전체가 동요할 걸세. 대원들의 사기에 미치는 영향을 생각해 봤나?"

"그래서 자넬 내 후임 사령관으로 임명하지 않았나?"

"솔직히 난 두렵고 떨려. 내가 이처럼 막중한 임무를 수행할 수 있을지……."

"무슨 소린가! 자넨 대일본제국의 관동군 소위 출신이야. 게다가 한라산의 지리에 통달한 뛰어난 전략가인 자네가 그토록 나약한 소릴 하다니. 장두의 기개를 어디다 팔아 버렸나?"

"장두라고? 방성칠, 강제검, 이재수…… 조선조 민란의 우두머리, 장두의 운명은 처형일세."

"혁명은 운명에 도전하고 극복하는 거야. 패배주의와 감상주의는 혁명의 적이라고!"

"하지만 여전히 확신이 서지 않아. 이 싸움은······."

"이미 봉화가 올랐고 수많은 동지들의 피가 혁명의 제단에 뿌려졌어. 그 따위 서푼짜리 회의론은 비겁한 반동의 논리일 뿐. 혁명가는 회의하지 않아, 의심을 버려야 해!"

"자넨 아직도 혁명의 순수성을 믿나?"

"믿지. 그러니까 죽음이 두렵지 않은 거야. 사내 대장부가 신념을 지키기 위해 죽는다면 그건 명예로운 죽음이 아닐까? 언젠가 내 피도 혁명의 광장에 뿌려지겠지."

"그 피가 헛되지 않았으면 좋겠네."

"우린 지금 볼셰비키 혁명보다 더 위대한 혁명을 수행하고 있다고! 파죽지세로 번져가는 혁명의 불길을 아무도 막을 수 없어. 이건 역사의 준엄한 명령이야. 전진! 전진!······"

"그 전진의 끝은 어디일까?"

"그걸 몰라서 물어? 자네 눈엔 압제의 쇠사슬에 묶여 허덕이는 인민들의 고통이 보이지 않나? 자넨 인민의 진정한 친구인가?"

"인민의 친구라고?······ 프랑스 대혁명을 주도한 마라도 자신이 인민의 친구라고 했어. 그런 마라가 인민의 손에 암살당한 걸 자네도 알고 있지?"

"마라는 마라고 나는 나야. 난 마라처럼 무기력하게 목욕탕에서 자객에게 칼을 맞지 않아. 내가 먼저 찌를 테니까……."

달삼이가 품 속에서 단도를 꺼내 보인다. 이때 어디선가 콩 볶듯 요란한 총소리가 들려왔다. 세 사람은 아지트 밖으로 뛰쳐나온다.

"뭐야? 어디지?"

내가 손으로 검은오름을 가리켰다.

"3시 방향! 검은오름이야!"

"검은오름엔 김용관이가 지대장을 맡고 있는 3지대가 포진하고 있는데. 습격부대는 경찰일까, 경비대일까?"

"몰라, 우리도 가 보자!"

앞장서는 달삼이의 뒷덜미를 덕구가 낚아챈다.

"기다려! 사령관은 나야. 넌 빠져. 이 순간부터 투쟁은 내 몫이니까."

"알았어. 지금 곧 해안가 접선 장소로 이동할게."

달삼이가 덕구를 힘차게 끌어안는다.

"반드시 돌아온다. 죽어 백골이 돼도 혼령은 기어이 한라산을 찾아올 거야."

"가라. 떠날 때는 뒤돌아보지 말고 가."

세 사람은 양 팔로 서로의 어깨를 감쌌다. 게릴라식의 작별 인사였다. 콧잔등이 싸아 하다, 이런 이별은. 총소리는 더 격렬해지고 있다. 달삼이가 숲으로 들어가는 모습을 지켜보던 나와 덕구는 검은오름을 향해 달려갔다.

이 날 유격대와 경찰토벌대 간의 전투에서 수십 명의 사상자가 발생했는데 손달하의 작은 아들 영택도 전사했다. 달하는 자신의 아들 둘이 모두 희생됐는데도 그 사실을 모르고 있다. 한 아들이 조국통일과 독립을 위해 죽었다면 또 한 아들은 과연 무엇을 위해 죽었는가? 한 형제가 서로 총부리를 겨누는 비극은 이 땅에서 다시는 되풀이되지 말아야 한다.

김달삼은 화북포에서 어선으로 위장하여 비밀리에 대기중이던 통통배를 타고 목포에 도착하여 육로를 이용해서 황해도 해주로 향했다.

18
1948년 8월

5·10 선거에 의해 선출된 국회의원들은 3권 분립과 대통령중심제, 국회의 간접선거에 의한 대통령 선출 등을 요지로 하는 헌법을 만들고, 이승만을 초대 대통령으로 뽑아 마침내 1948년 8월 15일 대한민국 정부가 출범했다. 한편 8월 21일부터 해주에서 북한 정권의 수립을 위해 남한의 지하선거를 통해 선출된 대표자들이 모여 남조선인민대표자회의가 열렸다. 이 날 참석자 1,002명 중에는 김달삼을 비롯한 제주 대표도 포함돼 있었다. 제주도 인민대표는 안세훈·김달삼·강규찬·이정숙·고진희·문등용 등 6명이다.

김달삼 일행이 이 회의에 참석코자 해주 인민회당에 들어서자 남로당 부위원장 허헌의 영접을 받았고 회의 참석자들로부터 열렬한 환영을 받았다. 가는 곳마다 5·10 선거에 반대해 거부투쟁을 벌였던 제주도 빨치산 활동이 화제를 모았다.

첫날 회의는 박헌영의 개회선언, 민주독립당 위원장 홍명희의 개회사, 주석단 및 서기국 선거, 박헌영의 '조선최고인민회의 남조선 대의원 선거를 위한 남조선인민대표자대회 대표 선거에 대한 보고' 등으로 진행됐다.

이 날 대회에서는 35명의 주석단 선거가 있었는데 20대 중반의 김달삼도 허헌·박헌영·홍명희 등 좌파 거물들과 나란히 주석단의 일원으로 뽑혔다. 대회 5일째인 8월 25일은 최고인민회의 대의원을 뽑는 날이다. 이 날 북한에서는 북한 대의원 212명을 선출하는 총선거를 실시했고 이에 맞춰 해주대회에서 남한 대의원 360명을 뽑게 된 것이다.

제주지역 인민대표로 참가한 사람 가운데 김달삼·안세훈·강규찬·이정숙·고진희 등이 대의원으로 선출됐고 지역대표의 자격은 아니지만 중앙무대에서 활동하던 제주도 출신 강문석·고경흠도 대의원으로 선출됐다.

제일 마지막 순서로 김달삼이 연단에 오르자 참석자들은 우레와 같은 박수를 보내면서 이 젊고 패기에 찬 혁명가에게 경의를 표했다.

"제주지역을 대표하여 최고인민회의 대의원으로 선출된 김달삼입니다. 존경하는 박헌영 남로당 위원장님을 비롯한 남조선 인민대표 여러분을 모시고 제가 제주도인민유격대의 투쟁성과를 보고하게 된 것을 매우 영광스럽게 생각합니다."

김달삼은 1948년 3월 15일부터 7월 24일까지의 상황을 조직, 작전, 투쟁 등으로 구분하여 지역별, 날짜별로 자세히 보고했고 국방경비대 제9연대와의 연계 관계도 구체적으로 진술했다. 그러나 이 보고 내용은 전과 나열로 시종했고, 제주도 빨치산 투쟁의 배경이나 그 전모, 그리고 앞으로의 전망 등을 담아내지는 못했다.

이것은 김달삼의 단견이나 무능을 보여주는 것이라기보다는 자기가 처한 시대상황을 객관적으로 냉철히 분석할 여유가 없었던 그의 자기도취와 아집 때문이었다.

김달삼을 비롯한 유격대 지도부가 북한 정권을 지지하고 나섬으로써 제주도는 더욱 정부의 강경진압 대상이 되었다. 이제 제주섬은 구제불능의 '붉은 섬'으로 전락하고 만 것이다.

19
1948년 10월

이승만 정부는 10월 11일 '제주도경비사령부'를 설치하고 본토의 군 병력을 제주에 증파했다. 그런데 10월 19일 제주에 파견하려던 여수의 14연대가 반기를 들고 일어남으로써 사태는 걷잡을 수 없는 소용돌이 속에 휘말리게 된다.

11월 17일 제주도에 계엄령이 선포됐다. 이에 앞서 11연대가 9연대로 재편됐는데 9연대 송요찬 연대장은 해안선으로부터 5km 이상 들어간 중산간지대를 통행하는 자는 폭도로 간주해 총살하겠다는 포고문을 발표했다. 이때부터 중산간 마을을 초토화시키는 대대적인 학살작전이 전개

된다.

군 내부에서 '초토화작전'으로 명명된 이 작전은 중산간지대에 위치한 마을의 모든 주민들이 명백히 게릴라부대에 도움과 편의를 제공하고 있다는 가정 아래 수립된 마을 주민에 대한 대량 학살계획이었다.

이승만 대통령은 "제주 4·3 사건을 완전히 진압해야 한국의 중요성을 인식하고 있는 미국의 원조가 가능하다"고 판단하여 가혹한 진압을 군에 지시했다.

이 지시는 초토화작전이 미국과의 교감 속에 진행됐음을 암시하고 있다. 미·소 냉전이 심화되는 가운데 아시아에 공산주의로부터의 방벽을 구축하겠다는 미국의 의지가 반영된 것이다. 이 방탄논리에 의해 얼마나 많은 사람들이 피를 흘렸던가.

원래 초토화작전은 전통시대 중국의 전법인 견벽청야(堅壁淸野)에서 비롯됐다. 20세기에 들어와서 동아시아에서는 일본군이 주로 이 작전을 구사했다. 적군이 주둔하고 있던 거점지역의 민가와 주민·식량을 방화·살육·약탈(三光)하고, 태워 없애고 죽여 없애고 굶겨 없애는(三盡) 전술로도 알려져 있다.

다시 말해 초토화작전은 삼광작전이요, 삼진작전인 것이다. 일제 강점기 일본군에 복무했던 한국인들이 해방 후

경비대 장교로 변신하면서 이들에 의해 초토화작전이 자기 동족에게 재연됐으니 역사의 아이러니가 아닐 수 없다.

송요찬 연대장의 포고문에 명기된 적성(敵性)지대는 중산간지대와 산악지대인데 제주도 지도에 적성지대를 붉은 색으로 칠한 결과, 제주도는 언필칭 '붉은 섬'으로 변하고 말았다. 군 당국이 의도했든 의도하지 않았든 간에 제주섬은 순식간에 빨갱이섬이 된 것이다. 누구의 아이디어인지는 모르나, 이 상징조작은 참으로 기막힌 발상이다.

토벌대는 유격대와 주민의 연계를 막기 위해 중산간 마을 주민들을 해안마을로 강제 소개(疏開)시키고 100여 곳의 중산간 마을을 불태웠다. 소개령이 내려졌는데도 병자·노인·어린이 등을 포함한 일부 주민들은 마을을 떠나지 않고 그대로 남아 있는 경우도 허다했다.

그러나 이유 여하를 막론하고 잔류자들에 대한 무차별 학살이 자행됐으며 소개령을 전달하지도 않고 방화와 학살을 저지른 곳도 많았다.

해변 마을로 소개해 온 사람들이라 할지라도 가족 중 한 명만 사라지면 '도피자 가족'이라 하여 도피자 대신에 가족을 총살했는데 이를 대살(代殺)이라 했다. 이러한 잔인무도한 소개작전은 주민들에게 엄청난 공포감을 심어줘서 오히려 한라산으로 도피하는 입산자를 양산했다. 이는 수많은 주민 희생과 사태의 장기화를 부추기는 결과를 가져왔다.

한편 무장대의 보복 습격도 끊이지 않았다. 무차별 토벌 작전이 감행된 이후에는 유격대에 협조하지 않고 토벌대 편으로 기울었다고 낙인 찍힌 일부 마을을 지목해 주민들을 무차별 살해했다.

구좌면 세화리, 표선면 성읍리, 남원면 남원리·위미리 등은 '토벌대 진영'이라 하여 무장대로부터 큰 피해를 당했다. 이들 마을은 군·경 주둔지인데다 여기서 도피자 가족이 총살된 것에 대한 보복이었다. 보복이 보복을 낳고 살인이 살인을 낳는 끔찍한 악순환이 지속됐고 피해자는 대부분 무고한 양민이었다.

선흘리 달하의 집에서는 노부부가 아침부터 입씨름을 하고 있다.

"영감, 어찌 하려우?"

"무얼 어찌 해? 에미는 어디 갔어?"

"대흘리에…… 친정이 소개하는 데 도와주러 갔다우."

"소개라니?"

"영감은 병정들의 악에 받친 소리도 못 들었수? 지금 곧 짐 싸들고 해안으로 피난 가라는 거유."

"피난……?"

"병정이 그러는데 피난 가지 않으면 다짜고짜로 죽인대

요. 집집마다 줄불을 놓고……."

"죽인대도 난 못 가. 차라리 여기서 죽는 게 낫지. 내가 살믄 몇 해나 더 살겠다고…… 임자나 피난 가."

"영감하고 말 하느니 귀신하고 상대하는 게 낫겠수."

이때 아랫마을에 화염이 충천하고 검은 연기가 피어올랐다. 불이야! 불이야! 하는 외침과 아기 울음, 아낙네들이 울부짖는 아우성이 뒤섞여 들려온다. 복녀가 한길로 나가보니 이불 보따리와 옷가지, 솥과 양식을 짊어진 사람들이 샛별오름 쪽으로 부리나케 올라가고 있다.

복녀가 한 아낙을 붙들고 다급하게 물었다.

"어디로들 가시우?"

"가는 데까지 가보는 거죠. 샛별오름, 민오름, 검은오름 아무데나……."

"어째 해안으로 내려가지 않고……?"

"내려간 사람도 있지만 우리 같은 사람은 내려가 봤자 친척이 있나, 아는 사람이 있나, 의지 가지 없는 우리가 뭘 믿고 무작정 내려간단 말예요?"

그 말만 하고 아낙은 지나쳐 갔다. 복녀는 아무래도 안심이 안 돼 또 늙수그레한 중년 사내를 가로 막았다.

"병정들이 어디쯤 있수? 병정들이 불을 놉디까?"

"예, 군인들이 긴 대빗자루 끝에 불을 붙여 들고 집집마다 돌면서 처마에 불을 놨어요. 어디 집뿐이에요? 헛간, 노적가리, 심지어는 들에 베어다 쌓아둔 목초까지 깡그리 태웠다고요. 하이고, 그 뜨거운 불덩이며 연기로 동네가 온통 생지옥이랍니다. 휴우, 여기 오니까 겨우 살 것 같네요. 할머니도 우물거리지 말고 속히 피하세요. 머지않아 군인들이 이곳까지 올라올 테니까요. 그놈들은 피도 눈물도 없는 짐승이라고요, 짐승!"

말을 마친 사내는 서둘러 자리를 떴다. 멍하니 선 채로 한없이 타오르는 불기둥을 망연히 바라보던 복녀의 머릿속에 번개처럼 하나의 생각이 떠올랐다. 잠시 후, 복녀와 민수가 살금살금 울타리 밖으로 나온다. 민수의 등에 괴나리봇짐이 달랑거린다. 복녀가 민수의 손을 잡는다.

"한시도 지체할 수 없다. 부지런히 오르면 해 떨어지기 전에 한라산에 닿을 수 있어. 여기 그냥 있다간 목숨 건지기 힘들지. 이제나 저제나 했는데 오늘은 틀림없이 올 거여. 병정들이 언제 또 들이닥칠지 모르니 산으로 가서 니 애빌 찾아봐."

"……애비라뇨?"

"아버지 말이다."

민수의 눈이 똥그랗게 커졌다.

"네엣! 아빤 돌아가셨다면서요?"

"아녀, 죽은 셈 치고 죽었다고 한 거여. 삼촌은 산에서 죽었지만 니 애빈 살아 있어."

"아빨 어떻게 찾지요?"

"벌써 애비 얼굴을 잊은 건 아니지? 산 사람을 만나거든 애비 이름을 대거라."

"폭도…… 아니, 산 사람을 만나지 못하면요?"

"앞으로 니 일은 니가 알아서 하거라."

"저어…… 할아버지한테 인사를 드리고 떠나야 하지 않을까요?"

"인사는 무슨…… 할애빈 못 가게 붙잡을 거여. 영감은 물정도 모르면서 고집만 옹고집이지."

"엄마는요. 친정에 가서 아직 안 돌아오셨잖아요?"

"여태 안 오는 걸 보면 탈이 나도 크게 났어. 오면 내가 잘 얘기하마. ……민수야, 세상에 내가 의지할 건 이제 너 하나뿐인데 오죽하면 어린 널 혼자 산으로 올려 보내겠냐?"

"할머니…… 안녕히 계세요."

"그래, 샛별오름을 넘어서 곧장 한라산만 보고 올라가면 돼. 몸 조심하고……."

복녀는 목이 메었다. 그러나 마음을 다잡았다. 이 어린 것 앞에서 눈물을 보일 수 없다고 다짐했다.

"어떤 일이 있더라도 악착같이 살아남아야 해. 넌 손씨

가문을 이어나갈 장손이란 말여. 자나깨나 할미 말을 명심하거라."

"네, 잘 알겠습니다."

민수가 간다. 복녀는 민수야! 하고 부른다. 저만치서 민수가 돌아서자 손사래치며 어서 가라고 한다. 민수가 주먹으로 눈물을 훔친다.

"울긴…… 사내자식이 못나게시리……."

복녀는 장승처럼 서서 시선을 민수의 뒷모습에 고정한다. 오름 입구에서 민수가 손을 흔들며 할머니! 하고 외친다.

"어서 가, 이눔아! 뒤돌아보지 말고! 아, 후딱 넘어가라니까! 노랑개들이 오면 이번엔 국물도 없어, 이눔아!"

민수가 보이지 않게 되자, 복녀는 썩은 나무 등걸처럼 풀썩 무너진다.

"가여운 것, 에미 치마폭에 싸여 어리광이나 부릴 나이인데…… 어미 잃은 송아지처럼 눈물만 그렁그렁해 가지고 어디로 가느냐…… 민수야, 민수야……."

이때 달하가 복녀를 부르는 소리가 들려온다. 얼른 옷고름으로 눈물을 닦은 복녀가 후다닥 일어나 집으로 향한다.

20
1949년 3월

 1948년 한 해 동안 1만 5천여 명의 주민이 희생됐다. 그중 80%가 토벌군에 의해 사살됐다. 대한민국 정부가 수립된 1948년 8월부터 1949년 봄까지 겨우 몇 달 사이에 군·경 토벌대의 진압작전과 유격대의 보복 살인으로 수만 명의 인명이 목숨을 잃었고 130여 개 마을이 소개령으로 초토화됐다. 1948년 12월 말 진압부대가 9연대에서 2연대로 교체됐지만 함병선 연대장의 2연대도 강경진압을 계속했다. 군 수뇌부는 2연대의 강경작전을 위해 전투력 강화에 힘썼다. 우선 과격한 반공주의자인 서청 단원들을 군·경에 파견했다. 2연대의 3개 대대 가운데 3대대는 주로 서청

단원들로 편성됐다.

토벌대는 재판 절차도 없이 주민들을 집단 사살했다. 단위 마을로는 가장 인명 피해가 많았던 '북촌리 학살사건'도 2연대 3대대에 의해 저질러졌다.

유격대 총책이던 김달삼이 제주를 떠난 후, 유격대 조직은 제2대 사령관이 된 이덕구를 중심으로 재편됐다. 내가 이덕구의 후임으로 제1지대장이 된 것이다. 유격대 지휘부는 가장 악질적인 부대인 2연대 3대대에 대한 보복 작전계획을 수립하고 실행에 들어갔다.

구좌면 세화리 주둔 제2연대 3대대 7중대가 대대작전에 합류하기 위해 대대 본부가 있는 함덕리로 이동 중이라는 첩보를 입수하고 제1지대의 대원들을 인솔하여 나는 북촌리로 내려갔다. 북촌리의 본동과 해동 사이 길가에 매복한 대원들은 군 트럭이 지나가기를 기다리고 있었다.

우리가 매복한 남쪽에 '너븐숭이'라는 언덕이 있는데 언덕 위에서 깃발이 나부꼈다. 보초가 빨간 깃발을 흔들면 토벌대가 온다는 신호이고, 하얀 깃발을 흔들면 사라진다는 신호다. 주민들은 마을 언덕에 빨간 깃발이 보이면 산으로 피난을 가고 하얀 깃발이 보이면 산 속에 숨어 있다 마을로 내려온다. 깃발이 없을 경우, 낮에는 연기로, 밤에는 봉화로 신호를 했다. 빨간 깃발이 펄럭이는 걸 보면 트럭이

근접했다는 신호다.

멀리 신작로에서 차량 소음과 함께 황톳길에서 뿌연 먼지가 피어올랐다. 지프차가 선두였고 트럭 대여섯 대에 군인들이 분승했다. 트럭이 매복 지점 10미터 전방에 왔을 때 대원 중 제일 나이 어린 꼬마가 길 한복판으로 올라가 손을 흔들며 차를 세우라는 시늉을 했다. 지프차가 급정거하자 트럭도 연달아 정차했다.

"뭐야! 비켜, 임마!"

지프차 운전병이 뭐라고 씨부렁거렸지만 소년병은 움직이지 않았다. 그러자 운전병이 클랙슨을 빵빵 울려댔다. 이때다! 대원들의 총구가 군인들을 향해 불을 뿜었다. 기습공격을 받은 지프차가 황급히 출발했고 트럭도 움직였다. 군인들은 응사할 겨를도 없이 도망치기에 급급했다.

트럭에서 몸을 일으켰던 몇몇이 총을 맞고 길가에 떨어졌다. 대원들은 군인들이 다시 돌아올 것에 대비해 너븐숭이에 몸을 숨겼지만 군인들은 돌아오지 않았.

다음 날, 북촌리 이장과 10명의 마을 원로들이 다섯 군인의 시신을 담가에 들고 함덕리 3대대 본부로 찾아갔다. 대대장은 부재중이었다. 하급 장교들은 담가를 들고 간 노인들을 함덕리 해변 서우봉 기슭으로 끌고가 모두 사살해버렸다.

이 소식이 마을에 전달되기 전, 중위가 인솔하는 2개 소대 병력이 북촌리에 들이닥쳐 온 마을을 불태우고 마을 사람 500여 명을 학교 운동장으로 집결시켰다. 군인들은 학교 서쪽 밭, 남쪽 밭에서 무차별 총격을 가했다. 비명을 지르며 주민들은 사방으로 흩어졌다.

오누이의 손을 잡고 도망치던 한 어머니는 그 와중에 막내 아들의 손을 놓쳤다. 다시 총탄이 비 오듯 퍼부어 올 때 어미새가 날개 쭉지를 활짝 펴 새끼를 감싸듯 어머닌 딸을 가슴에 안고 쓰러졌다.

이 총격에서 살아남은 100여 명을 두고 죽이느냐, 살리느냐 군인들끼리 실랑이를 할 때, 대대장이 탄 지프차가 도착했다. 중지! 중지! 외치며 달려온 대대장은 살육 현장을 지휘하던 중위의 뺨을 세차게 갈겼다.

"이 새끼! 어디서 함부로 총질이야! 너, 누구 명령으로 주민들을 사살한 거야? 불은 왜 지른 거야? 너, 돌았어?"

얼굴이 시뻘겋게 달아오른 중위는 고개를 숙이고 처분만 기다린다는 듯이 잠잠했다. 대대장은 주민들에게 빨리 집으로 돌아가서 불을 끄라고 독촉했다. 군인들이 철수한 뒤, 어미새의 날개 아래서 죽은 듯 엎드려 있던 새끼가 꿈틀거렸다. 유일한 어린이 생존자였다. 총알받이가 된 어머니 때문에 목숨을 구한 그 계집애는 오랫동안 실어증에 시

달렸다.

 이튿날, 군부대는 다시 빨갱이 가족을 색출한다고 북촌 사람들을 모았다. 그 색출 과정에서 북촌이 고향인 해군 정보원 김 아무개란 자가 나타났다. 그는 아버지가 맹인으로 어릴 적 마을에서 자랄 때 차별과 소외를 당한 사람이었는데, 사감이 있던 사람들이 그에 의해 빨갱이로 지목돼 처형됐다.

 이 날 처형된 100여 명까지 합쳐 이틀 사이에 죽은 마을 사람이 500명이 넘었다. 300호 마을에 고추 달린 남자는 씨가 말라 버렸다.

 며칠 후에야 나는 이 북촌리 학살 현장에 홍련이도 있었음을 알았다. 고향인 신촌리에는 얼굴이 알려져 가지 못하고 해안 마을인 북촌리에서 세포로 암약하던 그녀도 군인들의 총에 맞아 산화한 것이다.

 나는 그 소식을 듣고 며칠 동안 울부짖다가 피의 복수를 다짐하고 또 다짐했다. 열 배, 백 배, 천 배로 갚아 주리라. 한때 나의 모든 것이었던 홍련…… 그녀를 지상에서는 다시 볼 수 없다고 생각하니 인생이 모두 허망해져 버렸다.

 성읍리에서 살던 홍련은 그녀의 고향 신촌리 바닷가를 늘 그리워 했다. 어릴 적부터 꼬마 잠녀로 푸르딩딩한 바다 속으로 자맥질했던 눈부신 기억이 그녀를 잠 못 이루게 했다. 불안하고 초조한 삶, 실망과 좌절을 안겨준 사람들과 부대낄 때도 고향 바다의 푸른 물결이 눈에 선했고 그녀의 영혼은 언제나 소라 껍데기처럼 파도소리에 귀기울이고 있었다. 그토록 목 메이게 보고 싶었던 바다. 슬픈 일이지만 바다가 그녀의 목을 매고 말았던 것이다.

21
1949년 4월

　유격대 제1지대는 병력을 둘로 나누어 경비대 2연대 3대대 7중대와 대대본부를 급습하려고 만반의 준비를 갖췄다. 마침 세화리에 있는 경비대 7중대가 송당리를 습격하여 청년들이 산으로 도피하는 것을 추격하고 있다는 정보를 입수한 유격대는 용눈이오름에 매복했다.

　유격대는 군인들이 오름 아래를 지나쳐 가는 걸 보고 후방에서 먼저 공격하여 전열을 흐트러뜨린 다음에 사방에서 함성을 지르며 돌격하여 육박전을 전개했다. 99식 장총과 죽창으로 무장한 유격대는 사기가 충천했으므로 군인들을 제압했고 수많은 사상자를 남기고 7중대 병력은 퇴각했다.

유격대는 부상자를 사살하고 카빈총 20정, 탄창 40개, 탄환 1,950발, 현금 3천 원, 수류탄 15발 등을 노획했다. 유격대는 여세를 몰아 대대 본부를 공격하기로 했다.

나는 부하들을 데리고 야간에 경비대 3대대 본부가 근처에 있는 서우봉에 잠입했다. 이튿날 오전 11시쯤 중산간 부락을 토벌하고 귀대하는 군인들의 트럭이 접근하고 있다는 보고를 받았다. 유격대 대원들은 서우봉 아래 소나무밭에서 대기 중이었다.

경기관총을 탑재한 선두 차량이 다가오자 차를 향해 수류탄을 던졌지만 3발이나 불발했다. 트럭에서 기관총을 난사하자 몇 대원이 쓰러졌고 네 번째 수류탄이 기관총에 명중하여 폭발했다. 1시간 동안의 교전이 계속되던 중 연락을 받은 경비대 지원군이 가까워오자 유격대에 퇴각 명령을 내렸다.

유격대가 와흘리를 거쳐 동백동산에 들어섰을 때 군·경 합동토벌대에 의해 포위됐다는 걸 알았다. 별안간 헬리콥터 소리가 들려오더니 하늘에서 삐라가 뿌려졌다. 귀순을 권유하는 확성기 소음이 들판을 쩌렁쩌렁 울렸다.

"너희들은 모두 포위됐다. 총을 버리고 손들고 나오면 목숨만은 살려주겠다. 다시 한 번 반복한다. 총을 버리고 손들고 나오면 목숨만은 살려주겠다."

목숨을 살려주겠다는 건 저들의 사탕발림에 지나지 않는다. 아무런 죄가 없는데도 죽이는 마당에 폭도를 살려준다는 건 언어도단이다. 대원들은 그걸 잘 알고 있기에 죽음을 두려워하지 않고 싸웠다.

그리고 피를 뿌리며 죽어 갔다. 동지들이 모두 전사하고 나 혼자 남았을 때 '이제는 끝'이라 체념했다. 머리에 총을 갖다대고 방아쇠를 당기려는 찰나에 어디선가 익숙한 목소리가 들려 왔다.

"손 들어! 꼼짝하지 마! 움직이면 쏜다!"

눈을 들어 보니 나를 고문했던 곽 수사관이 아닌가. 내가 총을 버리자 그가 가까이 다가온다. 나를 보더니 깜짝 놀란 눈치다.

"아니, 이게 누구야? 양호진이 아니야! 나, 곽동후요."

"곽 수사관? 우린 인연이 있는가 봅니다. 이런 데서 또 만나게 되다니."

"나, 승진했어, 토벌대장으로. 당신, 그동안 어디 있었어? 경찰 보조원으로 쓰려고 내가 얼마나 찾았는데."

경찰 보조원? 픽 웃음이 나왔다. 유격대 지대장을 뭘로 보고…… 하지만 말은 다르게 나왔다.

"달면 삼키고 쓰면 뱉는 게 경찰 아니오? 날 실컷 이용할 땐 언제고, 나 몰라라 버릴 땐 언제요?"

"내가 뭐랬어? 석방된 후에 시골로 가서 닭이나 키우며 조용히 있으라고 했잖아? 부를 때까지…… 난세를 사는 지혜를 더 터득해야겠네, 자넨."

이 자는 아직 내가 유격대 지휘부의 일원이란 걸 모른다. 이 자의 생각을 혼란스럽게 해야 할 필요가 있겠다.

"빨갱이들이 날 가만 놔둘성 싶소? 한라산으로 납치해 벼라별 잡일을, 등사판 미는 일까지 시키면서 종처럼 부려먹었소. 당신들, 경찰이 날 이렇게 만든 거 아니오? 내 인생을 보상하시오!"

"아! 미안, 진짜로 미안하오. 당신이 통 안 보이길래 일본으로 밀항한 줄 알았지, 산에 있는 건 짐작도 못했어."

"잘못한 줄 알면 됐소. 산중에 살면서 몸과 마음이 다 피폐해졌소. 아무 생각 없이 한 일주일쯤 푹 자야겠소."

이쯤에서 꼬리를 내리는 게 좋다고 판단되어 일부러 피곤한 듯이 내가 말했다. 그러자 그가 바싹 다가섰다.

"아, 잠깐, 잠깐만. 잠은 나중에 실컷 자도록 조치해 줄 거고……우선 시급한 현안문제부터 해결합시다."

"시급한 현안문제라니?"

"정보에 의하면 유격대 지휘부에 급변이 있다고 하던데."

"뭔 소리요? 알기 쉽게 설명해 보시오."

"그러니까 김달삼 사령관이 월북하고 그 후임으로 이덕

구가 사령관이 됐다고…… 국방부의 발표와 귀순자들의 제보를 종합해서 이런 결론을 얻을 수 있었지."

나는 속으로 뜨끔 했지만 시침을 딱 떼었다.

"금시초문이오. 나 같은 졸병이 지휘부의 일을 어찌 알겠소만."

"이덕구와 가근한 사이니까 사령관의 행방을 알고 있지?"

"모르오. 사령관의 동선은 극비에 속한다는 걸 잘 아실 텐데."

"잘 생각해 봐. 당신을 아군에 저항한 폭도가 아니라 귀순자로 처리해 주지. 허지만 귀순자도 일단 수용소에 갇혔다가 재조사를 받고 수감되는 사람이 태반이야. 감옥에서 지겹도록 몇 년을 썩어야 한단 말이지."

"시방 날 협박하는 거요?"

"협박이 아니라 현행법이 그렇다는 거지."

"감옥에서 썩는 한이 있더라도 더 이상 배신자가 되진 않겠소."

"쯔쯧…… 당신은 하나만 알고 둘은 모르는 사람이야."

"무슨 뜻이오?"

"이덕구와의 의리, 우정만 중요하고 폭동으로 인해 죽어가는 수많은 사람들, 경찰·군인·폭도·양민들은 보이지 않아? 이덕구 사령관이 체포되면 한라산 유격대는 즉시 와해될 거야. 그러면 폭동은 끝나게 되지. 요컨대 제주도민을 학살의 수렁에서 건져내는 일은 당신 손에 달렸어."

"……."

곽동후의 설득에 나는 조금 흔들렸다. 그러나 마음을 다 잡았다. 이 자의 유혹에 또 속아서는 안 된다. 뱀 같이 노회한 이 자의 술수에 넘어가서는 안 된다.

"당신 가족 소식 모르고 있지?"

"내 가족한테 무슨 일이……!"

"이런…… 한밤중이로군. 대동청년단 일을 보고 있던 당신 형, 양호석이 폭도들의 죽창에 찔려 사망했어."

"뭣이! 내 형님이? 그게 사실이오?"

"내 말이 믿어지지 않으면 가서 확인해 봐. 당신 가족뿐이 아니야. 어린애들, 노인들, 부녀자들…… 무고한 양민들이 매일 수백 명씩 떼죽음을 당하고 있어. 그들은 자신들이 왜 죽어야 하는지, 그 이유조차 모른 채 죽어가고 있다구. 낮에는 토벌대에게, 밤에는 유격대에게 쫓겨 다니며 동굴에서, 오름에서 피를 뿌리며 죽어가고 있단 말이야. 당신이 사령관을 생포하는 데 공을 세우면 당신의 이름은 역사에 길이 빛날 거야."

곽동후는 이런 말도 했다. 후세에 4·3 무장폭동 사건을 언급할 때마다 나의 이름이 맨 앞줄에 기록될 것이라고. 나는 허탈하게 웃었다.

"허허허…… 역사에 길이 빛난다고? 그 따위 개소리는 집어치우쇼! 난 무식해서 그런 건 모르오."

"당신이 이덕구를 직접 만나서 한 번 진지하게 설득해 보면 어떨까? 투항하면 생명은 보장하겠다고……."

"그가 내 말에 귀 기울일 리 없지."

"아니면 말고…… 밑져야 본전이잖아?"

"덕구도 살고 백성도 살리고…… 덕구의 생명을 보장한다고 했죠?"

"그랬지."

"약속할 수 있지요?"

"물론이지. 혈서라도 쓰라면 쓰겠어."

"좋소. 해 보겠소."

곽동후가 내 손을 잡고 힘차게 흔들었다.

22
1949년 5월

제주도지구전투사령부의 선무공작에 따라 많은 입산자들이 피신해 있던 은신처를 나와 삼삼오오 토벌대에 귀순했다. 귀순자들은 젊은 남자는 물론이고 여자·어린이·노인들도 제주읍내와 서귀포의 임시수용소에 가두어졌다.

선무작전이 수행되면서 많은 사상자와 포로가 속출했다. 작전 과정에서 희생된 민간인과 자진 귀순하거나 포로가 된 자를 합쳐 1만여 명에 달했다. "산에서 내려오면 살려준다"는 선무공작에 따라 백기를 들고 하산한 주민들은 제주읍내 주정공장 등에 갇혀 있다가, 일부는 석방됐으나 상당수는 군법회의에 회부됐다.

군 당국은 당초의 회유·사면 방침을 철회하고 강경 조치로 일관했다. 형량도 죄명도 모른 채 형식적인 군법회의를 거쳐 1,650명의 귀순자들이 육지 형무소로 이송됐다. 이렇듯 선무공작의 덫에 걸린 귀순자들은 죽음의 길로 걸어 들어간다는 사실조차 자각하지 못하고 있었다.

선흘리에 어둠이 내릴 무렵, 산으로 피난 갔던 마을 사람들이 내려와 상·하동으로 흩어진다. 열 살쯤 된 계집애 손을 잡은 아낙 하나가 달하의 집으로 들어선다. 헝클어진 머리며 행색이 초라한 모녀를 보고 복녀가 반색을 하며 툇마루로 나온다.

"아니, 이게 누구여? 조천댁 아녀?"

"무사하셨군요, 민수 할머니."

"자네도 용케 살아 있었구먼. 얼른 들어와."

"아녜요, 가봐야 해요. 저어…… 죄송하지만 아이가 며칠을 굶었더니……."

복녀가 계집애의 머리를 쓰다듬는다.

"아이구, 어린 것들이 뭔 죄가 있누. 변변한 건 없지만 메밀범벅이 있는데 그거라도 줄까?"

"그럼요, 더운 밥 찬 밥 가릴 처지가 아니죠."

복녀가 안으로 들어오라고 했지만 조천댁은 옷이 더럽다면서 툇마루에 걸터앉는다.

복녀가 부엌에서 양푼에 담은 범벅을 가지고 오자, 모녀는 걸신 들린 듯 허겁지겁 먹는다. 요기를 마친 조천댁이 민수의 행방을 묻자 복녀는 적당히 얼버무린다.

"민수 엄마가 안 됐어요. 참 착한 사람이었는데……."

작년 가을 소개령이 내렸을 때, 친정집을 돕겠다고 대흘리로 내려갔다가 군인들 손에 무참히 죽임을 당한 며느리 생각을 하면 치가 떨린다. 백 일을 넘기지 않은 갓난아이도 함께 목숨을 잃었다. 천인공노할 놈들…… 아무리 욕해 봐야 죽은 사람이 살아 돌아올 리 만무하다.

"다 팔자 소관이지, 뭐. 그래 그동안 어디 있었나?"

"산에요. 이 집엔 군인들이 오지 않았나요?"

"아니. 실은 나도 그래서 걱정이여. 우리도 소개해야 할 텐데 영감이 죽어도 떠나지 않겠다고 버티니 이런 답답이 어디 있나."

"설마 노인네들을 어쩌기야 할라구요. 그래도 우리 마을에서 이 집만 불타지 않은 것도 얼마나 다행이에요. 아마 경찰관 가족이라고 해서 특별히 봐준 모양이죠?"

"외따로 떨어져 있어서 못 보고 지나쳤는지도 모르지. 산에 들어가서 고생이 많았지?"

"처음 이틀간은 숯막에서 지내다가 너무 추워서 동굴로 옮겼어요."

"동네 사람들이랑 함께?"

"네, 쉰 명쯤 됐을 거예요."

"북새통에 양식도 미처 가져가지 못 했을 텐데 뭘 먹고 지냈나?"

"숯막에 있을 땐 칡뿌리도 캐먹고 땅 위로 뻗은 풀이면 아무 거나 뜯어서 배를 채웠는데 굴 속으로 들어간 뒤론 쫄쫄 굶었지요. 아이가 목마르다고 조르니까 어떤 에미는 고무신에 자신의 오줌을 받아 먹이더군요. 삼별초 난리 때 환해장성을 쌓은 우리 조상들은 배고파 똥도 먹었다던데 그건 양반이죠, 뭐."

복녀가 모녀의 행색을 살피다가 입을 연다.

"민수 에미와 민수가 입었던 옷이라도 줄까?"

"아유, 아녜요. 또 산으로 올라가면 흙바닥에 뒹굴 텐데요. 다들 옷을 빨 수 없어서 새카맣게 때가 묻고 이가 들끓었어요. 아저씨 한 분은 돌아앉아서 혼자 이를 잡아먹다가 입술에 벌건 피가 묻어서 들키고 말았지요."

"저런, 세상에······!"

"그건 약과라구요. 서카름에 사는 할아버진 배고픔을 참지 못해 굴 밖으로 나가서 죽은 말에 괸 구더기를 주워 먹기도 했어요. 옛날부터 말고기를 먹으면 머리털이 빠진다고 해서 안 먹잖아요? 말 죽은 건 안 먹고 구더길 먹은 거죠."

"에이, 징그럽게 어떻게 버러질 먹어."

"그래도 그 늙은인 시뻘건 거 픽픽 터지는 맛으로 먹는다며 그걸 맛있게 먹더라구요. 호호호…… 어머, 나 좀 봐. 내가 웃었네. 얼마 만에 웃는 웃음이야?"

"고생이 말이 아니었군. 우리 집도 안전한 곳은 아니지만 당분간이라도 같이 지내는 게 어때?"

조천댁은 고개를 저었다. 피난 가기 전에 애 아범이 세간살이와 옷과 곡식을 집 뒤꼍에 묻어 놨다고 한다. 그걸 파내서 지고 가려고 내려왔다고 했다.

"오늘 밤엔…… 집은 다 타버렸지만 바람벽에라도 의지해서 눈을 붙였다가 날이 밝기 전에 다시 산으로 올라가야지요. 토벌대의 눈에 엥기기만 하면 쏴 죽인다니까요."

"해변 마을로 피신하면 목숨은 건질 수 있을 텐데……."

"어림없어요. 산촌 마을에서 내려간 사람은 다 빨갱이 취급한대요. ……우리처럼 기막힌 팔자도 있을까요? 아래로 가면 군인한테 죽고 위로 갈려니 산 사람들이 무섭고…… 가운데서 이리저리 헤매다가 굶어 죽고, 병 들어 죽고, 총 맞아 죽고……."

"산 사람들은 산에 올라가라, 하고 병정들은 해변으로 내려가라, 하니 어느 장단에 춤을 취야 할지, 원……."

"토벌대도 무섭고 산 사람도 무서워요. 밤엔 폭도들이 와서 죽이고 낮엔 군인들이 와서 죽이고…… 여기서도 팡! 저기서도 팡!……"

"죽지 못해 사는 거지. 우린 지금 숨을 쉬고 있지만 반은 죽어 있어. 죽은 목숨이나 매한가지여."

"난리통에 말께나 하는 똑똑한 사람은 죄 죽었지요. 우리처럼 늙고 쓸모없는 파치만 남았으니 이 섬의 장래가 걱정이에요. 굴 속에 갇혀 있을 때…… 갑갑하면 밖으로 나와서 해변 마을을 내려다 봤어요. 저녁 짓는 연기가 피어오르고 밤이 되면 불빛이 총총 했지요. 저곳으로 달려 내려가서 전깃불이 켜진 환한 신작로를 한번만 걸어봤으면 여한이 없을 것 같았죠. 보리밥 한 끼만 배가 터지도록 실컷 먹고 죽었으면…… 소원은 오직 그것뿐이었어요. 헌데 이렇게 배를 채우고 나니까…… 다시 살고 싶어지네요."

조천댁이 누런 이빨을 드러내 히죽이 웃는다. 똘망똘망한 눈을 가진 딸내미도 뭐가 좋은지 에미 따라 빙그레 웃었다.

"아암, 개똥밭에 굴러도 저승보다야 이승이 낫지. '살암시민 살아진다' 돌아가신 우리 어머니, 노래하듯 했던 말이야."

"민수 할머니, 이 은혜를 어떻게 갚아야 할지……."

"이 사람, 별 소릴 다하는구먼. 또 내려올 일이 있으면 꼭 들르게나. 그때까지 우리가 살아 있으면……."

"그런 말씀 하지 마세요. 오래 오래 사실 거예요. 살아야지요."

조천댁이 아이 손을 잡고 울타리를 나선다. 웬 일인지 복녀의 눈가에 이슬이 맺힌다. 이게 이승에서의 마지막 만남이 아니길…… 맘 속으로 천지신명께 기원을 드린다.

더 이상 울지 말자. 하늘은 견딜 수 없는 시련은 주지 않는다. 지금까지 그래 왔던 것처럼 잠시만 참으면 고통은 지나갈 것이다.

23
1949년 6월

샛별오름 정상에 이덕구, 심홍란, 최상진이 등장한다. 한라산에서 여기까지, 아마 두 시간은 족히 걸었을 것이다. 셋은 모두 지친 표정이다. 그러나 이덕구는 사령관으로서의 위엄을 갖추어 최상진에게 명령한다.

"최 동무는 마을로 내려가서 식량을 구해 오시오."

"저 혼자…… 내려갑니까?"

덕구는 말 없이 고개만 주억거린다. 상진이 무릎을 꿇는다.

"사령관 동무! 절 버리지 말아 주십시오. 그동안 생사고락을 같이 해 왔는데 죽어도 함께 죽고 살아도 함께 살겠습니다."

 덕구가 낯을 찌푸리더니 싸늘한 어조로 말한다.

 "최 동무, 이건 명령이오. 명령을 따르시오."

 "알겠습니다. 그럼……."

 최상진이 하산하여 사라지는 모습을 두 사람이 묵묵히 지켜본다. 먼저 침묵을 깬 건 홍란이다.

 "사령관 동무, 아니 선생님…… 끝이 보여요."

 "……?"

 "항쟁의 끝이 다가오고 있단 말예요."

 "심 동무…… 그렇지, 동지들이 다 전사하고 마지막으로 최 동무마저 떠나가서 우리 둘만 남았는데…… 홍란이라고 부르지. 홍란이, 미안해. 난 너에게 씻지 못할 죄를 지었어. 양가집 규수로 안락하고 행복한 미래가 보장된 너였는데…… 이런 산중에까지 데려와서 모진 고생만 시켰으니."

 "아녜요, 그건 제가 선택한 길이었어요. 산 사람들이 누군가에 대한 증오 때문에 입산했지만, 전 선생님에 대한 사랑 때문에 입산한 걸 자랑으로 여기고 있어요. 고통이나 고난을 즐거이 선택하게 하는 게 사랑의 위대함이 아닐까요?"

 덕구는 홍란의 손을 잡고 수정같이 맑은 그녀의 눈을 가만히 들여다보았다. 보석처럼 아름답고 보석보다 더 고귀한 영혼을 지닌 그녀를 연민의 시선으로 물끄러미 보던 그가 힘 없이 홍란의 손을 놓았다.

"홍란인 죽음이 두렵지 않아?"

"조천중학원 시절, 선생님이 우리 학교에 부임해 온 뒤 난 알았어요. 이 세상엔 많은 남자들이 있지만 나의 우상은 단 한 분뿐이라는 걸. 갑자기 세상 남자들이 다 시시껄렁해져 버리더군요. 그래요, 선생님은 제가 존재하고 존재해야만 하는 이유, 그 자체였지요. 제가 확신을 가지고 말할 수 있는 건 오직 하나, 선생님과 동행이라면 지옥도 두렵지 않다는 거예요."

덕구는 멀리 수평선을 지긋이 바라본다.

"사람은 언제 죽느냐 하는 것보다 무엇을 위해 죽느냐, 하는 게 훨씬 더 중요해. 우리가 비록 죽는다 해도 조국통일이나 민족 자주화라는 대의명분을 위해 바친 값진 희생은 결코 헛되지 않을 거야. 어떠한 압제도, 인민을 압살하려는 무자비한 탄압도 타오르는 저항의 불길을 끌 수는 없어. 잠시 꺼지더라도 후세의 누군가에 의해 다시 점화될 테지. 인간의 역사란 이 자유의 횃불이 과거에서 현재로, 현재에서 미래로 줄기차게 이어져 나간 과정에 지나지 않아."

홍란도 먼 수평선을 응시한다. 그녀의 눈망울에 파도가

출렁이는 것 같았다.

"그러나 우리가 죽으면 4·3 봉기의 횃불은 사그라들고 말 테지요. 혁명의 시작은 무지개처럼 황홀했는데 무력항쟁의 결과가 이토록 허망하게 막을 내릴 줄은 상상도 못했어요."

"물고기가 물을 잃어 버렸으니 우리의 패배는 너무나 당연한 것이었지."

"모택동 동지가 갈파했듯이 전쟁의 위대한 힘의 가장 깊은 근원은 인민 대중 속에 있어요. 하지만 대중은 우매하고 기회주의적이죠. 대다수 인민의 심정적 지지가 있었기에 4·3 봉기가 가능했고 유격대가 초반에 공세를 주도했지만, 우익의 토벌이 강화되고 빨치산의 세력이 약화되자 가증스런 인민들은 재빨리 힘센 쪽으로 붙어버린 거예요."

"인민의 탓만은 아니야."

"항쟁은 시초부터 잘못된 거였어요."

"잘못되다니?"

"김달삼 동무가 신촌회담에서 쥬다노프가 코민포름에서 세계정세가 우리에게 유리하게 전개되고 있다고 주장했기 때문에 4·3 봉기도 성공한다고 장담했다죠? 유리한 세계정세가 우리에게 무슨 도움을 줬나요?"

"전임 사령관을 비난하고 싶진 않아."

"아녜요, 이건 반드시 짚고 넘어가야 해요. 무장봉기는 김달삼 동무를 비롯한 지도부의 판단 착오였어요. 더욱이 김 동무는 항쟁의 총책임자로서 해주 인민대표자회의 참가를 핑계로 북으로 도피해 버린 용렬한 겁쟁이라고 매도되어야 해요."

"그건 중앙당도 마찬가지야. 박헌영 동지도 북으로 넘어갔으니 마땅히 도피라고 해야겠지?"

분개한 홍란의 얼굴이 벌겋게 달아올랐다.

"그게 사실이에요? 당이 우릴 기만했어요. 우두머리들은 살 구멍을 찾아 몽땅 도망쳐 버리고 애꿎은 송사리와 피라미들만 피를 흘리는군요. 이게 혁명의 신성성인가요? 난 혁명에 대해 환멸을 느껴요."

"정신적 각성이 수반되는 혁명은 환멸에 빠지지 않아."

"선생님…… 부질없는 일이에요."

"그래, 다 끝나버린 마당에 무얼 따진다는 게 우습지. 홍란인 앞으로 어떻게 할 작정이야?"

"선생님을 따르겠어요."

덕구는 어떻게든 그녀의 마음을 돌려야겠다고 생각하며 비장하게 말했다.

"결단을 내려야 할 때가 왔어."

"우리에겐 세 가지 선택이 남아 있어요. 최후까지 싸우다 죽는 것, 자결하는 것, 백기를 들고 항복하는 것……
그러나 항복은 혁명가로선 치욕이에요. 선생님의 이름을
더럽히고 싶지 않아요. 전 선생님과 함께 싸우다 죽겠어
요."

"내일도 어김없이 태양은 뜰 거야. 홍란인 젊어, 지금 죽
기엔 너무 아까운 인생이야. 진심으로 하는 말인데…… 홍
란이가 귀순했으면 좋겠어."

"선생님은 절 모욕하실 셈이로군요!"

"오해하진 마. 우리 중에 누군가는 살아남아서 우리의
투쟁을 기록하고 후세에 남겨야 해. 역사란 기록의 산물이
니까. 만일 나중에 4·3 봉기가 왜곡되고 폄훼된다면 항쟁
은 한갓 물거품에 지나지 않아. 그건 동지들의 고귀한 희생
을 적들의 전리품으로 값싸게 팔아넘겨 버리는 파렴치한
짓이야! 난 이 일을 홍란이가 해 주리라고 믿어. 실은……
아까 내려간 최 동무에게도 아지트에서 출발하기 전에 귀
순을 권유했었어."

홍란이가 화난 듯이 펄쩍뛰었다.

"뭐라구요! 선생님…… 왜 이러세요? 약해져선 안돼요.
신성한 싸움의 끝맺음을 이런 식으로 처리하는 건 선생님
답지 않아요."

"어젯밤 한숨도 못 자고 고민하면서 얻은 결론이야. 희

생양은 나 하나로 족하다고……."

"절대로 응할 수 없어요!"

"홍란아, 시간이 없어. 최 동무가 토벌대를 이끌고 이곳으로 올 거야."

홍란이 체념한 듯 질끈 눈을 감았다가 뜬다.

"한 가지 부탁이 있어요."

"……?"

"제가 죽거든 선생님 곁에 묻힐 수 있도록 해 주세요."

"……."

"왜 아무 말씀이 없으세요?"

"그건 내 뜻대로 되는 게 아니야."

"좋아요, 그럼. 제가 죽을 때 선생님의 품 안에 안겨서 숨을 거둘 순 있겠죠? 내 몸이 차갑게 식을 때까지 선생님의 따뜻한 가슴에 안겨 심장의 고동소리를 들으며 죽고 싶어요."

말을 마침과 동시에 권총을 꺼내 자신의 관자놀이에 겨누고 방아쇠를 당긴다. 타앙-! 한 발의 총성이 긴 메아리를 끌며 사라진다. 손 쓸 겨를도 없이 홍란의 머리가 덕구의 무릎 위에 떨어졌다.

덕구는 한참 동안 망연히 홍란을 바라보기만 했다. 선혈이 홍란의 관자놀이에서 비어져 나와 얼굴 반쪽을 붉게 물들이고 있었다. 홍란아…… 홍란아…… 홍란의 얼굴을 쓰다듬으며 넋 나간 사람처럼 되뇌일 뿐이다.

이때 오른쪽 숲에서 바스락거리는 소리가 나자 흠칫 놀란 덕구가 돌아보고 저고리를 벗어 시신의 얼굴을 가린다. 소리 난 곳을 향해 덕구가 소리친다.

"꼬마야, 이리 온. 어서 나와, 난 널 해치지 않는다."

나무 사이로 얼굴을 내민 민수가 쭈뼛거리며 나온다. 덕구가 가까이 오라고 손짓하자 민수가 오름 위로 오른다.

"넌 누구냐? 어디 사는 애니?"

"저 아랫동네에 사는 민수예요."

"어린 네가 어째서 혼자 산중을 헤매고 있지?"

"집에 있으면 토벌대가 와서 죽인대요. 그래서 낮엔 굴 속에 숨어 있다가 밤이 되면 집으로 내려가요."

"불쌍하구나, 어른들 탓에 철 모르는 너희들까지 고생하는 게 마음이 아프다. 그런데 숨어 있지 않고 왜 나왔어?"

"초, 총소릴 듣고…… 무슨 일인가 해서…… 어른들 몰래 살짝 빠져나왔어요."

"조금 전 총소린 노루를 잡으려고 내가 총을 쏜 거야."

민수가 시신을 가리키며 묻는다.

"여기 누워 있는 이 분은 누구예요?"

"이 여잔 지금 잠들어 있단다. 몇 년 전 아저씨가 학교 선생으로 있을 때, 소풍날이었지. 극성맞은 학생들이 음치인 나에게 노래를 시켰거든. 할 수 없이 난 〈고향의 봄〉을 불렀어. 그 돼먹지 않은 노래에 반한 여학생이 바로 여기 누워 있는 여자야."

"아저씨도 그 노랠 아세요?"

"응…… 너도 아냐?"

"그럼요, 제가 일곱 살 때 엄마가 그 노랠 배워줬거든요."

민수가 나지막하게 노래를 부르기 시작한다.

나의 살던 고향은 꽃 피는 산골
복숭아꽃 살구꽃 아기 진달래
울긋불긋 꽃 대궐 차리인 동네
그 속에서 놀던 때가 그립습니다……

나중에는 덕구도 따라 불렀다. 고통에서 벗어나기 위해서는 뭐든 해야 했다. 덕구의 표정은 웃음 반, 울음 반이었다. 덕구의 가슴에서는 비가 내리고 눈에서는 햇빛이 반짝였다.

"넌 노랠 잘 하는구나. 여자란 참 신비한 동물이란다. 가슴에 털이 많은 남자에겐 털 때문에 몸을 주고, 노래 하나 때문에 온 영혼을 송두리째 바치기도 하거든."

"아저씬 여기서 뭐 해요? 토벌대가 무섭지 않나요?"

"무섭지 않아. 난 줄곧 토벌대와 싸워 왔단다."

"네엣! 그, 그럼…… 아저씬…… 산 사람?"

"그래, 산 사람이다. 그렇지만 나쁜 사람은 아니야."

"굴에서 어른들한테 들은 얘긴데요. 유격대 사령관이 신출귀몰해서 '날개가 달렸다느니', '축지법을 쓸 줄 안다느니' 하는 소문이 쫘악 퍼졌대요. 그래서 현상금을 걸어도 사령관이 잡히지 않는 거래요. 그게 정말인가요?"

"내가 사령관을 잘 아는데, 그 사람은 날개도 없고 축지법도 몰라……."

 홍란의 시신을 옆에 두고 덕구는 점점 다변이 되어 갔다. 이 엄청난 슬픔과 아픔을 잊기 위해서는 계속 지껄여야 한다. 지껄여서 내 안의 슬픔을 쏟아버려야 한다. 할 수만 있다면 오장육부를 다 쏟아버리고 싶다.

"내가 날개 달린 '장수 아기' 얘기를 해 주마. 옛날, 아주 오랜 옛날 어느 산골 마을 가난한 농부의 집에 사내아이가 태어났단다. 그런데 이상하게도 그 아이의 겨드랑이엔 날개가 달려 있었어. 부모는 깜짝 놀랐지. 날개가 달린 아이는 힘이 무지하게 센 장수이고, 장수가 태어난 집은 역적으로 몰려 삼족을 멸하게 돼 있거든. 후환이 두려운 부모는 어느 날 밤, 이불로 아이의 입을 틀어막아서 죽여버렸지.

바로 그 순간 어디선가 히히힝—! 용마 한 마리가 날아와 아이를 태우고 하늘로 올라가 버렸단다. 어때, 재미있니?"

"그 다음엔요? 하늘로 올라가서 어떻게 됐나요?"

"어떻게 되긴…… 어른들이 아이들에게 들려주는 모든 이야기의 끝은 행복이란다."

"아저씨, 저도 죽으면 장수 아기처럼 날개가 돋아 하늘로 날아갈 수 있을까요?"

"용감한 아이가 죽으면 그 영혼에 날개가 돋혀 천국으로 올라갈 수 있단다."

"날아가고 싶어요, 엄마가 계신 하늘나라로……."

"엄마가 돌아가셨니? 왜?"

"토벌대가 죽였어요, 엄말……."

"으음…… 그렇구나. 그게 이 저주받은 섬에서 태어나 사는 사람들의 슬픈 운명이란다. 그럼, 아빠는?"

"산부대에서 대장 노릇을 한대요."

"누가 그래?"

"할머니가요."

"네 아빠가 누구지?"

"손 기 택."

덕구는 속으로 놀랐다. 이 꼬마가 그 용맹한 손기택 동지의 아들이라니. 가슴 속에서 용암처럼 뜨거운 격정이 불끈 치솟아 올랐다. 이 아이는 아직 애비의 죽음을 모르고 있구나. 안타까운 일이지만 숨길 수밖에 없다.

"아저씨 엄마도 토벌대한테 당했나요?"

"아니."

"그럼 왜 토벌대와 싸우나요?"

"응, 그건 말이다. 양코배기와 그 앞잡이들이 이 섬을 빨갱이섬이라고…… 붉은 섬이라고 부르면서 네 엄마처럼 선량한 사람들을 죽였기 때문이란다."

"붉은 섬이라구요?"

"이 섬은 빨갱이섬이 아니야. 이 섬이 붉게 보이는 건 불타는 섬, 피로 물든 섬이기 때문이지."

덕구와 민수가 만나 이야기를 나누는 사이, 하산한 최상진이 선흘리에 주둔하고 있던 군부대에 자수했고 중대장의 보고를 받은 연대장은 빨치산 총두목 이덕구를 반드시 생포하라고 명령했다.

이 소식은 경찰 토벌대장 곽동후에게도 전해졌고 곽동후는 나를 데리고 2연대 5중대의 병력과 합류하기로 했다. 우리를 태운 지프차는 전 속력을 다해 선흘리를 향해 질주했다.

곽동후는 5중대장에게 나와 이덕구의 관계를 들먹이면서 폭도 두목을 생포하는 데 없어서는 안 될 인물이라고 나를 소개했다. 중대장은 최상진에게도 동행을 요청했지만 그는 단호히 거절했다.

최상진이 제주읍 주정공장에 있는 귀순자 수용소로 이동할 즈음, 나와 곽동후가 탄 지프차가 5중대 막사 앞에 도착했고 5중대 병력은 빠르게 샛별오름을 향해 움직였다. 무전병까지 대동한 정예 토벌부대가 산개 대형으로 오름을 포위하며 올라갔다.

의문 투성이 소년 민수는 여전히 덕구에게 질문을 퍼붓고 있었다.

"토벌대에 쫓겨서 산 사람들은 깊은 산 속으로 숨었다는데 아저씬 달아나지 않을 거예요?"

"오래지 않아 난 토벌군에게 붙잡힐 거다. 그러니 넌 어서 굴로 돌아가. 어른들이 걱정할지도 몰라."

"아저씨가 붙잡히면 그들이 가만 놔두지 않을 텐데……"

"그 옛날 이 섬의 조상들 가운데는 제 한 목숨 바쳐 큰 뜻을 이룬 장두들이 있었다. 방성칠, 강제검, 이재수…… 이 분들은 백성을 괴롭힌 나쁜 사람들과 맞서 싸우며 생명을 티끌처럼 버렸지. 장두의 길은 고난과 역경의 가시밭길이야. 하지만 그게 사나이가 걸어가야 할 떳떳한 길이란다. 민수야…… 해와 달이 뜨고 지는 것처럼 셀 수도 없는 사람들이 이 세상에 왔다가 사라지는 거야. 산에는 늘상 꽃이 피고 지지. 피고 지고 피고 지고…… 한라산 어느 계곡에서 죽어 뼈다귀조차 추스르지 못한 동지들은 꽃이 지는 것처럼 소리 없이 스러져 갔지만 먼 훗날 그들은 역사의 꽃으로 다시 피어날 거야."

"역사의 꽃이라뇨?"

"으응, 그건…… 비록 동지들은 사라졌지만 그들의 혼령은 이 한라산과 함께 영원히 살아 있을 거란 뜻이지. 어떤 넋은 산 메아리가 되고, 또 어떤 넋은 저녁놀이 되기도 하고……."

토벌대가 오름을 사방에서 포위하고 서서히 정상을 향해 올라간다. 민수가 일어섰다. 민수는 재미있는 이야기를 많이 들려준 덕구에게 고맙다고 하면서 내일 여기서 또 만나자고 제의한다. 덕구는 말 없이 민수를 포옹한다. 이 아이는 꼭 자식처럼 여겨진다. 오래 전에 그가 버린 애인의 모습이 주마등처럼 스쳐갔다.

토벌대보다 먼저 내가 정상으로 올라섰다. 덕구가 재빨리 권총을 뽑아 들었다.

"덕구야! 나야, 나……."

그제서야 덕구가 권총을 허리춤에 찬다.

"살아 있었군. 정말 반갑다. 다신 얼굴 못 볼 줄 알았어,

이 친구야…… 달삼이도 떠나버리고 이제 넌 하나밖에 없는 내 친구란 말이야……."

덕구가 날 얼싸안을 때 곽동후가 튀어나온다. 군인들이 뒤를 이었다.

"꼼짝 마! 움직이면 쏜다! 까딱하면 대갈통에 구멍 날 줄 알아!"

덕구가 슬픈 눈으로 나를 쳐다본다.

"호진아…… 또, 너냐……."

"오해하지 마! 난 널 살리려고 왔어."

순간 덕구가 돌아서면서 권총을 뽑는다. 그보다 먼저 곽동후가 방아쇠를 당긴다. 몇 번 허우적이던 덕구가 쓰러진다. 내가 덕구에게 달려가 그를 일으켜 안았다.

"덕구야, 정신 차려! 죽으면 안 돼! 넌 살 수 있어. 살아야 돼, 덕구야!"

"호진아…… 달삼이……해주…… 토, 통일……."

덕구가 축 늘어지며 고개를 꺾는다. 나는 시신을 흔들며 오열하다 곽동후를 무섭게 노려봤다.

"이 새끼야! 약속이 틀리잖아! 왜 죽였어? 살려주기로 했잖아!"

"허어 참, 너도 봤잖아? 생포하려고 했는데 사령관이 총을 뽑았어. 내가 먼저 쏘지 않았더라면 저 꼴이 됐을 거라구."

내가 허옇게 눈 뜨고 죽은 덕구의 눈망울을 손바닥으로 내리쓸어 감겨줄 때, 뜻하지 않은 일이 벌어졌다. 민수가 홍란의 시신 곁에 떨어진 권총을 주워 곽동후를 쏜 것이다.

총알이 곽동후의 무릎을 관통하고 다시 쏘려는 찰나에 중대장이 총격을 가해 민수를 넘어뜨렸다. 어쩔 사이도 없이 순식간에 일어난 일이었다.

이때, 지휘봉을 든 연대장과 정보참모, 부관이 등장한다. 일동 기립하여 부동자세를 취한다. 연대장이 주위를 휘돌아보며 소리친다.

"웬 총소리야! 지휘관이 누구야?"

중대장이 앞으로 나서며 거수경례를 붙인다.

"접니다. 5중대장입니다!"

연대장이 덕구와 민수의 주검을 일별하고 유격대 사령관의 행방을 묻자, 중대장이 더듬거리며 사살했다고 대답한다. 연대장이 지휘봉으로 중대장을 후려갈기고 워커발로 중대장의 정강이를 걷어찬다.

"이런 병신 새끼! 호박이 넝쿨째 굴러 왔는데 그거 하나 간수하지 못한 네가 지휘관이야? 장교야? 부관! 부관-!"

부관이 달려오자 연대장은 중대장을 귀대하는 대로 영창에 집어넣으라고 지시한다. 연대장이 덕구를 한참 응시하다가 정보참모에게 말을 건넨다.

"유격대 사령관의 주검을 보면서 뭐 생각나는 게 없나?"

"글쎄요…… 별로 없습니다."

"군인에게 가장 부족한 정신기능이 뭔 줄 아나?"

"……."

"유연성이야. 그걸 달리 얘기하면 신축성이나 융통성이라고도 할 수 있지. 대다수 군인들의 머리는 굳어 있어. 그들은 원리·원칙에 충실하는 걸 군인의 최고의 미덕으로 알고 있거든. 하지만 임기응변이나 상징조작 능력이 없으면 지휘관으로선 빵점이야."

"유격대 사령관의 죽음과 유연성에 어떤 함수관계라도……?"

"훌륭한 군인은 지·덕·용을 갖춰야 하지. 그런데 뛰어난 군인은 시인의 상상력과 과학자의 통찰력을 겸비한 자야. 유격대 사령관은 생포했으면 선전효과가 매우 큰 인물이었어. 그것은 4·3 폭동의 폐막과 더불어 한라산 빨치산의 종말을 상징적으로 보여주는 기막힌 웅변일 수 있었다네. 그렇지만 연사가 죽어버린 마당에 그건 불가능하게 됐지. 그래서 우린 침묵의 웅변을 기도해야 해."

"침묵의 웅변이라뇨?"

"선전효과 대신에 전시효과를 노리자는 거지."

"어떻게요?"

"사령관의 시체를 읍내 한 복판, 관덕정에 전시하도록. 잊지 말아야 할 것은 인민군 복장을 입히고 숟가락을 저고리 윗주머니에 꽂도록."

"왜 하필이면 인민군 복장에다 숟가락을 꽂습니까?"

"당연한 질문이야. 설명하지. 첫째, 인민군 복장은 한라산 빨치산이 북조선과 연계된 좌익 게릴라였다는 점을 암시하는 것이고 둘째, 숟가락은 항간에 신출귀몰하는 영웅으로 미화된 유격대 사령관의 신화를 여지없이 깔아 뭉개버리는 데 그 목적이 있어. 폭도 두목을 영웅으로 만들 순 없지. 굶주림을 견디다 못해 먹을 걸 찾아 하산하던 중 아군과의 교전 끝에 사살됐다고 발표하도록. 먹이에 기갈 들린 짐승 같은 폭도로 그의 위상을 끌어내려야 한단 말이야."

"이제야 무슨 말씀인지 이해가 갑니다."

중대장이 덕구와 민수의 시체를 연대 본부로 수송하겠다고 하자, 연대장은 고개를 끄덕이다가 지휘봉으로 민수의 시신을 가리킨다.

"가만, 이 꼬마는 왜 죽었어?"

중대장이 의무병에게 무릎 부상을 치료받고 나무 아래 누워 있는 곽동후를 가리키며 상세한 전말을 보고했다. 연대장은 혼잣말로 중얼거린다.

"참새는 작아도 알을 낳고 제비는 작아도 강남을 간다…… 꼬마와 사령관 사이에 모종의 관계가 있는 게 아닐까? 부관! 부관-!"

연대장이 느닷없이 부관을 부르자, 급히 대령한 부관에게 지프차에 있는 태극기와 사진기를 가져오라고 명령한다. 부관이 급히 뛰어 내려가자 연대장이 이번에는 더 크게 독백한다.

"우리들의 작은 영웅! 선무공작대의 꽃! 자유의 전사! 빨치산 토벌대의 용사!……"

정보참모가 고개를 흔들며 물었다.

"그건 또 무슨 소립니까?"

"잘 보게, 이 어린 소년의 천진난만한 얼굴을…… 이 소년은 빨치산 연락병이었는데 아군에 귀순한 뒤, 충성스러운 선무공작대원으로 활동하던 중 폭도들의 흉탄에 맞아 장렬히 산화했다네."

"……?"

"이 소년의 처참한 죽음을 사진으로 본 사람들이 폭도들의 만행에 대해 얼마나 가슴을 치며 분노하고 적개심이 끓어오르겠나? 백 마디, 천 마디 말이나 한 권의 책보다 이 한 장의 사진은 보는 이로 하여금 심장이 뛰고 눈물이 솟구

치며 피가 역류하는 걸 느끼게 할 걸세."

부관이 태극기와 사진기를 가지고 오자 연대장은 태극기를 민수의 시신 위에 덮게 했다.

"전 장병이 저 아이의 투철한 애국혼을 향하여 존경의 마음을 품고 엄숙히 경례하는 장면을 찍으란 말야, 알겠나?"

연대장의 지시에 따라 전 장병이 민수의 시신 앞에 도열하고 중대장의 일동 차렷! 경례!의 구령에 맞춰 거수경례를 한다. 부관은 열심히 셔터를 누르는데, 나는 어디선가 진혼곡이 울려 퍼지는 환청을 들었다. 애잔한 트럼펫 주악이 긴 여운을 끄는 그런 진혼곡 말이다.

그보다 먼저, 민수는 권총으로 곽동후를 쏘고 난 다음 중대장의 총에 맞아 절명할 때, 히히힝-! 용마의 울음과 말 발굽소리를 들었다. 그리고 겨드랑이에 날개 달린 아기장수가 용마를 타고 하늘 높이 솟아오르는 환영을 보았다. 갈기를 흔드는 말 울음소리가 온 들녘을 진동시키며 힘차게 힘차게 들려오고 있었다.

유격대 총책 이덕구가 사살됐다. 무장대 세력이 이미 와해된 상태이기는 하지만, 이덕구는 김달삼에 이어 무장대의 상징적 존재였기 때문에 그의 죽음이 주는 영향은 컸다. 이에 고무된 국방부는 제2연대의 활약으로 사살했다고 발표했다. 내가 이 두 눈으로 똑똑히 봤고 덕구의 두 눈을 내가 감겨줬는데도 말이다. 이것이 연대장이 말한 임기응변이고 상징조작인가.

경찰은 이덕구의 시신을 나무 십자가에 묶어 제주읍 관덕정 광장에 전시했다. 연대장의 의도는 시체를 광장에 전시하면 지나다니는 자마다 손가락질 하고 침을 뱉고 돌을 던지며 똥과 오줌으로 세례를 주어 죄인을 능욕케 하는 거였다. 폭도의 수괴 이덕구는 우리 시대의 오점이요, 수치였다. 구데기 같은 것. 악취가 난다. 퉤퉤퉤-! 연대장이 가장 먼저 시체에 침을 뱉었다.

그러나 도민들의 반응은 그의 예상을 깨뜨렸다. 시체 앞을 지나가는 사람들은 한동안 멈춰 서서 슬픈 눈으로 바라봤고 맘 속으로 애도했다. 어떤 자들은 덕구를 산적이나 순교자로 생각했고 또 다른 자들은 십자가의 덕구를 메시아! 바로 그 분으로 착각하기도 했다.

더욱 놀라운 일은 전시 이틀째 되던 날 시체가 감쪽같이 사라졌다. 혹자는 누가 시체를 훔쳐갔다고 했고 또 다른 사람은 그가 예수처럼 승천한 게 아니냐고 쑥덕거렸다. 어찌 됐건 덕구의 시신은 연기처럼 사라졌고 그 사건은 영원한 미궁에 빠졌다.

24
1949년 7월

덕구가 죽고나서 나는 제주읍 서부두에 있는 주정공장에 임시로 설치된 귀순자 수용소에 들어갔다. 수용소에서 간단한 조사를 마치고 나와야 유격대원의 경력을 말소하고 면죄부를 받을 수 있다는 곽동후의 제안에 따랐던 것이다. 일종의 신분 세탁 과정인지도 모른다. 나는 곽동후에게 몇 번이나 감사를 표했다. 날 살려주신 이 은혜 잊지 않겠다는 말도 덧붙였다.

그런데 나의 임시 거처가 된 그곳은 말이 수용소지 감옥이나 다를 바 없었다. 사방으로 철조망이 처지고 망루에서는 군인들이 귀순자들을 24시간 감시하고 있었다. 하루에 세 끼, 주먹밥 세 개가 먹거리의 전부였다.

귀순자들은 밖으로 나갈 수도 없고 밖의 소식을 들을 수도 없다. 그동안 산 생활로 연락이 두절된 가족에게 알릴 방법이 없어 애만 태우고 있었는데 신촌리 출신 청년이 입소했다. 그 청년으로부터 아버지는 나 때문에 경찰에 끌려가 모진 고문을 받고 반병신이 된 채 다시 돌아온 신촌집에서 요양하고 있고 어머니는 아버지 병시중으로 고생하고 있다는 소식을 들었다.

누이는 경상도에 있는 방직공장에 취직하러 올라갔다고 한다. 나는 마음 속으로만 '어머님, 아버님…… 이 불효자식을 용서해 주십시오.' 하고 빌 수밖에 없다. 언제나 가족은 내게 마지막으로 남은 구원처럼 여겨졌다.

그런데 이상하게도 다른 사람들은 자주 불려나가 조사를 받고 오는데 나는 한 번밖에 조사를 받지 않았고, 그 이후에는 부르지 않았다. 군인들한테 물어봐도 고개를 절래절래 흔들 뿐이다. 금방 빼 줄 테니 며칠만 쉬는 셈치고 수용소에 들어가 있으라고 자신 있게 말했던 곽동후에게서도 아무런 연락이 없다.

도대체 무슨 꿍꿍인가? 곽동후, 이 자가 유격대 사령관 사살 공로를 혼자 독차지하려고 날 의도적으로 수용소에 처넣은 게 아닐까? 벼라별 생각으로 무료한 나날을 보내는

데 조사관의 호출이 왔다. 조사관은 백지 두 장을 내밀면서 자술서를 쓰라고 했다.

자술서의 내용은 한 장에 한라산 유격대에서의 활동상황을 기술하고 다른 한 장에는 ①지서나 읍·면사무소, 학교 등 공공기관에 방화한 사실 ②민간인의 재물을 약탈하거나 신체에 위해를 가한 사실 ③군·경 토벌대와의 교전 또는 공격으로 군경을 사상(死傷)케 한 사실 등을 적으라는 거다.

나는 하도 어이가 없어 경찰 토벌대장 곽동후에게 물어 보면 나에 관한 모든 사항을 말해 줄 거라면서 곽동후를 만나게 해 달라고 요청했다. 그러자 조사관은 책상을 쾅! 치며 눈알을 부라렸다.

"너 이 새끼, 여기가 어디라고 설레발이야! 자술서에 사실을 있는 그대로 솔직히 다 쓰지 않으면 공중에 매달아 콧구멍에 물을 붓겠어. 새꺄, 너 전기고문하면 여기서 쥐도 새도 모르게 죽어 나가, 임마!"

이때 옆방에서 취조받는 사람의 비명소리가 들려 왔다. 나는 온몸을 부르르 떨었다. 2년여 전에 경찰서 취조실에서 곽동후에게서 받은 고문의 기억이 되살아나 머리털이 곤두섰고 소름 끼쳤다.

또 다시 그런 끔찍한 고문에 시달리느니 차라리 모든 걸

실토하는 게 낫겠다 싶었다. 만사를 체념하고 자포자기한 상태에서 나는 조사관이 지시하는 대로 '사실을 있는 그대로 솔직히 다 쓰고' 지장을 눌렀다.

없는 죄도 만들어내서 올가미를 씌우는 놈들인데 있는 죄를 인정할 수밖에 없다. 수용소 당국은 조사관이 심문할 때에 내가 인정한 세 가지 죄목을 고등군법회의에 제출했다. 며칠 후, 재판을 받기 위해 간수 인솔 하에 법원으로 가서 양손에 포승을 감은 채 재판장 앞에 앉았다.

재판은 오전 10시에 시작됐다. 재판장으로 육군 대령이 가운데 앉아 있고 배심 재판관은 좌우 양쪽에 배석했다. 내 차례가 되자, 양호진! 하고 이름을 불렀다. 예! 하고 일어서니 재판장이 물었다.

"너는 여기 기록된 대로 불법행위를 하였는가?"

"예, 했습니다."

"공공시설에 방화했고 민간인의 재물을 약탈했으며 군·경 토벌대를 공격한 사실이 있는가?"

"예, 사실입니다."

재판은 간단히 끝났다. 재판을 받은 후, 다시 수용소로 돌아가서 당국의 처분만 기다리고 있었다. 곽동후에게 크게 기대하지는 않았지만 벌금형이 아니면 집행유예로 풀려나겠지…… 나는 사태를 낙관하고 있었다.

어느 날 밤, 드디어 간수가 날 호출한다. 밤중에 호출이면 드디어 석방이다! 살았구나…… 안도의 한숨을 내쉬었다. 우리 방에서는 나뿐이었는데 밖으로 나오니 열댓 명의 귀순자가 모여 있다.

우리는 쓰리 쿼터를 타고 부두 끝에 있는 선착장에서 내렸다. 그리고 대기하고 있던 해군 경비정에 타라고 한다. 나는 어안이 벙벙했다. 이게 뭐야? 배를 타고 어디로 간단 말인가? 이건 석방이 아니잖아? 전에 내가 들은 바에 의하면 자수한 입산자들을 경비정에 태워 바다 한 가운데 수장시켜 버렸다고 하던데…… 설마 그건 아니겠지.

나는 한 사병에게 다가가 조심스럽게 물었다.

"우린 어디로 가는 겁니까?"

"……."

"행선지라도 알아야 할 거 아닙니까? 좀 알려 주세요."

"목포."

그 사병은 짧게 대답했다. 목포라니…… 그제서야 난 곽동후, 이 간악한 인간에게 속았다는 걸 알았다. 날 이용해 먹고 이용가치가 떨어지니 냉혹하게 날 버린 것이다. 찢어 죽일 놈…… 난 어금니를 악물었다.

경비정에 승선하고 보니 이미 우리보다 먼저 와 있는 죄수들이 타고 있어 여유 공간이 하나도 없을 만큼 가득 찼다. 배는 곧 출항하여 다음 날 새벽 목포항에 입항한 후 곧바로 열차를 타고 하루 종일 기차 칸에서 시달리다 밤이 돼서야 인천형무소에 도착했다.

형무소 정문 앞에 전원 무릎을 꿇어앉힌 채 이제부터 판결 결과를 알려준다면서 차례대로 이름을 부른다. 양호진! 너는 5년형이라고 형량을 알려준다. 제주도에서 우리를 인솔해 온 군인이 인천형무소 간수에게 죄수들을 인계하고 어디론가 황급히 사라졌다.

우리는 감방에 들어가기 전에 머리를 빡빡 깎고 죄수복으로 갈아입었는데 바지는 반바지이고 상의는 반팔이다. 형무소 건물은 2층으로 2천여 명을 수용할 수 있는 시설이다. 우리 방은 2층 25번 방이다. 방에 들어가 보니 이불 하나, 담요 하나로 5명이 같이 덮고 자야 한다고 했다. 죄수끼리 통성명을 하고보니 제주읍 용담리 출신 3명, 조천면 와흘리 출신 1명이다.

아침 9시가 되면 널빤지 끄는 소리가 나고, 청소하는 사람을 '사소'라고 부르는데 그가 문을 딸깍 딸깍 열고 밥 받으라고 소리치면 반갑기 그지없다. 밥은 각자 휴지에 받고 국은 양재기 그릇에 받는다. 밥은 콩과 보리 반반씩과 쌀 몇 알이 들어있는데 밥맛이 꿀맛 같고 하루 생활에서 밥 먹는 때가 제일 행복한 시간이다.

식사가 끝나면 둘러앉아서 옛 이야기를 하거나 고향 이야기로 시간을 보낸다. 저녁 식사가 끝나면 취침이 기다려지고, 취침 전에 간수가 점호를 하는데 "차렷, 경례! 총원 5명, 현재원 5명, 이상무!"라고 보고가 끝나면 바로 취침에 들어간다.

매일 이런 일과가 반복되어 며칠이 지나고나니 그런 대로 이 생활도 견딜 만했고 마음의 여유가 생긴 탓인지 고향에 계신 부모님은 어떻게 지내는지 궁금하기도 했다.

하루는 우리 방으로 신입 죄수 한 사람이 들어왔다. 여수·순천 반란사건으로 5년형을 받고 온 자이다. 3일 동안 같이 자고 다른 방으로 갔는데, 이 사람이 하는 말을 들으니 여수·순천사건은 제주 4·3 사건 때문에 일어났고 그 사건 진행과정에서 나는 4·3의 어두운 그림자를 봤다.

그에 따르면 여수에 주둔하고 있던 14연대 1개 대대 병력이 제주도 4·3 사건 토벌작전 명령을 받고 여수항에서 제주도로 출발할 예정이었다. 그 전날, 1948년 10월 19일 오후 8시쯤에 인사계 선임하사관 지창수가 40여 명의 공산당 조직원들에게 병기창고와 탄약창고를 장악케 한 후 비상나팔을 불고 출동준비를 마친 1개 대대 병력을 집합시켰다.

잠시 후 나머지 2개 대대도 연병장에 집합시킨 다음, 지창수는 우리 애국 군인은 제주도 출동을 반대한다. 같은 민족, 동포에게 총을 쏠 수 없다고 하면서 우리는 악질 경찰을 타도하고 남북통일을 위해 애국적 군인, 인민을 위한 군인으로 행동하자고 호소했다.

대부분의 사병들은 환호하며 호응했으나 갑작스런 선임 하사관의 선동에 반대하는 사병들이 나오자 그 즉석에서 공산당 조직원들에게 사살을 명령했다.

총살 현장을 목격한 군인들은 더 이상 반대하지 못했고 지창수의 선동에 동조한 군인 3천여 명이 부대를 나와 시내로 진입하면서 경찰관서를 습격하고 하룻밤 사이에 여수 시내를 반란군이 완전히 장악하게 된 것이다.

이때 여수 시내의 좌익에 동조하는 단체와 학생 600여 명이 반란군에 합세하여 그 세력을 확장하면서 주요기관을 다 접수하게 된다. 10월 20일 아침에는 반란군의 총지휘자가 남로당원인 대전차포 중대장 김지회 중위로 밝혀졌고 반란군은 김 중위의 지휘 하에 들어갔다.

당일 오전 9시 30분에 2개 대대 반란부대를 열차편으로 순천으로 이동시켰고 순천에 주둔하고 있던 14연대 2개 중대까지 홍순석 중위가 지휘하는 반란군에 통합하게 된다.

이로써 순천도 반란군의 수중에 들어가게 됐는데, 반란군은 3개 부대로 나누어 진군하면서 광양, 벌교, 보성, 구례, 곡성 등 인근지역으로 점령지를 넓혀감으로써 한때는 기세가 등등했다.

국군은 반란군을 토벌하기 위해 10월 21일 광주에 전투사령부를 설치하고 전투사령관 송호성 준장이 지휘하는 7개 대대를 동원하여 반란군을 공격하는 한편 여수·순천에는 비상계엄령이 선포됐다.

10월 25일에는 계엄군이 여수·순천을 탈환하고 도주하는 반란군에 대한 소탕작전을 전개했다. 반란군 1천여 명이 광양 백운산, 지리산 화엄사골, 웅석봉 등 산악지대로 도피했다. 도피 중 토벌대에 사살되고 병사 또는 아사(餓死)하는 군인이 늘어나 1948년 말에는 생존자가 350명에 불과했다. 반란군의 3분의 2가 산악전투에서 죽어 그들의 시신은 까마귀 밥이 됐다.

1949년 4월에 백암사골 반선 마을에서 반란 주동자 김지회, 홍순석이 사살되자 급격히 위축된 반란군 대다수가 토벌군에게 투항했다. 지리산의 산악지대로 도피해 들어간 반란군이 토벌대에 의해 거의 소탕되자, 남로당은 산 속에 잔류하고 있는 반란군과 공산주의에 동조하는 민간인들을 규합하여 '지리산 유격대'를 조직한다.

지리산 유격대의 조직 책임자는 남로당 연락책인 이현상이다. 이현상은 자진해서 지리산으로 들어가 유격대를 지휘하며 군경토벌대에 저항했다. 지리산 유격대의 공식 명칭은 1949년 7월부터는 '제2병단 유격대'라 하여 활동하기 시작했다. 병단 밑에는 5개의 연대가 있었는데 병력은 500여 명으로 이현상 등이 연대장을 맡았다.

지리산 유격대는 지리산, 백운산, 조계산, 덕유산을 근거지로 하여 이 일대 광범위한 지역에서 유격전을 벌임으로써 한때 군·경 토벌대를 곤경에 빠트리기도 했으나 국군 호남지구 전투사령부와 경찰기동대의 공비 소탕 작전으로 지리멸렬하고 말았다.

여수·순천 반란사건의 진압 과정에서는 4·3과 마찬가지로 무고한 주민들이 많이 희생됐는데, 가장 잔인한 학살자들은 호남지구 전투사령부 예하 부대에 있는 제주 출신 사병들이었다. 이들은 자신과 아버지 세대가 겪은 4·3의 기억을 떠올리며 '우리가 당한 만큼 갚아준다'는 보복심리와 '육지것'들에 대한 반감을 학살로 '투사'한 것이다.

이들은 애써 4·3을 잊으려고 노력하면서 '기억의 자살'을 시도했지만 군인으로서 국가의 공권력을 쥐게 되자 주민들이 갖고 있는 불온사상을 말살한다는 명분으로 '기억의 타살'을 감행하게 된다.

1949년 4월 9일 승주군 두월면 일대에서 국군이 양민 719명을 몰살했다. 작전명은 '견벽청야(堅壁淸野)', '성벽을 굳게 하고 곡식을 모조리 걷어 들인다'는 뜻이다. 빨치산 토벌작전의 일환인데, 11사단 9연대는 빨치산과 몇 차례 교전 끝에 이 지역 남녀노소 주민들을 집합시키고 무차별 총격을 퍼부었다. '견벽청야'는 제주 4·3 사건에서 토벌대가 실행한 잔인무도한 '초토화 작전'의 수단인 '삼광삼진(三光三盡)' 작전을 그대로 재현한 것이다.

역사란 돌고 도는 것인가? 여수·순천 반란사건에서도 제주 4·3 사건의 비극이 되풀이됐다. 무고한 양민들이 값없이 희생을 당했다. 역사의 제단에는 늘 죄 없는 민초들의 피가 희생 제물로 바쳐져 왔다는 사실에 나는 또 한 번 전율하지 않을 수 없다.

어느 일요일. 죄수 전원을 간수가 예배당으로 인솔해 갔다. 밤인데 예배당에 앉아 사방을 쳐다보니 주정공장 귀순자 수용소에서 만난 신촌리 출신 고상철 형이 보였고 마침 형도 나와 눈이 마주치자 손을 흔든다.

이런 곳에서 아는 사람을 만난 것 자체만으로도 기쁘고 마음의 의지가 된다. 형이 내 옆자리로 와서 오랜만에 손을 잡고는 고개를 숙인 채 눈물만 흘린다. 간수에게 들킬까 봐 우리는 귓속말로 소곤거렸다.

"우리가 여기 온 건 정말 다행이야. 고향에 있었으면 죽었어. 우리가 수용소에 수감되고 인천형무소에 오는 동안 고향 청년들은 거의가 산에서 죽거나 토벌대에 잡혀서 총살당했대. 그런데 넌 몇 년 형이야?"

"5년."

"나도 5년 받았어. 그럼 우린 같이 석방되어 고향에 갈 수 있겠구나!"

나는 고개를 주억거렸다. 5년…… 입 속으로 중얼거려본다. 짧다면 짧고 길다면 긴 세월이다. 더욱이 감옥에서의 5년은 바깥 세상에서의 50년과 맞먹는 게 아닐까?

예배당 안이 정돈되고 목사가 들어온다. 간수가 큰 소리로 "목사님이 들어왔으니 다 같이 기도합시다!"라고 하자, 장내가 별안간 침묵 속에 빠져든다. 목사는 시국에 관한 설교를 했다.

형무소 죄수들은 예배당에 와서 기도하는 것으로 마음의 안정을 찾고 예배를 유일한 낙으로 여기는 사람이 대부분이다. 허기사 총탄이 비 오듯 쏟아지는 참호 속에서는 누구나 하나님을 찾는다지 않는가.

나 역시 감방 안에서 성경책을 펴놓고 읽기도 하고 찬송가를 입 속으로 부르기도 하면서 아픔을 달래고 알 수 없는 공허를 메우려고 노력한다.

'나는 길이요 진리요 생명이니, 나로 말미암지 않고서는 천국에 이를 자가 없느니라'

'나는 부활이요 생명이니, 나를 믿는 자는 죽어도 살겠고 무릇 살아서 나를 믿는 자는 영원히 죽지 아니 하리라'

'아무것도 염려하지 말고 오직 모든 일에 기도와 간구로, 너희 구할 것을 감사함으로 하나님께 아뢰라. 그리하면 모든 지각에 뛰어난 하나님의 평강이 그리스도 예수 안에서 너희 마음과 생각을 지키시리라'

때때로 기도할 때마다 신비롭게도 강(江) 같은 평화가 내 영혼을 포근히 감싸주었다. 신앙의 힘은 슬픔을 기쁨으로, 절망을 희망으로 바꾼다. 그러나 내 마음 한 귀퉁이에서는 이런 반발심이 고개를 쳐들었다.

하나님! 당신은 누구십니까? 제주섬에서는 무고한 양민들이 떼죽음을 당하고, 이 나라 각지의 형무소에는 죄 없는 죄인들이 하늘을 향해 억울하고 원통하다고 울부짖고 있습니다. 그런데도 온 우주만물을 창조하시고 인간의 생사화복을 주관하시는 전지전능하시고 무소부재하시는 당신은 침묵하고 계십니다.

뭐라고 말 좀 해 주십시오. 힘 없고 불쌍한 백성들이 알아듣도록 설명 좀 해 주십시오. 왜 이 가련한 민초들이 까닭도 없이 고문당하고, 감옥에 갇히고, 죽어야 하는지……. 피를 토하는 심정으로 묻겠습니다. 당신은 정말 '살아있는 하나님'이 맞습니까!!!

어느 날 나는 성경을 뒤적이다 '야베스의 기도'를 발견했다. "주께서 내게 복에 복을 더하사 나의 지경을 넓히시고 주의 손으로 나를 도우사 나로 환난을 벗어나 근심이 없게 하옵소서."

나는 참회의 눈물을 흘리며 기도했다. 내 운명의 지휘자요, 내 인생의 인도자이신 주님! 맹인의 눈을 뜨게 하고 앉은뱅이를 일으키고 죽은 나사로를 살려내고 오병이어의 기적을 보여주신 주님! 모든 것을 당신께 맡기오니 주의 뜻대로 이루어주소서…….

25
1950년 6월

아침 5시쯤 일어나서 소변 보러 갈 테니 문 열어달라고 간수를 불렀지만 조용하고 인기척이 없다. 창밖을 보아도 고요할 뿐이다. 이때 청소 당번인 사소가 감방 문을 열면서 다 밖으로 나오라고 소리를 지른다.

"빨리 나와! 전쟁이 일어나서 간수들이 다 도망갔어!"

우리 방 다섯 사람이 감방 밖으로 나와 보니 죄수들 수백 명이 운동장을 가로질러 뛰면서 창고 쪽으로 가는 게 아닌가. 어떤 죄수는 벌써 죄수복을 평상복으로 갈아입어서 나오고 있다. 마침 고상철 형이 내 앞으로 달려오며 외친다.

"야! 호진아, 빨리 창고에 가서 옷 갈아입자!"

같이 가보니 창고 안은 옷과 신발이 뒤엉켜 아수라장이 돼 있다. 내가 입고 온 양복은 온데간데 없고 한복이 있어서 입어보니 상의와 하의가 맞지 않았으나 그런 걸 따질 계제가 아니다.

이른 아침인데도 비행기 소리가 요란하게 들린다. 인민공화국 국기를 새긴 비행기가 저공으로 형무소 주변을 몇 바퀴째 계속 맴돌고 있다. 누가 지시한 것도 아닌데 죄수들은 탈옥할 엄두를 내지 못하고 망연자실 서 있다가 각자 감방으로 돌아간다.

라디오를 들어보니 지난 밤 0시를 기해 북한 괴뢰군의 남침으로 우리 국군이 맞서 싸우고 있으니 국민 여러분은 동요하지 말고 안심하여 생업에 종사하여 주기 바란다는 것과 휴가 및 외출 중인 국군 장병은 이 방송을 듣는 즉시 원대 복귀하라는 대국민 방송이 계속 흘러나오고 있었다.

신문 보도에 따르면 6·25 전쟁이 발발하면서 또 다시 제주에 비극이 찾아 왔다. 보도연맹 가입자, 요시찰자와 입산자 가족 등이 대거 예비검속되어 처형됐다. 북한군이 쳐들어오면 이들 좌익 인사들이 후방에서 아군을 공격할 위험성을 사전에 제거한다는 명분이었다.

또 형무소에 수감됐던 4·3 사건 관련자들도 즉결처분

됐다. 6·25 전쟁 직후 4·3과 관련된 살상은 제주뿐만 아니라 전국 각지에서 이뤄졌다. 사선을 뚫고 살아나 일반재판이나 군법회의를 거쳐 육지 형무소에 수감돼 있던 수천 명의 제주 출신 형무소 재소자들이 죽어갔다.

형무소 재소자 총살은 정부 최고위층의 지시에 의해 집행됐다. 사형수가 아닌 재소자들을 총살한 것은 또 하나의 불법 학살이었다. 예비검속으로 인한 희생자와 형무소 재소자 희생자는 제주 출신만 3천 명에 이른다.

미친 세상에 태어났다는 죄밖에 없는 무고한 사람들이 단지 시대를 잘못 만났다는 이유 하나만으로 저승 가는 길, 서천강을 건너야 했던 것이다.

6·25 전쟁이 발발하자 전국적으로 비상계엄령이 선포됐다. 제주도에서는 4·3의 마무리 토벌을 위해 주둔하던 해병대 신현준 사령관이 제주지구계엄사령관을 겸임했다.

정부는 제주 주정공장에 육군 제5훈련소를 설치해 신병 양성에 나섰다. 제주도 중·고등학교 학생으로 조직된 학도돌격대가 결성됐고, 이들을 비롯한 제주도 청년 3천 명이 해병 3·4기로 지원 입대했다.

이후 정부는 기존의 대구 제1훈련소, 부산 제3훈련소, 제주 제5훈련소를 통합하여 육군 제2훈련소를 제주 대정읍 상모리에 설치했다. 제2훈련소에서 양성된 병력은 50만 명에 이른다. 수많은 제주 청년들이 훈련소에 입소했다.

육군과 해병대에 입대해 6·25 전쟁에 참전한 제주 청년들은 1만 명에 달한다. 정부에서 '빨갱이 섬'으로 낙인 찍은 제주도가 거꾸로 북한의 침략을 막아내는 방패로서 큰 역할을 한 것이다.

며칠 후, 아침 식사가 나왔는데 전과 다르게 밥과 반찬이 푸짐해서 배불리 먹었다. 간수도 없고 누구의 간섭도 없이 죄수들만 있어서 어수선한데, 오전 10시쯤 되자 갑자기 밖에서 박수와 만세 소리가 요란하게 들린다. 감방문을 열고 인민군 장교가 들어왔다.

"동무들, 고생이 많았소!"

그는 죄수들과 일일이 악수를 한 다음, 복도로 나와서 일장 연설을 한다.

"우리는 인민 해방군입니다. 여러분은 지금부터 나를 따라야 합니다. 내가 하는 말을 잘 들으시오. 제주 4·3 사건, 여수·순천사건 등 사상범으로 감방에 들어온 죄수들은 모두 나오시오. 절도범과 기타 죄수들은 그대로 감방에 남아 있어야 하오."

장교의 지시에 따라 사상범들이 2열 종대로 집합한 후, 형무소 정문을 나서서 한 시간쯤 걸어 인천 어느 국민학교 운동장에 도착했다. 거기에는 젊은이들로 꽉 차 있는데 인민군 의용군에 입대할 사람들이라고 한다.

우리는 이틀간 행군하여 한강 다리에 이르렀는데 이미 다리는 부숴져 건널 수 없고 작은 배로 사람을 운반하고 있다. 다리가 폭파된 줄도 모르고 달리던 차가 강물에 수없이 떨어져 있고 그 뒤를 따라가던 차가 계속 이어져서 서울 시청 앞까지 열을 지었는데 거의 불에 탔거나 형체를 알 수 없이 파괴된 상태였다.

서울 시내 주요 건물과 중앙청에는 김일성 사진은 좌측, 스탈린 사진은 우측에 붙어 있고, 거리 요소요소 국기 게양대에는 인민공화국 기가 펄럭이고 있었다. 서울 시내의 건물 대부분은 불에 타거나 부숴져 폐허의 모습 그대로였다.

6월 27일 새벽 이승만 대통령은 특별열차를 타고 대전으로 떠나 버렸다. 한 시간 후 열린 심야 비상국무회의는 '수도를 수원으로 옮기기'로 의결했다. "점심은 평양에서, 저녁은 신의주에서 먹겠다"던 대통령의 호언장담은 식언(食言)이 돼 버렸다.

6월 28일 신성모 국방장관이 "정부가 수원으로 이동하더라도 서울을 사수하겠다"고 한 방송은 대통령의 식언과 함께 국민을 기만한 정부의 허언으로 꼽히게 된다.

채병덕 참모총장은 서둘러 강남으로 이동하면서 최창식 공병감에게 한강다리를 폭파하라고 명령했다. 한강 인도

교와 철교가 거대한 굉음을 울리며 무너진 것은 6월 28일 새벽 2시 30분쯤이었다.

이때 인도교 위를 지나던 민간인과 군인, 차량들도 교각과 함께 한강으로 추락했다. 아비규환 그 자체였다. 한강다리 폭파는 최후의 일전을 벌이기 위해 미아리고개에 포진해 있던 국군장병과 서울시민들을 처참한 공황상태로 몰아넣었다.

인민군 주력부대가 서울 시내에 진입한 건 6월 28일 오후 3시쯤이다. 이러한 상황을 고려한다면 한강다리 폭파는 6~8시간을 연기했어야 했다. 그 6시간 동안에 아군 3개 사단이 더 도강할 수 있었으니까.

다리 폭파는 전투 중인 국군 부대의 사기를 크게 떨어뜨렸다. 춘천 사수를 외치던 6사단장 김종오 대령은 이 소식을 듣고 6월 28일 저녁 6시쯤 춘천 시민에게는 '피난하라'는 말 한 마디 없이 춘천의 소양교를 폭파하고 원주로 후퇴했다. 봉일천 일대에서 인민군 6사단과 1사단을 악착같이 막아내던 백선엽 대령의 1사단도 사수를 포기하고 한강을 건넜다.

한편 동해안에 포진한 이성가 대령의 8사단은 인민군 5사단으로부터 수륙 양쪽에서 공격을 받았다. 또 북주선인민공화국은 게릴라부대인 766부대와 549부대를 함정에 태위 동해안 곳곳에 상륙시켜서 동해안 전체를 전쟁터로 만들었다. 766부대를 이끈 부대장은 한라산 인민유격대 총사령관을 지낸 김달삼이다.

여기서 김달삼의 행적을 더듬어 볼 필요가 있다. 김달삼은 월북 후 1949년 8월 강동정치학원 졸업생 300명을 인솔하여 유격대 제3병단 사령관으로서 부사령관 남도부와 함께 동해안 태백산으로 침투, 게릴라전을 전개하던 중 국군 토벌대 공세에 밀려 잠시 북으로 퇴각했다가 다시 766부대를 조직해 동해안으로 침투해서 활약 중이었다.

한강 다리를 너무 이르게 폭파한 것에 대한 비판 여론이 들끓는 가운데 육군 고등군법회의는 공병감 최창식 대령에게 사형선고를 내렸고 최 대령은 며칠 후 처형됐다. 채병덕 참모총장은 물론이고 대통령의 재가 없이 한강교를 폭파할 수 없다는 상식에 비추어 볼 때 이 재판은 속죄양 만들기에 다름 아니었다.

우리 일행이 강을 건너서 백사장에 모이고 보니 인천에서 출발했던 인원보다 반이 줄어 있고 고상철 형도, 감방 동료 4인도 보이지 않았다. 아마 한강을 건널 때 강물에 빠져 죽었거나 도망친 것으로 보인다.

우리 일행은 중앙청 주변 허름한 여관을 숙소로 정했다. 낮에는 계속 비행기가 폭격을 하여 언제 죽을지 모른다는 불안과 공포가 우리를 짓눌렀다.

"너희들은 들어라. 지금 국방군이 서울을 폭격하여 시민들을 죽이고 있으니 동무들이 복구 작업을 하러 가야 한다."

인민군 장교가 우리를 인솔하여 현장에 가보니 차마 눈 뜨고 볼 수 없는 참상이다. 포탄에 맞아 죽은 사람, 파편이 박혀 신음하는 사람, 팔 다리가 떨어져 나가 실성한 사람, 피를 흘리며 절규하는 소리가 무간지옥을 방불케 했다. 차 밑에 시체가 수북이 깔려 있고 나뭇가지에도 시체가 여기저기 빨래처럼 걸려 있다.

우리는 시체를 한 곳에 모아 놓는 일을 했다. 그러면 여인네들이 그 시체더미에서 가족을 찾으며 통곡했다. 인민군 장교의 말에 의하면 국방군이 용산에 있는 무기 탄약고를 폭격하려다가 오폭으로 주변 민가에 폭탄이 떨어져서 사람이 죽고 건물이 불타게 됐다고 한다.

저녁을 먹고 전원을 집합시킨 다음 인민군 장교는 내일 새벽에 기상하여 낮에는 폭격을 피해 나무 밑에서 쉬고 밤에는 행군하여 삼 일 후, 개성에 있는 인민군 신병훈련소에 입소한다고 했다. 그 훈련을 마치면 자랑스러운 인민군으로 재탄생한다는 거였다.

좁은 방에 열 명 이상 구겨 넣어서 새우잠을 자던 나는 앞으로 벌어질 일을 곰곰이 생각하니 눈앞이 캄캄했고 아무리 궁리해도 답이 보이지 않았다. 자정이 지났을 때, 인민군의 마수에서 벗어나는 것만이 살 길이라는 결론을 얻었다. 생명의 위협을 느낀 것은 물론이고 어서 빨리 고향으로 가서 그리운 가족들을 만나는 게 유일한 소망이었기 때문에 나는 탈출을 감행했다.

26
1950년 7월

 한밤중에 여관을 탈출한 나는 서울역 쪽으로 가기로 했다. 서울역에서 기차를 타고 목포까지 가고 목포에서 배를 타면 고향 제주로 갈 수 있다는 일념으로 캄캄한 길을 방향도 모르면서 무작정 걸었다. 낮이라면 행인에게 물어볼 텐데, 배도 고프고 발바닥도 아팠다.
 그러다가 두건을 쓴 상주를 우연히 만났다. 중년 남자였는데 밤중에 가족이나 일가친척의 상(喪)을 당한 모양이다. 남자에게 물으니 친절히 길을 가르쳐 줘서 부지런히 발을 옮겼다.
 서울역에 도착해 보니 인적은 끊어졌지만 역사(驛舍) 주위에는 불을 환하게 밝혔고 총을 멘 인민군이 보초를 서고 있다. 아뿔사! 여기서 잡히면 내 인생은 끝이다. 나는 기차를 포기하고 인민군의 눈을 피해 남쪽 방향으로 걷기 시작했다. 다음날 날이 밝을 무렵 경기도 이천에 도착했다.

처음에 나는 걷다가 어느 도시의 역에서 남행열차를 집어타거나, 남쪽 지방으로 내려가는 버스를 타려고 했다. 그러나 나는 한반도에서 전쟁이라는 엄혹한 실제상황이 진행 중이라는 사실을 간과했다. 기차건 버스건 모든 대중 운송 수단은 전쟁으로 인해 올 스톱이다. 있는 건 두 발로 가는 자가용뿐이다.

어떤 때는 하루 20km, 또 어떤 날은 30km를 밤낮으로 걷다가 청주~영동 간 일반국도를 따라 충청북도 보은에 이르렀을 때 어느 결에 나는 피난민의 대열에 합류하게 됐다. 피난행렬은 초기에 파도였지만 나중에는 거대한 해일이 되어 나를 삼켜버렸다.

나는 피난민들과 함께 한 가족처럼, 이웃처럼 동고동락하며 남으로 남으로 경상북도 김천까지 내려갔다. 내가 피난민의 무리에 섞인 이유는 인천형무소 탈옥수라는 신분을 감추기 위한 무의식적인 행동이었는지 모른다. 이처럼 내 자신을 지키기 위한 '군중 속으로의 도피'는 어느 정도 성공한 것으로 보인다.

과수원 옆을 지날 때면 떨어진 과일을 주워 상한 곳은 도려내고 그것으로 끼니를 대신하고 운수 좋은 날은 인심 좋은 민가를 만나 편안히 하룻밤 쉬어 가기도 했다. 그렇지 않으면 학교나 예배당에서 다리를 뻗었다.

김천에서부터는 피난민 수가 점점 늘어나 말 그대로 인산인해다. 어린아이들이 부모를 놓치고 우는 소리, 어른들이 어린 자식을 잃어버리고 찾는 소리로 장바닥처럼 시끌벅적하다.

이때부터 강행군을 계속하여 구미, 왜관을 거쳐 대구에 도착했다. 그때까지의 고생은 이루 형언할 수 없을 지경이다. 민가를 찾아가면 만원이어서 되돌아 나오기 일쑤고 밤이슬이라도 피하기 위해 다리 밑에라도 찾아가면 앉을 자리가 없을 정도로 붐볐다.

이동하면서 전황을 전해 들으니 대전을 거쳐 호남 지방으로 진격하던 적군은 낙동강에서 아군을 무너뜨리고 적의 주력부대 선발대는 경남 진주를 지나 마산으로 진주하고 있다 한다. 이런 와중에 밀려가다 보니 경북 경산이란 곳에 닿았다.

어느 학교를 찾아가니 교문에 '피난민 수용소'란 간판이 붙어 있다. 이미 교실은 꽉 차 있고 우리 일행은 현관에 자리를 잡고 짐을 풀었다. 이 날도 우리 일행은 전과 같이 사과밭을 찾아갔다. 예상대로 낙과조차 싹쓸이해 간 상태라 허탈한 마음으로 돌아서는데 앞을 가로막는 건장한 젊은이들이 있다.

살펴보니 현역 군인은 아닌데 팔에 '모병관'이란 완장을 두르고 우리 일행에게 따라오라며 학교로 데려갔다. 운동장에 수백 명이나 되는 청년들이 운집해 있다. 주위에는 군용 트럭이 수십 대가 서 있고 현역 군인들이 분주하게 움직이고 있다.

알고 보니 이들은 모두 전방에서 신병 보충을 받으러 온 군인들이라 한다. 모병관은 우리더러 군 작업복으로 갈아입으라 하면서 소지품과 사복은 따로 보관했다가 훈련이 끝나면 내준다고 했다. 장교인 듯한 군인이 단상에 올라서서 근엄한 어조로 말한다.

"제군들은 지금 이 시각부터 대한민국의 군인이다."

'번갯불에 콩 볶아 먹는다'는 이를 두고 한 말일 거다. 곧바로 군인 몇이 달려오더니 즉시 군사훈련에 돌입한다. 훈련이라야 극히 상식적인 무기 사용법, 위장법, 수류탄 투척법, 개인호 구축방법, 부상 때 응급처치법 등이 전부였다.

나는 백전의 용사라 전혀 어려움이 없었지만 기초훈련에도 쩔쩔매는 청년들이 태반이었다. 하지만 때가 때인지라 찬 밥 더운 밥 가릴 처지가 못 되는 군 당국은 이런 어리버리 초짜들을 무작위로 차출하여 주소와 성명만 기록하고 즉석에서 군번을 수여하여 승차시켜 전장으로 보내고 있었다.

나도 군번(0130854)을 지급받고 승차했다. 차는 곧바로 달려 경북 영천에 이른다. 그곳이 국군 제3사단의 최전방 방어진지였다. 내가 배속된 곳은 18연대 2대대 5중대였다. 18연대는 훗날 '백골연대'라 불리면서 혁혁한 전과를 올린 최정예 부대인데 연대장은 김익렬 중령이다.

제주 4·3 사건 때 김달삼과 평화회담을 벌였던 바로 그 사람이다. 그는 날 모르겠지만 나는 똑똑히 그를 기억한다. 2년여 전 애월면 구억국민학교 교장실에서 만났던 그를 어찌 잊겠는가? 이런 걸 질긴 인연이라 해야 하나, 운명적 만남이라 해야 하나?

5중대장은 신병들의 전입 신고식에서 현재의 전황을 설명해 준다.

"적의 주력이 영천에 집중하고 있다. 영천만 터지면 대구는 자동적으로 함락되고, 포항에 진을 치고 있던 적이 경주를 거쳐 울산으로 진격할 것이고 마산에 있는 적은 진해 방면으로 쳐들어 올 것이다. 내일이면 영천을 함락시킨 적 주력부대가 경산, 청도, 밀양을 거쳐 부산으로 진격하게 되면 대한민국 국민과 장병들은 어디로 가야 하나? 저 무도한 적의 총칼 아래 쓰러지거나 남해의 푸른 바다 속으로 뛰어들어야 한다. 짐승 같은 괴뢰군들은 닷새 안에 전쟁은 끝이 나고 적화통일 된다며 희희낙락 떠들고 있다. 이런 엄중한 상황에서 우리 군인이 해야 할 일은 무엇인가? 너, 대답해 봐!"

중대장은 하필이면 날 지목했다.

"넷! 이병 양호진! 최후의 일인까지 죽음으로써 나라를 지켜야 합니다!"

중대장은 흐뭇한 미소를 지었다. 그러나 미소로 해결될 일이 아니다. 육군 본부에서는 제3사단장에게 현 전선을 사수하라는 명령을 하달하면서 분대장급 이상에게는 즉결 처분권을 부여해 전선에서 일보라도 후퇴하는 자는 즉시 총살하라는 지휘서신을 첨부했다.

영천 시내 어떤 사과밭은 내년에는 퇴비 한 주먹 안 주어도 사과 농사가 잘 되겠다는 괴담이 유포될 만큼 적군과 아군 쌍방 전사자의 시신이 산처럼 쌓였고 흘린 피는 강을 이룰 정도였다.

전선은 말 그대로 아비규환인데 미(美) 공군 정찰기가 상공을 한 바퀴 순회하고 나면 괴뢰군은 삽시간에 사라지고 만다. 곧 이어 폭격기가 와서 폭탄을 투하했으니까. 그래서 영천은 낮에는 아군 진지이고 밤에는 적군 진지가 된다.

이즈음 부대 안에 퍼진 유행어가 있는데, 육군 소위를 '하루살이 소위', 하사관을 '반짝 하사'라 칭했다. 소대장과 하사관의 목숨이 파리 목숨처럼 위태로워서 나온 말이다. 하사관이 너무 부족하여 나 역시 이등병 신분인데도 분대장 직책을 명 받아 분대를 통솔하게 됐다.

당장 살아남을 방도를 찾기 위해 등 떠밀려 군인이 됐지만 갈등이나 고뇌가 전혀 없었던 건 아니다. 한라산 빨치산이었던 내가 그토록 증오했던 학살 집단의 일원이 된 건 나 자신도 용납하기 어려운 변신이었기 때문이다.

나의 정체성에 대한 심각한 회의에 빠졌다. 나는 누구인가? 내가 빨치산이나 군인이 된 것은 어떤 이념이나 사상에 따른 선택이라기보다는 시대의 흐름에 따라 역사의 격랑에 휩쓸려 떠내려간 게 아니던가?

변명하지 않겠다. 나는 오로지 생존을 위해 시대와 상황에 영합하고 추종한 비겁한 섬 무지렁이일 뿐이다.

27
1950년 10월

 밀고 밀리는 치열한 교전 중에 우리를 구해준 구세주가 나타났으니 그가 바로 UN군 총사령관 더글라스 맥아더 장군이다. 9월 15일부터 미 해병과 전투사단을 인천에 상륙시켜 수도권으로 파고들기 시작한 적의 보급로를 차단하고 괴뢰군 주력부대를 에워싸니 이때부터 적은 퇴각하기 시작했다.

 미 공군 전투기는 퇴각하는 괴뢰군을 강타하여 그들이 타고 온 차량과 시체가 영천 북부 들판을 메웠다. 그러나 영천 시내는 적군의 최후 발악으로 아군의 희생도 적지 않았다. 아군의 비행기 공습이 두려운 적은 어둠을 이용해 후퇴했다. 인민군들을 가득 태운 차량들이 밤중에 헤드라이트를 끈 채 북으로 북으로 꼬리를 물고 끝없이 이어지고 있었다.

우리 부대는 퇴각하는 적을 뒤쫓아 패잔병을 소탕하며, 동부전선으로 북진을 계속했다. 10월 15일, 보병 제3사단은 함경남도 원산을 점령했다. 10월 18일, 원산 북부 함흥 방면은 UN군에 맡기고 3사단은 원산을 떠나 황해도 곡산을 거쳐 10월 20일 북한의 수도 평양에 입성했다.

평양 입성의 감격을 즐길 사이도 없이 다시 북진하여 우리 18연대는 3사단의 전초부대로서 최초로 압록강까지 진출했다. 김익렬 연대장은 압록강 물을 수통에 담아 평양에 와 있는 이승만 대통령에게 보냈다. 대통령이 그 물을 마셨는지는 아무도 모른다. 하지만 그 강물은 국군이 압록강까지 진격했다는 승전보의 상징물이다.

국군과 UN군을 통틀어 처음으로 압록강에 진격한 18연대는 임무교대로 예비부대가 되어 후방으로 철수했다. 얼마 후 18연대는 사단CP(지휘소)를 호위하며 평안북도 묘향산을 뒤로 하고 희천을 거쳐 개고라는 깊은 산중의 험한 계곡에 들어섰다.

사단CP를 중심으로 18연대의 3개 대대가 사방을 경계하며 포진했다. 자정 무렵 적군은 양쪽 산 능선으로부터 꽹과리 소리를 신호로 북치고 피리를 불며 알 수 없는 중국말을 쑤알거리면서 집중 포화를 퍼붓는다. 그제서야 중공군이 이 전쟁에 참전했다는 사실을 알게 됐다.

사단 예하 부대에는 통신망이 두절되고 우리 부대는 완전히 고립무원에 빠졌다. 남북통일을 목전에 두고 이제 전쟁도 끝이 났다고 다들 믿고 있었는데 중공군의 개입으로 그런 꿈이 깡그리 무너지고 말 것인가.

김익렬 연대장은 무전기로 각 대대장에게 비장하게 말한다.

"현재 우리는 중공군에게 2중 3중으로 포위돼 있다. 압록강 전선에 배치된 2연대와 7연대도 중공군에 의해 괴멸 직전이다. 여기에 있는 장비와 보급품 일체는 적이 사용하지 못하게 불태워 버리고 지금 이 시각부터 열흘간의 여유를 줄 테니 전 장병은 수단 방법 가리지 말고 이 포위망을 뚫고 나가 평양에 집결하도록 하라."

연대장은 철모에 은박지로 오려붙인 중령 계급장을 떼어 버린 다음 권총은 빼서 품에 쑤셔 넣고 행동을 개시했다. 참모들이 쭈루루 연대장을 따라간다. 우리도 각 소대별로 조를 편성하여 간편한 차림으로 1,000미터가 넘는 산등성이를 오르기 시작했다.

여기만 오르면 포위망을 벗어나겠지 하면서 거의 정상

에 오를 무렵, 그때까지 가만히 숨죽이고 있던 중공군은 또 피리 소리를 신호로 따발총을 드르륵 갈기고 수류탄을 던진다. 수많은 전우가 죽고 부상당한 전우를 버려둔 채 다시 계곡으로 곤두박질치듯 달려 내려갔다.

밤을 새워 남쪽을 향해 뛰다 보니 새벽녘에 희천에 당도했다. 계급장은 모두 떼어버린 상태라 누가 하사관이고 장교인지 구분이 되지 않는다. 패잔병끼리 다시 조를 짜서 낮에는 숲 속에 숨었다가 밤에만 이동하니까 개천까지 가는 데만 5일이 걸렸다.

다행히 남쪽으로는 적이 보이지 않아 강행군으로 포위망을 벗어난 지 8일 만에 평양에 닿았다. 평양에 집결한 장병은 얼마 되지 않았는데 김익렬 연대장도 포위망을 탈출하여 우리들과 합세하게 됐다. 머지않아 중공군은 우리 뒤를 바싹 추격해 왔고 아군은 닥치는 대로 차량을 징발하여 남하했다. 이것이 그 치욕적인 '1·4 후퇴'의 전주곡이었다.

우리 부대는 수도 서울을 지나 더 남쪽인 경기도 여주, 이천에 방어진지를 구축하고 사단CP는 죽산에 진을 쳤다. 신병을 보충 받아 부대를 정비하는데 하사관이 너무 부족하여 부대 운영에 어려움이 많았다. 각 중대의 이등병, 일등병을 차출하여 충북 진천에 있는 하사관학교에서 2주간

교육을 받도록 했다.

나도 이때 차출되어 하사관교육을 받고 하사로 진급하는 동시에 소속 부대에 원대복귀하게 된다. 소총 소대의 분대장으로 복귀한 게 아니라 연대본부 정보참모부 소속 하사관이란 직책을 명 받은 것이다.

그런데 이즈음 후방 예비부대인 18연대는 육본으로부터 특별명령을 하달 받고 새로운 임무를 수행할 태세에 돌입했다. 그 임무란 태백산 일대에서 준동하던 빨치산 부대 토벌이었다.

저간의 사정은 이렇다. 국군은 북진해서 함경도로 진격하고 파죽지세로 압록강까지 밀고 올라갔다. 그런데 국군은 북진에만 매진했을 뿐 후방에 남은 인민군의 세력을 등한시했던 것이다. 이 시기에 태백산으로 몰려든 인민군 패잔병들이 약탈·살인·방화를 일삼고 있었다.

후방인 삼척 시내에는 국군 1개 소대 병력이 주둔하고 치안은 경찰이 맡았다. 빨치산 부대가 삼척시를 공격할 거라는 소문이 파다했다. 관공서의 방송은 시민들이 동요하지 말 것과 우리 군과 경찰이 방어하고 있으니 시내로 적이 침입하지는 못한다고 몇 차례나 되풀이했다. 시민들은 그 말을 믿을 수밖에 없었다.

그러나 1개 소대의 국군은 한밤중에 습격을 감행한 인민군들의 적수가 아니었다. 날이 밝았을 때 삼척 시내는 불바다가 됐다. 경찰서·시청·전매서 등 공공기관에 불을 지른 것이다. 시내 하늘은 연기로 자욱했다.

이때 아군 전투기 두 대가 날아와 상공을 떠돌았는데 수천 명의 인민군 패잔병들이 시내를 물밀듯이 행군해 갔다. 패잔병들은 태극기를 총 끝에 달고 아군 전투기가 선회할 때마다 태극기를 흔들었다. 피아를 구별하지 못한 전투기는 기관총 한 발 쏘지 못하고 돌아갔다.

패잔병들은 시내를 쑥밭으로 만들어 놓고 양민들을 동원하여 약탈한 쌀을 지우고 동해를 거쳐 백봉령을 넘었다. 이튿날에는 강릉, 사흘 후에는 주문진을 습격하여 살인과 방화를 일삼았다. 이처럼 태백산맥을 따라 북상한 패잔병은 약 2만 명에 이르렀으며 이들은 속초, 통천, 고성을 거쳐 내금강에 집결하여 국군의 북진으로 저항세력이 없는 철원·평강을 통과해서 양구와 화천을 지나고 춘천을 점령했다.

이들 인민군 패잔병들을 지휘한 사람은 766부대장 김달삼이었다. 18연대가 이들을 토벌하게 됐으니 김익렬과 김달삼은 실로 2년여 만에 무슨 운명처럼 조우하게 된 것이다.

춘천은 인민군들의 해방구였다. 모든 관공서를 접수하

고 언론기관을 장악한 저들은 지방방송(춘천방송국)을 통해 온갖 허위 날조된 정보들을 전파했고 춘천 시민들은 불안과 공포에 떨었다. 춘천의 공기는 얼어붙었고 삽시간에 춘천은 암흑의 도시, 죽음의 도시로 변해 버렸다.

28
1950년 11월 10일

　춘천 외곽지대에 18연대 임시작전지휘소가 설치됐다. 춘천 공략을 위한 작전명령을 하달하기 위해 김익렬 연대장이 소집한 이 작전회의에는 대대장 3인과 연대 참모들이 참석했고 나는 회의록 작성을 맡은 기록병으로 배석했다.
　먼저 정보참모가 적황(敵況)을 설명했다.
　생포하거나 귀순한 포로들의 자백과 증언에 따르면 현재 춘천을 점령한 적의 병력은 2만여 명이고 이들을 지휘하는 총사령관은 게릴라부대인 766부대장 김달삼이다. 적이 보유한 무기는 야포, 박격포 등 중화기는 없고 주로 기관총, 수류탄, 따꽁총, 따발총 등 개인 화기뿐이다.

적의 병력 구성은 인민군 패잔병과 태백산 일대에서 활동한 게릴라 중 생존자이다. 크게 보아 이 두 집단의 혼합부대인데다 인민군 패잔병은 소속부대가 각기 다른 오합지졸이다. 따라서 지휘계통이 불분명하여 결집력이 약한데다 자신들이 낙오된 패잔병이라는 패배의식 때문에 사기가 많이 떨어져 있어 전투의욕을 상실한 것으로 판단된다.

그러나 김달삼은 뛰어난 전략가이고 골수 빨갱이 악발이로 소문나 있다. 우리는 김달삼이라는 변수에 주목해야 한다. 김달삼의 삼불(三不)전략은 게릴라전의 교과서로 알려져 있다. 그의 삼불전략은 이랬다. 적이 원하는 시간에 싸우지 않는다. 적이 원하는 장소에서 싸우지 않는다. 적이 생각한 방법으로 싸우지 않는다. 김달삼은 결코 만만한 상대가 아님을 명심해야 한다.

이어서 작전참모의 작전계획 브리핑이 계속됐다.

춘천지역을 둘러싼 동서남북에 4개의 국도가 있다. 남쪽 홍천 방향으로 가는 31번 국도, 서쪽 가평 방향의 32번 국도, 동쪽 양구, 인제 방향의 33번 국도, 북쪽 화천 방향의 34번 국도. 우리 군은 이 4개의 국도를 작전기간 동안 전면 폐쇄하여 적을 고립시킨다.

적은 현재 동서남북의 간선도로인 남문로, 서문로, 동문로, 북신작로에 바리케이드를 치고 아군과의 교전에 대비하고 있다. 적의 지휘부는 춘천의 중심인 중앙로에 위치한 것으로 보이는데 중앙로에는 시청과 경찰서 등 공공기관이 많고 상가 등 인구 밀집지역이어서 아군 진입 시 주의를 요하는 곳이다.

아군은 금일 24시 자정을 기해 총공격을 개시한다. 제1대대는 남문로, 제2대대는 서문로, 제3대대는 동문로로 진격한다. 북신작로 끝자락에 있는 춘천댐에는 특공대가 매복했다가 패퇴해서 도주하는 적을 섬멸한다.

이번 작전은 춘천 시내에서 벌어지는 시가전이기 때문에 민간인의 피해를 최소화하기 위해 공군이나 기갑부대, 포병부대의 지원 없이 보병만으로 치르는 전투임을 유념하기 바란다. 공격 개시 시점은 아군기가 조명탄을 터뜨려 시야가 열릴 때이다. 각 대대는 금일 23시 30분까지 공격대기 지점에 도착하여야 한다.

작전참모의 브리핑이 끝난 후, 질문과 답변이 이어졌다. 정보참모가 입을 열었다.

"연대장님! 작전 개시일을 하루만 늦추는 게 어떻겠습니까?"

"왜?"

"두 가지 이유에서 연기가 필요하다고 봅니다. 하나는 적들은 지금 사기가 저하돼 있어 우리가 선무공작을 통해 귀순을 유도하면 대량 이탈할 가능성이 있습니다. 그래서 지휘체계가 무너지면 우린 싸우지 않고도 적을 토벌할 수 있습니다."

"싸우지 않고 이긴다? 허기사 손자병법에도 그걸 최상이라고 했지. 다른 하나는 뭔가?"

"작전참모도 말했지만 민간인의 피해를 최소화하기 위해서는 춘천 시민들이 아군의 공격을 사전에 알아야 대피할 수 있는 거 아닙니까? 시민들에겐 대피할 시간과 준비가 필요하다는 겁니다."

"일리 있는 말이긴 한데, 상부에서 빨리 토벌하라는 독촉이 빗발 같아서……."

김익렬은 잠시 눈을 감고 생각에 잠겼다. 그리고는 말없이 좌우를 둘러본다.

"좋아, 정보참모의 의견을 따르기로 하지. 공격 개시는 명일 밤 자정으로 연기한다. 이 회의가 끝나는 즉시 각 대대장은 소속 부대로 돌아가 예하 중대장에게 연대장 지시사항을 전달하기 바란다. 첫째, 타당한 이유 없이 민간인을 살상하거나 방화, 약탈하는 자는 군재에 회부한다. 둘째, 이번 토벌에 실패하면 적이 북진하는 아군의 후방을 교란하여 심각한 사태를 초래할 수 있다. 이번 작전은 반드시 성공해야 한다. 이상!"

대대장과 참모들이 모두 부대로 돌아간 후, 정보참모는 참모부 소속 장교들을 소집하여 구수회의를 열었다. 선무공작의 수단은 삐라 살포와 확성기를 통한 방송뿐이다. 헬리콥터로 삐라를 살포하다가는 적의 집중 사격을 받게 되니 야간에 정찰기로 삐라를 뿌리기로 했다.

확성기 방송은 지프차 두 대가 동서남북으로 이동하면서 민간인에게는 대피를, 적에게는 항복과 귀순을 권유하기로 했다. 귀순 방송의 문안은 4·3 때 경험한 바 있는 내가 쓰겠노라고 자원했다. 확성기를 단 아군 지프차 두 대가 춘천시 외곽 도로를 주행하고 있을 즈음 김달삼도 참모들과 머리를 맞대고 있었다.

인민군 부사령관 남도부가 먼저 입을 뗀다.

"우린 지금 국방군에게 완전히 포위돼 있습니다. 퇴로는 춘천댐 쪽 뿐인데 적이 이쪽에 병력을 배치하지 않은 이유를 모르겠습니다. 거기까지 에워싸면 아군은 독 안에 든 쥐가 될 뻔 했는데요."

김달삼이 위압적인 시선을 던진다.

"국방군이 우릴 봐 줘서 그랬겠소? 퇴로를 열어둔 건 궁지에 몰린 쥐가 고양이를 문다는 사실을 알기 때문이지. 어쨌든 우린 죽기를 각오하고 춘전을 사수해야 하오. 아, 춘천댐과 발전소 양쪽에 매복조를 보내시오. 만약의 경우에 대비해서 퇴로를 확보할 필요가 있소. 적이 먼저 매복하고 있는지도 모르니까 척후병을 보내시오, 지금 당장!"

남도부가 인민군 장교에게 척후병과 매복조를 보내라고 지시한 다음 김달삼의 눈치를 살핀다.

"그런데 사령관 동무, 병사들 사기가 말이 아닙니다. 적에 대한 적개심을 고취하고 병사들의 전의를 북돋우기 위해서는 특단의 조치가 있어야겠습니다."

인민군의 보급 상태는 최저였다. 가을인데도 여름 군복을 벗지 못했다. 게다가 그 군복은 비에 젖었을 때 불에 말리느라 태워서 군데군데 구멍이 났다. 말이 군복이지 넝마나 다를 바 없었다. 또한 목욕은 커녕 속옷을 빨아 입을 새가 없어 이가 득실거렸다. 무엇보다 식량 부족으로 제대로 먹지 못해 피골이 상접할 지경이었다.

"어떤 조치 말이오?"

"반동분자 둘을 잡아왔는데 병사들 앞에서 처형하겠습니다."

"그건…… 부사령관 동무가 알아서 처리하시오."

이때 말석에 앉은 인민군 소좌가 손을 쳐든다.

"사령관 동무에게 질문이 있습니다."

"뭐요? 해 보시오."

"만일…… 이건 어디까지나 가정입니다만, 만약에 우리

가 춘천 사수에 실패하면 그땐 어떻게 합니까?"

그러자 김달삼이 눈을 부라리며 호통친다.

"이 쌍 간나 새끼! 그걸 말이라고 해? 끝까지 싸워야지. 더러운 목숨 살고 싶어? 옥쇄해야지."

김달삼이 자리를 박차고 일어나 나가자, 누군가 "옥쇄가 뭐야?"라고 했다. 곁에서 "잔말 말고 깨끗이 죽으라는 거야."라고 말했다. 김달삼은 부하들 앞에서 허세를 부렸지만 내심으로는 두 개의 복안을 가지고 있었다.

춘천 사수가 불가능하다고 판단할 때, 첫째는 화천 쪽으로 후퇴하면서 국방군의 후미를 치고 남하하는 중공군과 합류하는 방안이고, 둘째는 동해안으로 이동하여 거기서 배를 타고 북으로 탈출하는 것이다.

남도부는 전 장병을 총사령부가 있는 학교의 연병장에 집합시키라고 지시했다. 전 장병이 지켜보는 가운데 두 사람의 반동분자가 포승줄에 묶인 채 끌려 왔다. 춘천시 대동청년단 단장과 춘천경찰서 경감이었다. 두 사람을 운동장 한 켠에 있는 소나무에 묶고 인민재판이 열렸다.

한 장교가 두 사람의 죄목을 열거하고 공개처형을 제안한 후, 누가 자진해서 사형을 집행할 동무가 없느냐고 장병들에게 물었다. 한 병사기 대열에서 뛰어나와 대동청년단 단장을 쏘아 죽였다. 장교가 병사의 손을 번쩍 치켜들어주자 대열에서 박수와 환호가 쏟아졌다.

장교는 병사를 돌려보내고 나서 이번에는 총검술로 찔러 죽일 동무, 나오라고 소리쳤다. 스무 명이 넘는 병사가 우루루 몰려 나왔다. 한 사람씩 다가가 총검술 자세로 경감의 복부를 찔렀다. 20여 명에게 차례가 다 돌아가기도 전에 경감은 혀를 내밀고 죽었다.

장교는 묶었던 새끼줄을 풀고 시체를 땅바닥에 눕힌 다음 부하에게 시신에서 간을 도려내라는 명령을 내렸다. 그는 장병들을 향해 "원수놈들의 살을 찢어발기고 오장육부를 도려내서 씹어 삼키자!"고 외쳤다. 그리고는 부하가 가져온 소주를 들이켜 가며 안주로 선혈이 뚝뚝 흐르는 간을 질근질근 씹어 먹었다.

'인간은 인간에게 이리'이고 '인간의 얼굴을 한 야만'의 현장을 보여준 너무나 끔찍한 참상이었다. 공개처형은 적에 대한 적개심을 고취했을 뿐 아니라 인민군 장병들의 탈주를 방지하는 효과도 거두었다.

아군의 선무공작에도 불구하고 귀순하는 인민군은 하나도 없었다. 오히려 그들은 지방 방송을 통해 적군 병사가 자신들에게 투항해 왔다고 역선전을 했다.

"국방군 동무들! 국방군을 박차고 우리 인민해방군에 투항한 동무들의 영웅적 거사에 대하여 우리 민족의 영도자

이신 위대한 수령 김일성 장군님을 대신하여 치하하고 환영합니다. 우리의 위대한 수령 김일성 장군께서는 동무들의 영웅적인 거사를 높이 찬양하는 뜻에서 동무들에게 '해방전사'라는 칭호를 부여했습니다. 동무들은 지금 이 시각부터 조국 해방 대열에 해방전사로 참여하게 됩니다. 이제 과감하게 총부리를 국방군 쪽으로 향하여 겨누십시오. 조국 해방의 그 날은 멀지 않았습니다."

29
1950년 11월 11일

마침내 결전의 날이 다가왔다.

자정을 기해 미군 무스탕이 동쪽 산너머에서 날아와 조명탄 수십 개를 떨어뜨리자 칠흑 같은 밤이 대낮처럼 밝아졌다. 아군 3개 대대는 남문로, 서문로, 동문로 등 세 방향으로 일제히 진격했다. 거리 곳곳에 세워진 바리케이드를 60밀리 박격포로 날려버리고 경기관총을 미친 듯이 발사했다.

건물 옥상이나 창고에 잠복해 있던 인민군들도 아군에게 집중사격을 가했다. 전투가 치열해지면서 쌍방이 많은 사상자를 냈으나 개인 화기로 무장한 인민군에 비해 강력한 중화기로 대응한 아군이 공세를 취하고 있었다.

시간이 흐를수록 인민군은 밀릴 수밖에 없는데 무스탕이 조명탄을 터뜨리면서 기관총탄을 사정없이 퍼붓자 퇴각하기 시작했다. 세 방향에서 밀린 인민군은 중심부인 중앙로에 집결하여 전열을 재정비해서 반격해 왔다.

일진일퇴를 거듭하며 전투가 소강상태에 빠지자 김익렬 연대장은 직접 전선에 나와 진두지휘하며 전투를 독려했다. 이때 통신병이 무전기 레시버를 연대장에게 넘긴다.

"연대장님! 춘천댐 매복부대가 전멸했습니다!"

청천벽력과 같은 보고였다. 전멸이라니…… 아군의 매복부대가 작전개시 30분 전에 춘천댐에 도착했을 때, 그곳에는 이미 인민군 매복조가 대기하고 있었다. 방심한 아군이 춘천댐 주변에 배치되는 순간, 춘천댐과 발전소 양쪽에 매복해 있던 인민군의 협공을 받아 전멸하고 만 것이다.

공격개시를 하루 연기함으로써 생긴 일이다. 그렇다고 정보참모를 원망할 수도 없다. 그래서 지휘관의 판단력이 중요한 것이다. 연대장은 전투가 진행 중인 현 상황에서 병력을 빼내어 춘천댐으로 보낼 수는 없었다. 한시바삐 인민군 잔당을 섬멸하는 방법밖에는 없다.

연대장은 무전기로 3개 대내장을 호출하여 전 대원은 단독무장으로 건물 안으로 돌격하라고 명령했다. 건물 안에서 따발총을 난사하고 수류탄을 던지는 인민군을 제압하기 위해서는 다소의 민간인 희생을 감수할 수밖에 없다고 생각했다. 무전기에서 삐삐소리가 계속 울려대자 연대장이 레시버를 들었다.

"연대장님! 적군이 어린이와 부녀자들을 인질로 잡고 있습니다. 건물 안 돌격 명령을 취소해 주십시오!"

"연대장이다. 건물 안 돌격 명령을 취소한다. 다시 한 번 반복한다. 건물 안 돌격 명령을 취소한다. 적군을 밖으로 유인해서 사살하라!"

그러나 인민군은 건물에서 밖으로 나오려 하지 않았다. 전투는 다시 소강상태에 들어갔으나 춘천댐에 있던 인민군 매복조가 아군의 포위망을 뚫고 들어와 중앙로 인민군과 합세하는 바람에 전세가 역전되는 듯했다. 치열한 공방전이 계속되고 사상자는 늘어만 갔다.

이때 동쪽 하늘에서 마치 거대한 독수리같이 무스탕 3대가 날아왔다. 무스탕은 적군이 위치한 건물을 향해 기총소사했으며 건물이 없는 곳에는 네이팜탄을 투하했다. 화염이 치솟았고 이 틈을 이용해 아군이 건물로 근접하여 사격을 가했다. 인민군도 최후의 발악으로 따발총을 갈겨대며 저항했다.

날이 밝아오기 전에 적의 총성은 멎었고 거리 곳곳에 적의 시체가 수없이 널려 있는 게 어슴프레 보이기 시작했다. 새벽이 되자 적군과 아군의 교전으로 밤새껏 요란했던 총성이 그치고 언제 그처럼 치열한 전투를 벌였느냐는 듯이 사방이 고요한 가운데 불 탄 건물에서 시커먼 연기가 하늘로 치솟고 있었다. 이따금씩 아이 울음소리가 들릴 뿐이었다.

어느 결엔가 지축을 흔들며 아군 탱크 5대가 중앙로를 향해 들어온다. 아군 장병들은 와- 하고 목청이 터져라 환호성을 지르며 서로 얼싸안고 눈물을 흘렸다. 이 감격이란 말로 다할 수 없는 가슴 벅찬 일이다. 대대장을 위시하여 전 대원들이 함성을 지르며 탱크 위로 올라가 기갑부대원들과 악수하며 기뻐했다.

그제서야 상황을 파악한 인민군 패잔병들이 백기를 들고 불 탄 건물에서 하나 둘씩 기어나오기 시작했다. 아군은 그들을 무장 해제시킨 뒤, 중앙로 분수대 주변에 꿇어 앉혔다. 또 다시 아군 장병들은 얼싸안고 웃고 울었다. 전우애…… 그게 얼마나 아름답고 소중한 것인가를 그들은 몸소 체험했던 것이다.

전우들이 집결한 장소에 지프차를 타고 연대장과 참모들이 도착했다. 사단 정훈감과 종군 기자들도 따라 왔다. 지휘봉을 손에 든 김익렬 연대장은 우렁찬 목소리로 일장

훈시를 날렸다.

"친애하는 백골부대 장병 여러분! 잘 싸워줘서 고맙습니다. 춘천 탈환 작전은 청사에 길이 남을 것이며 우리 국군 전투사에 영원토록 빛날 것입니다. 우리 백골부대는 전군에서 처음으로 압록강을 돌파했고 이번에 두 번째로 놀라운 전승을 기록했습니다. 이제 여러분은 가족과 친지들에게 말할 수 있습니다. 나는 자랑스런 백골부대원으로 용감히 싸웠고 마침내 승리를 거뒀노라고…… 장병 여러분, 사랑합니다."

춘천 시민들은 손에 손에 태극기를 들고 나와 국군들을 환영했다. 길고 긴 악몽으로부터 벗어난 시민들의 표정에 환희가 넘치고 있었다.

춘천 탈환 작전의 전과는 다음과 같다. △인민군 포로: 3,500명 △소련제 지스 및 가스차: 20대 △개인화기: 1만여 정 △피복 등 보급품: 3만여 점.

18연대는 이승만 대통령으로부터 부대 표창을 받았고 장병들 중에는 화랑무공훈장과 충무무공훈장을 받은 사람도 있다.

30
1950년 11월 14일

춘천지역 빨치산부대를 토벌하고 생포한 포로들을 심문하는 일은 정보참모부 업무였다. 하루에도 수십 명씩 포로들과 승강이를 벌이는 건 짜증스럽다 못해 지겹다. 양손이 수갑에 묶인 수염이 텁수룩한 포로가 조사실로 들어온다.

나는 손으로 의자를 가리키며 거기 앉아…… 하다가 눈이 휘둥그레진다. 내 눈을 의심하지 않을 수 없다.

"너……넌…… 달삼이?"

"……사람을 잘못 봤소."

그는 고개를 돌려 버린다. 나는 바짝 그에게 다가섰다.

"이 자는 달삼이와 너무 닮았군. 너, 달삼이 맞지? 나,

호진이야."

"아니라니까!"

그가 버럭 소리를 지른다. 목소리도 성깔도 달삼이가 맞는데 아니라고 우기니 난감하다.

"아니다? 좋아, 일단 앉아 봐. 네 이름은?"

"이영훈"

"생년월일은?"

"1923년 7월 15일"

"주소는?"

"평양시 녹번동 34번지"

"네가 소속된 부대명은?"

"태백산지구 인민유격대 3중대 1소대"

"직책은?"

"소총수"

"계급은?"

"……계급 없소. 전투원일 뿐이오."

"이봐, 다른 포로들과 대질 신문을 하면 금방 들통나. 이쯤에서 털어 놓는 게 어때, 인민유격대 사령관님."

"……."

그동안 무표정하게 답변하던 이 자가 흔들리는 모습이 역력하다. 이때 다그쳐야 한다. 난 이 자의 불 같은 성격을 잘 안다.

"포로에겐 묵비권이 없지. 자백하지 않으면 방첩대로 이 첩하겠어. 거긴 한 번 들어가면 병신이 되거나 시체가 돼서 나오는 인간개조창이야."

"인간개조창이라고?"

"거긴 살 떨리는 고문의 본거지거든. 아마 모든 종류의, 가장 참혹한 고문을 당할 거야. 허긴 포로의 목숨은 개값만도 못하니까."

그가 벌떡 일어서며 외친다.

"종간나 새끼! 제네바 협정도 모르네?"

"허헛…… 그 불끈하는 성질은 여전하네. 앉아, 앉아서 얘기해. 흥분하면 몸에 해롭다고."

"우라질! 죽일 테면 죽이라고! 죽여, 이 간나 새끼야!"

그가 잡아먹을 듯이 내게 달려든다. 이때 문이 열리며 김익렬 연대장이 들어왔다. 내가 기립하여 백골! 하고 거수 경례했다. 포로는 김익렬을 보자 고개를 푹 숙여 버린다.

"왜 이리 소란스러워?"

"포로 심문 중인데 이 자가 갑자기 감정이 격해진 모양입니다."

"인민유격대 사령관에 대한 정보는 없었나?"

"태백산의 호랑이 말입니까?"

"응."

"워낙 신비의 베일에 싸인 인물 아닙니까?"

"그 자는 신출귀몰 태백산을 휘젓고 다니면서 전설적 존재가 됐어. 하지만 난 그 자의 정체를 알아. 그 자를 직접 대면한 사람은 국군 현역장교 중에서 나 한 사람뿐이야. 그 자를 사살했다는 현장마다 내가 가서 시체 확인을 했어. 수십 번이나 검시를 했지만 모두 가짜였지."

"연대장님은 그 자의 얼굴을 확실히 기억하고 있단 말씀입니까?"

"내가 제주도에서 9연대장을 할 때 4·3 사건을 일으킨 공비 두목과 평화회담을 했는데……."

"이 자가 바로 김달삼입니다! 김달삼!"

김익렬은 움찔 놀랐다. 그제서야 포로가 꼿꼿이 고개를 쳐들고 연대장을 응시한다. 연대장은 손짓으로 몇 번이나 포로를 가리킨다.

"이 자야! 이 자가 호랑이, 태백산의 호랑이야!"

"한라산의 사자가 태백산의 호랑이로 둔갑했군요."

"서로 아는 사이인가?"

"소싯적부터 친굽니다."

"그래, 양 하사도 제주 출신이었지. 내가 이 자를 심문할 테니 나가 있어."

내가 꾸물거리자 연대장은 신경질을 냈다. 나는 조사실을 나와 복도에서 이 흥미진진한 만남이 어떻게 전개될지 조바심치며 기다렸다.

김익렬은 반가움과 아쉬움이 뒤엉킨 시선으로 김달삼을 보다가 끄응— 신음소리를 내뱉는다.

"오랜만이오. 이렇게 다시 만날 줄 몰랐소."

"……부끄럽소이다. 자결하려고 했지만 실탄이 떨어져서……."

"평화회담 때 만난 당신은 공산주의자가 아니라고 했잖소?"

"월북해서 해주 인민대회에 참석하고 나서부터 난 뼛속까지 붉은 빨갱이가 됐소이다. 물론 그 전엔 피부 색깔만 불그스레한 빨갱이였지만……."

"당신은 가장 악질적인 폭도 두목으로 악명을 떨쳐 왔소. '태백산의 호랑이가 나타났다'고 하면 우는 아이도 울음을 그쳤소. 이제 당신은 그 수려했던 미남이 아니라, 악마로 변했구려."

"악마라고? 하하핫…… 내가 왜 유격대 사령관을 자원해서 남파된 줄 아시오?"

"……."

"조국통일이나 프롤레타리아 혁명 완수라는 거창한 이

유 때문에 온 줄 아슈?"

"아직도 거지발싸개 같은 혁명에 미련이 남아 있다면 바보지."

"빚 때문에 왔소이다."

"빚?"

"한라산에 동지들을 놔둔 채 도망치듯 빠져나온 내가 부끄러워서…… 동지들에게 빚을 갚기 위해 내려온 거요. 비겁한 도피자란 낙인, 찍히고 싶지 않았단 말이오."

"한라산 공비들은 완전히 토벌됐소. 애꿎은 백성들만 많이 희생됐지. 참으로 원통한 일이오. 이게 다 누구 때문이오?"

"누구 때문이냐고? 미제와 그 앞잡이들 때문이지."

"세 가지 심판이 있소. 인간과 역사와 하늘의 심판. 4·3사건을 일으킨 주동자들은 이 냉혹한 심판에서 벗어나기 어려울 거요."

"그건 미제와 그 앞잡이인 당신들에게 돌려주고 싶은 말이야."

"부질없는 입씨름은 그만 둡시다. 전향할 생각은 없소?"

"부러질지언정 휘어지지는 않아…… 이제 날 어찌 할 셈이오?"

"모진 고문이 기다리고 있소."

"시뻘건 인두로 내 살을 지진다 해도 입을 열지 않을 거야."

"입을 열 때까지 지지겠지. 차라리 혀를 깨무는 게 나을지 몰라. 고문은 인내의 한계를 시험하는 아비지옥이 될 테니까."

별안간 김달삼이 김익렬의 허리에 찬 권총을 가리킨다.

"그걸로 날 죽여주시오."

김익렬의 반응이 없자 김달삼은 무릎을 꿇는다.

"사나이로서 마지막 부탁이오. 유격대 사령관으로서의 인간적 위엄을 지켜주시오. 쏘시오, 제발……."

"포로를 죽이는 건 제네바 협정 위반이오."

"당신을 죽이려고 달려드니까 사살했다고 하시오."

김달삼이 일어서서 천천히 김익렬에게 다가간다. 수갑에 묶인 두 손을 치켜들어 내리치려는 동작을 한다. 안 돼 —! 소리치며 김익렬이 엉겁결에 권총을 뽑자, 재빨리 김달삼이 권총을 낚아채려고 덥석 잡는다.

뺏으려는 자와 뺏기지 않으려는 자가 실랑이를 하다가 어느 순간 방아쇠가 당겨진다. 총소리를 듣고 내가 조사실로 급히 뛰어 들어갔다.

"연대장님! 어찌 된 일입니까? 괜찮으십니까?"

"으…… 이런…… 이런!……"

연대장은 안절부절 어쩔 줄 몰라 하는데 나는 꼬꾸라진 달삼을 가슴에 안고 달삼아! 달삼아! 몇 번 부르다가 이미 숨이 끊어진 걸 알고 시신을 내동댕이치며 말했다.

"이런 민족 반역자는 죽어도 싸지 않습니까?"

"이 자가 그러더군. 비겁한 도피자란 낙인 찍히고 싶지 않아 자원해서 남파된 거라고……."

나는 고개를 끄덕였다.

"그랬군요. 스스로를 파괴해서라도 고통에서 벗어나고 싶었을 거예요. 영혼을 팔아버린 대가를 치르려고 했던 겁니다, 혹독하게……."

태백산 일대에서 용맹을 날리며 아군의 간담을 서늘하게 했던 '태백산의 호랑이'는 그렇게 갔다. 김익렬 연대장은 비록 적이기는 하나 이 전설적인 영웅의 최후가 이토록 초라하게 막을 내리는 것은 인간적인 예의가 아닐 뿐더러 게릴라 총사령관으로서의 인간적 위엄에도 걸맞지 않다고 판단하여 고향 친구인 나에게 시신 처리를 맡겨 주었다.

나는 부대 뒷산 양지 바른 곳에 달삼이를 묻었다. 가랑비가 내리는 오후였다. 난 판초를 입고 삽으로 땅을 팠다. 삽질을 하면서 나는 이 비가 달삼이의 눈물이라고 생각했다.

31
1957년 1월

　1952년 제주도경찰국은 '100전투경찰사령부'를 설치해 한라산 기슭 곳곳에서 유격대에 대한 토벌전을 벌였다. 1953년 1월에는 대 유격전 특수부대인 무지개부대(부대장 박창암 소령)가 한라산 작전지역에 투입돼 일명 '쥐잡기 운동'을 전개했다. 무지개부대는 재산 무장대원을 '쥐'라고 명명하면서 빗자루로 쓸어내리듯 한라산 전 지역을 청소해 나갔다. 하지만 제 아무리 정교한 쥐덫을 놓아도 영리하고 재빠른 한라산의 쥐를 멸종시킬 수는 없었다.
　1953년 7월 27일 판문점에서 유엔군 총사령관 클라크와 북한군 최고사령관 김일성, 중공인민지원군 사령관 팽덕회가 최종적으로 서명함으로써 휴전협정이 체결됐다. 이로써 6·25 전쟁은 멈추었다.

휴전 소식은 잔존해 있는 한라산 빨치산들에게 회오리를 몰고 왔다. 휴전으로 인해 남북이 분단되고 제주섬의 해방은 물거품이 되고 말았기 때문이다. 그것은 지금까지 단선단정 반대와 조국통일을 위해 피 흘리며 싸워온 투쟁의 역사를 부정하고 무화시키며 투쟁의 이유와 의미를 말살하는 미증유의 폭거요, 충격파였다.

휴전협정 조인 소식을 접한 유격대는 두 파로 분열됐다. 비교적 나이가 많은 대원들은 활동을 중지하고 사태의 추이를 관망하자는 쪽이고, 젊은 측은 이런 때일수록 무장대원들의 결속을 강화해야 하며 그러기 위해서는 토벌대에 적극적인 공세를 취해야 한다고 주장했다.

강경파와 온건파의 대립은 격화됐고 급기야 강경파의 젊은이들은 현 지도부이기도 한 온건파의 주동자들을 숙청하여 무참히 살해했다. 그 결과, 강경파가 득세했고 강경파의 리더인 허영삼이 사령관에 등극했다. 그러나 파벌 싸움으로 무장대의 세력은 급격히 쇠퇴하기 시작했다.

1954년 9월 21일 제주도경찰국장 신상묵은 한라산 금족(禁足)지역을 해제, 전면 개방을 선언했다. 지역주민들이 담당했던 마을성곽 보초 임무도 없어졌다. 소개했던 중산간 마을에 대한 복구와 이주·정착사업이 진행됐다.

1957년은 토벌대뿐만 아니라 유격대에도 하나의 기념비적인 해였다. 이때 무장대원은 극소수에 불과했지만 유격대 사령관은 전사한 허영삼의 뒤를 이은 김성규였다. 경찰은 무장대의 두목 김성규를 사살, 생포 또는 시체 인도에 100만 원의 현상금을 걸었다.

경찰이 잔존 유격대원을 일망타진하기 위해 동분서주하고 있을 때, 김성규는 유격대원 50여 명을 이끌고 중산간 '배고픈 다리' 주변에 매복해서 경찰토벌대를 기다리고 있었다. 가운데가 움푹 파여서 배고픈 다리라는 이름이 생겼는데, 토벌대 트럭 3대 중 선두 차량이 이 다리 중간에 이르러 잠시 멈추자, 이때를 기다렸다는 듯이 김성규의 공격 명령이 떨어졌다.

차량 좌우에서 유격대원들이 돌진하며 총을 쏘자 경찰관들은 혼란에 빠져 우왕좌왕할 뿐 대응사격도 제대로 해 보지 못한 채 걸음아 날 살려라, 하고 도망쳤다. 유격대원이 전리품을 확인해 보니 적 10명 사살에 유격대 피해는 없고 M1 6정, 실탄 200발, 수류탄 5발을 노획하는 전과를 올렸다.

유격대원들은 〈인민군가〉를 부르며 한라산 중턱에 있는 아지트로 향한다.

백색 대로에 쓰러진 동무
원수를 찾아서 설치는 총칼
조국의 자유를 팔려는 원수
무찔러 나가자 인민 유격대
높이 들어라 붉은 깃발을
그 밑에서 전사하리라
비겁한 놈아 가려면 가라
우리들은 붉은 기를 지킨다

아지트에 도착한 김성규는 승전을 자축하기 위해 비축해 뒀던 식량으로 부하들을 배불리 먹이고 휴식을 취하도록 지시했다. 김성규도 오랜만에 찾아온 포만감으로 늘어지게 한숨 자려고 야전 침대에 몸을 눕히는데 남로당 제주 도당의 레포(연락병) 정동진이 헐레벌떡 들어온다.

"사령관 동무, 도당의 지령을 가지고 왔습니다."

도당의 지령은 현 정세가 전술적 후퇴단계이므로, 경찰의 동계 토벌이 끝날 때까지 유격대의 공격적 활동을 중지하라는 거였다. 그래서 정예 간부들만 아지트에 남고 나머지 대원들은 무장해제한 후 귀가 조치하여 추후의 지령을 기다리라고 했다. 다혈질인 김성규는 화를 벌컥 내며 공문을 집어 던졌다.

"우리가 산에 올라온 건 투쟁하기 위해서요. 투쟁을 포기하고 도피하라는 도당의 결정을 난 따를 수가 없소. 도당에 가서 그리 전하시오."

"사령관 동무의 뜻을 도당에 전하겠습니다. 하지만 불리한 현재 상황을 감안할 때 도당의 결정도 이유가 있는 거 아닙니까?"

"불리한 상황? 우리가 언제 유리한 적이 있었소? 우린 늘 한계상황을 돌파하며 싸워 왔소. 분명히 전하시오. 한라산 유격대는 최후의 1인까지 싸우다 전사하겠다고……."

머쓱해진 정동진이 거수경례를 하고 아지트를 떠난다.

유격대의 안 살림 책임자는 부애숙이다. 대원들이 모두 쉬고 있을 때 부애숙은 '노루물'에서 설거지를 하고 있다. 노루물은 노루가 먹는 물이라고 해서 붙여진 샘 이름이다. 한라산 백록담에서 발원하여 지하로 스며들어 중턱인 여기까지 흘러온 이 샘은 겨울에도 아기 오줌 줄기마냥 졸졸 흘러서 대원들의 식수도 되고 다양한 용도로 사용해 왔다.

"애숙 동무, 수고가 많네. 내가 좀 도와줄까?"

오원권이었다. 부애숙이 처음 산에 왔을 때 인간적으로 따뜻하게 대해 준 사람이다. 그래서 애숙은 그를 삼촌이라고 부르며 따랐다. 애숙은 6·25 전쟁이 터진 해, 열일곱 살 때 할머니와 둘이서 고사리를 꺾으러 들에 나갔다가 유격대원에게 잡혀 산으로 끌려 왔다. 납치돼 산에 잡혀오니까 겁이 나고 무서워서 맨날 울면서 지낼 때 오원권이 다정스레 말을 걸어왔다.

"얘야, 울지 마라. 너 이름이 뭐지?"

"애숙, 부애숙이에요."

"나이는?"

"열일곱 살."

"옛날은 그 나이에 시집 가서 아이도 두엇 낳고 그랬단다. 그러니 이제 그만 눈물을 거두어라."

"자꾸만 눈물이 나는데 날더러 어떡하란 말입니까?"

"참아야지. 고향은 어디지? 부모님은?"

"고향은 구좌면 덕천리입니다. 방앗간 근처에서 할머니랑 같이 살고 있었어요. 부모님은 2년 전에 군인한테 총 맞아 죽고……."

"아이고, 불쌍해라! 내 고향은 송당리야. 덕천과 송당은 이웃 마을인데 고향 사람을 여기서 보니 반갑구나. 산에 오기 전에 난 쇠테우리였지."

"쇠테우리가 뭐예요?"

"소를 돌보는 사람을 그렇게 불러. 말을 돌보는 사람은 말테우리가 되고. 산 생활이 어렵긴 한데…… 살다 보면 여기 있는 사람들과도 정 붙여 살게 되지. 제주말로 '살암

시민 살아진다' 이런 거 들어 봤지?"

"고마워요, 삼촌. 난 삼촌만 의지해서 살겠습니다."

"그래, 여기선 마음 독하게 먹고 살아야 한다."

정말로 그 후 애숙은 오원권을 많이 의지했다. 그리고 얼마 후에는 유격대원 중에 가장 젊은 스물세 살의 청년 한수철을 만났다. 한수철은 서울에서 대학을 다니다 중퇴해서 고향에 내려왔다가 마을 청년들과 함께 입산했는데 유격대에서는 사상교육을 담당하고 있었다.

그는 서늘한 눈매를 가진 준수한 용모의 사내였는데, 산사람 같지 않게 장발을 길러 머리칼을 날리고 다녀서 애숙은 그런 모습이 갈기를 휘날리며 내닫는 동화 속의 청마(青馬) 같다고 생각했다.

나이 많은 대원들도 무슨 사상이니 이념이니 하는 말이 나오면 죄다 이 청년에게 물었다. 유격대 안에서는 그가 마치 정신적 지도자처럼 으젓해 보였다. 그는 우리의 싸움은 성전(聖戰)이라고 했다.

"우리 부모님들은 일제 때 공출을 바치고 남은 곡식으로는 한 달도 못 먹고 그 후부터는 풀뿌리나 갯가의 톳을 뜯어다 먹으며 주린 배를 채웠어. 부모님들은 너무나 뼈저린 식민지 체험을 했잖아? 식민지 백성의 삶은 짐승보다 더 처참했고 노예보다도 굴욕적이었지. 다시는 우리의 조국이 누구의 식민지가 돼선 안 돼. 그러기 위해선 미제를 상대로 싸울 수밖에 없지. 그래서 우리의 싸움은 성전인 거야."

한수철은 또 이런 말도 했다.

"레닌이 한 말인데 볼셰비키 혁명이 성공하면 모든 권력은 프롤레타리아와 농민의 수중으로 넘어간다는 거야. 얼마나 눈부신 약속이야? 혁명이 성공하면 부르주아 반동 지주들의 토지를 몰수해서 농민들에게 무상으로 분배되지. 모두가 함께 잘 사는 공평한 세상이 올 거야. 배부르고 등 따습게 사는 세상이 곧 온단 말이야."

솔직히 말해서 애숙은 그가 하는 말을 거의 알아듣지 못했다. 하지만 모두가 함께 잘 사는 공평한 세상이나 배부르고 등 따습게 사는 세상이 온다면 그것처럼 좋은 일이 어디 있는가? 애숙이가 한수철의 말을 오원권에게 옮기자

"모두가 함께 잘 살지, 함께 못 살지는 두고 봐야지."

삼촌은 시큰둥하게 대꾸했지만 애숙은 수철의 말을 믿고 싶었다. 그리고 이 젊은 오빠를 좋아하게 됐다. 애숙이 여염집의 부엌일 같은 걸 했기 때문에 식재료 관리는 그녀의 소관이었다. 애숙은 밤중에 다른 대원들 모르게 수철과 만났고 그때마다 삶은 계란이며 말고기 육포 등속을 건네줬다.

그러던 어느 날 한수철이 몇몇 대원과 함께 민가에 내려가 쌀을 뺏어오는 보급 투쟁을 위해 산을 내려가서 돌아오지 않자, 애숙은 뜬 눈으로 밤을 새우며 그의 무사 귀환을 천지신명께 빌었다. 빌면서 그녀는 자기가 정말로 한수철을 사랑하고 있다는 걸 깨닫게 됐다.

다음 날, 한수철이 아지트로 돌아오자 그녀는 달려가서 그를 포옹하고 눈물을 찔끔거렸다. 이 일로 그는 김성규 사령관에게 불려가 자아비판을 해야 했다. 대원 상호간 애정행각은 금지하고 있었기 때문이다. 그러나 어찌 할 것인가. 기침과 사랑은 감출 수 없는 법인데.

그후부터 두 사람의 사랑은 불꽃처럼 활활 타올라 늘 붙어 다녔고 한시라도 떨어지면 좌불안석이었다. 애숙은 대원들의 식사와 빨래, 허드렛일을 도맡아 했지만 산 생활이 조금도 고달프지 않고 즐거웠던 건 오로지 사랑 때문이었다. 아마도 사랑보다 더 위대한 힘은 이 세상에 존재하지 않을 거라고 애숙은 확신하게 됐다.

유격대가 아지트에서 사상교육과 투쟁역량의 배양에 힘쓰고 있을 때 뜻하지 않은 사고가 생겼다. 문서연락병 정동진이 토벌대에게 발각돼 체포된 것이다. 정동진은 토벌대 본부 지하실에 연행돼 모진 고문을 받았다.

"수틀리면 산 채로 파묻어 버릴 테니까, 묻는 대로 똑바로 대답해. 언제 산에 갔어?"

"51년 9월 교래리에서 마차에 배추를 싣고 오다가 무지막지한 폭도들에게 잡혀 산으로 끌려 갔습니다."

"폭도 두목이 누구야?"

"김성규입니다."

"너도 빨갱이에게 세뇌당해서 폭도가 된 거지? 김성규가 뭐라고 했어?"

"앞으로 반년만 기다리면 제주섬은 소련군이 와서 해방시켜 준다고 했고 또 해방만 되면 토지는 공짜로 주고 살기 좋은 낙원이 된다고 했습니다."

"그 말을 믿어서 부락 습격도 다니고 미친 망아지처럼 총 들고 날뛴 거지?"

"예. 폭도들은 나에게 거짓말을 했습니다. 너는 내려가도 경찰한테 총살당한다. 네 가족들도 경찰이 다 죽였다. 가족들의 원수를 갚아야 할 거 아니냐? 그 말에 속았습니다. 내려와 보니 가족들은 멀쩡하게 살아 있었습니다."

"그럼 왜 귀순하지 않았어?"

"귀순했다가 무자비한 보복을 당할까 겁이 났고 감시도 심했습니다."

"넌 오늘부터 우리 토벌대의 질토래비(길잡이)다. 폭도들이 있는 곳을 안내해!"

정동진을 길잡이로 유격대의 아지트를 포위한 토벌대가 확성기로 귀순 권유 방송을 한다.

"유격대원 여러분! 정동진입니다. 귀순하면 죽인다는 건 말짱 거짓말이었습니다. 난 귀순해서 이렇게 팔팔하게 살아 있습니다. 굶주림과 추위에 떨고 있는 동지들! 이 한라산에 올라와서 얻은 게 무엇입니까! 지금 바로 귀순하여 자유대한의 품에 안기십시오. 대한민국은 여러분에게 따뜻한 옷과 더운 밥과 편안한 잠자리를 제공해 줄 것입니다. 동지 여러분! 이제 다 끝났습니다. 마지막까지 버텨 봤자 죽음만 기다리고 있을 뿐입니다. 총을 버리고 손 들고 나오십시오. 대한민국 만세!"

귀순 권유 방송에 대한 대답은 수류탄 투척으로 돌아왔다. 유격대원이 던진 수류탄이 토벌대의 기관총을 박살냈다. 전투가 개시됐고 총소리, 비명소리로 아지트 일대가 아수라장이 됐다.

한바탕 전투가 치러질 때 김성규 사령관과 몇몇 대원들은 비밀통로를 이용해 탈출했다. 한라산 어승생 오름으로 후퇴한 유격대가 인원 점검을 해 보니 사령관, 오원권, 박영배, 한수철, 부애숙 등 5명에 불과했다.

김성규가 무겁게 입을 열었다.

"1선, 2선이 다 무너지고 여기가 3차 방어선인데 남은 사람이 우리뿐인가?"

"워낙 다급하게 기습공격을 받아서 대항할 힘을 잃어 버렸어요."

9연대에서 탈영해 입산한 박영배의 말에 오원권이 입술을 실룩인다.

"이 모든 게 그 배신자 정동진이 놈 때문입니다. 빨치산 소금밥을 먹어도 몇 년을 같이 먹었는데, 에이, 찢어 죽여도 시원치 않을 놈!"

"남아 있는 건……."

"소총 5자루에 실탄 90발뿐입니다."

부애숙이 자기가 진 배낭을 가리키며 말한다.

"밥그릇 하나, 모포 하나, 보리쌀이 두 홉 있습니다."

한수철도 자기 배낭을 추스린다.

"급한 김에 달랑 천막 한 장만 넣고 나왔습니다."

모두들 절망적인 시선을 교환하고 있을 때 사령관이 포효하듯 외친다.

"동무들! 우린 자랑스런 한라산 빨치산이오. 빨치산은 불리한 여건 속에서도 투쟁을 멈춘 적이 단 한 번도 없었소. 조국과 인민을 구출하고자 했던 우리의 투쟁은 여기서 멈출 수 없소. 이제 우리는 생존 투쟁을 해야만 할 때가 왔소. 수단 방법을 가리지 말고 살아남아야 하오. 살아남아서 끝까지 싸웁시다!"

"좋습니다. 저 더러운 개새끼들, 한 놈이라도 더 죽이고 나도 죽겠습니다."

"우리는 피와 이념으로 맺어진 동지들입니다. 제주도 빨치산 만세!"

모두들 제주도 빨치산 만세를 외쳤지만 왠지 모르게 그 외침은 너무 공허하게 들렸다. 이미 최후의 순간이 다가오고 있음을 직감하고 있었던 것이다.

함박눈이 펄펄 날린다. 한라산의 매서운 추위를 피하기 위해 높다란 바위를 의지해 천막을 치고 다섯 사람이 그 안에 들어갔다. 모포 하나로 무릎을 덮고 말 없이 앉아 있을 때 김성규가 식량을 구하고 오겠다며 일어서자 박영배와 오원권이 따라 나섰다.

천막 안에 있어서 칼날 같은 바람은 피할 수 있지만 땅에서 올라오는 냉기로 온몸이 떨려 왔다. 불을 피우고 싶지만, 그건 자살행위나 다름없다.

처음 산에 올라 왔을 때 오원권이 산 생활에서 꼭 지켜야 할 3가지 수칙을 늘 강조했다. 첫째, 불 땔 때 나무는 연기 안 나는 나무를 골라야 한다. 연기는 절대 금물이다. 한 줄기의 연기는 백 명의 적을 부른다. 불빛을 최대한 차단하라. 불빛은 적의 정찰에 걸린다.

둘째, 취사 시 그릇을 취급하는 데 주의하라. 쇳소리, 양철소리는 계곡을 건너 산봉우리를 넘어 적의 귀에 들어간다. 식사시간을 단축하라. 토벌대는 유격대가 방심한 틈을 노린다. 식사시간에 가장 많은 공격을 받고 피해를 입었다. 식사시간은 10분으로 하고 잡담을 금하라.

셋째, 행군할 때는 자기 대열에서 이탈하지 말라. 자유행동은 안 된다. 적에게 발각되더라도 당황하지 말고 지도자의 명령에 따르라.

아마도 귀에 못이 박히도록 들은 게 이 산 생활 3금(三禁)수칙이었다. 애숙은 오원권 삼촌이 곁에 없으니 웬일인지 허전한 마음이 들었다. 삼촌은 쇠테우리, 말테우리로 단련된 체력이니까 토벌대에게 붙잡히는 일은 없겠지. 식량을 구하지 못하면 우리는 어떻게 되나…… 오만 가지 생각으로 머리가 복잡해 있을 때 한수철이 침묵을 깨뜨린다.

"부애숙 동무는 부모가 안 계시고 할머니와 살았다고 했지?"

"네."

"난 부모가 있지만 없는 거와 마찬가지야."

"건 또 뭔 소리예요?"

"입산할 때, 아버지의 반대를 무릅쓰고 왔거든. 아버지가 내게 말했어. 오늘부터 넌 내 아들이 아니다. 내 눈에

흙이 들어가기 전에는 이 집안에 발을 들여 놓지 못한다고 선언했어."

"말이 그렇지, 어디 부모가 자식을 안 보기야 하겠어요?"

"정말이야. 아버진 지주야. 부르주아지. 난 아버지 면전에 대고 프롤레타리아의 나무는 부르주아의 거름으로 자란다고 했어. 아버진 분노했지. 사상이 피보다 진하단 말이냐? 천하에 몹쓸 놈!…… 그러니까 난 내려갈 수 없어. 갈 곳이 없단 말이야."

한수철은 곧 울 것 같았다. 애숙은 가만히 수철의 손을 잡아준다. 울지 말아요, 세상이 아무리 슬퍼도 난 당신 곁에 있으면 이겨낼 수 있어요. 그러니까 당신도 힘을 내요. 애숙은 그렇게 말하고 싶었다.

한편 김성규, 박영배, 오원권 등 세 사람은 눈보라를 헤치며 몇 시간을 걸어 교래리에 도착했다. 토벌대의 검문소가 있는 신작로를 피해 오름과 곶자왈을 통과하여 마을에 당도하니 어느덧 저녁 무렵이었다.

늙은 팽나무가 있는 동리 입구 초가집에 들어가니 한 노파가 안방에 누워 있다. 노파가 소리를 지르면 재갈을 물리려고 빨랫줄에 있던 수건을 걷어 내렸지만 문소리에도 잠잠한 걸 보면 노파는 깊이 잠들었거나 귀가 어두운 모양이다.

세 사람은 정지(부엌)로 들어가 눈을 두리번거리며 먹을 걸 찾았다. 솥뚜껑을 열어보니 보리밥이 조금 남아 있다. 김성규가 먼저 손으로 밥을 움켜쥐어 먹기 시작하자 두 사람도 허겁지겁 집어 삼킨다. 게 눈 감추듯 솥 밥을 먹어치운 그들은 또 먹을 게 없는지 살레(찬장)를 뒤져봤으나 아무것도 나오지 않았다.

김성규가 낮은 소리로 곡식을 찾으라고 지시하자 둘이 구석구석을 열심히 찾아 봤으나 보리쌀 한 톨 나오지 않았다. 오원권이 노파가 잠든 안방에서 소쿠리에 담긴 찐 고구마를 가져 왔다. 껍질도 벗기지 않은 채 움막움막 먹던 세 사람은 그제서야 산에 있는 두 사람을 생각하고 남은 고구마를 각자 주머니에 담았다.

김성규가 손으로 헛간 쪽을 가리키자 그들은 헛간으로 이동했다. 사령관이 입을 열었다.

"밤이 될 때까지 여기서 기다립시다."

"어두워지면 산길을 걷기가 쉽지 않을 텐데요."

박영배가 조심스럽게 의견을 내놓는다.

"내가 왜 여기 교래리까지 온 줄 아시오?"

"……."

"배신자를 응징하기 위해서요. 응징하지 않으면 제2, 제3의 정동진이 나타날 거요. 응징이 곧 배신의 예방책이란 말이오."

 교래리가 정동진의 고향이란 건 다 안다. 하지만 지금은 응징보다는 살 길을 찾아야 할 때가 아닌가. 이번에는 오원권이 나선다.

 "응징도 좋지만 너무 위험하지 않을까요? 우린 셋뿐인데……."

 "겁나면 동무들은 먼저 가시오. 나 혼자 할 테니."

 "겁이 나다뇨? 우리도 사령관 동무와 함께 가겠습니다."

 결국 셋은 의견의 일치를 봤다. 흙벽에 슬레이트를 얹은 헛간에 찬바람이 솔솔 들어온다. 싸늘한 냉기가 세 사람의 몸을 휘감는다. 어둠의 장막이 내리려면 얼마나 더 있어야 할까. 초조한 가운데 무거운 침묵만 감돌고 있다.

 셋이 헛간에서 밤이 오기를 기다리는 동안 어승생오름 천막 안에서는 모포를 뒤집어쓴 두 사람이 꼭 끌어안고 도란도란 얘기를 나누고 있었다. 살인적인 추위가 둘을 밀착시켰고 인간의 체온이 이렇게 고마운 것인 줄 그들은 처음 알았다.

 "오빠, 나…… 이렇게 오빠랑 함께 있으니까 좋아. 오빠는?"

 "……나도 좋지, 뭐."

 "근데 오빠, 사령관 동무와 삼촌들은 식량을 구해 올까?"

"기다려 봐야지. 총 맞아 죽고 얼어 죽고 굶어 죽고······ 그게 빨치산의 운명 아닌가?"

"정말 한라산 무장대원들이 다 죽고 우리 다섯밖에 없는 거야?"

"어제 봤던 사람이 오늘 안 보이면 죽었다고 봐야지."

"난 살아서 고향으로 돌아가고 싶어. 할머닌 아직 살아 계실 텐데. 할머니가 끓여주시는 된장국에 보리밥 한 양푼 배불리 먹어 봤으면 원이 없겠어. 산에서 내가 제일 보고 싶었던 게 뭔 줄 알아? 저녁 짓는 연기가 굴뚝마다 피어오르는 동네 풍경, 밤이면 집집에서 새어나오는 따뜻한 불빛, 아이들 웃음소리······ 그땐 아무것도 아닌 것들이 왜 이처럼 그리운지 몰라······ 오빠도 나랑 같이 가면 안 돼?"

"······."

"전에 오빠가 말했었잖아. 모두가 함께 잘 사는 공평한 세상이 올 거라고······ 그런 세상은 이제 끝났지. 오지 않을 거야. 진짜로 그 말을 믿었던 건 아니지?"

"평등은 남자와 여자, 부자와 가난뱅이, 유식한 자와 무식한 자가 똑같은 사람이다. 쉽게 말하면 사람은 누구나 똑같은 대접을 받아야 한다는 거지. 언젠가 그런 세상이 올 거야. 우리가 싸우는 이유는 그런 세상을 앞당기기 위한 것이고······."

저녁 어스름이 산과 들판에 내리 깔리더니 곧 어둠이 찾아왔다. 셋은 움직이기 시작했다. 정동진의 집 앞에 이르러 주위를 살펴 보았지만 괴괴한 적막만이 초가집을 감싸고 있었다.

셋은 마당을 가로질러 신발을 신은 채 마루에 올라섰고 안방 문을 스르륵 열었다. 박영배가 대검을 꺼내 손에 쥐고 이불을 제치면서 칼을 높이 쳐들었으나 사람이 보이지 않았다.

아차! 이게 아닌데⋯⋯ 함정임을 눈치 챈 셋이 급히 마당으로 내려서는데 공기를 가르는 금속성이 들려왔다.

"너희들은 완전히 포위됐다! 무기를 버리고 순순히 투항하라!"

고막을 찌르며 들려오는 확성기 소리. 셋은 동시에 총을 쏘며 정낭(대문) 쪽으로 달려간다.

탕탕탕! 집중 사격의 총성과 함께 김성규와 박영배가 넘어지고 오원권은 옆구리에 관통상을 입는다. 마당에 횃불이 밝혀지고 정동진과 토벌대장이 모습을 드러낸다. 토벌대장은 부하들에게 신음하는 오원권을 제주시로 후송하라고 한 뒤 김성규와 박영배의 시신을 치우라고 명령했다.

"제가 뭐라고 했습니까? 피의 보복, 무자비한 숙정이 폭도 놈들의 못된 버릇이라고 하지 않았습니까? 이 자가 김성규, 폭도 두목입니다."

정동진이 이죽거리듯 말했다.

"하하핫…… 폭도 두목을 잡았으니 이제 지긋지긋한 전쟁은 끝났군. 빨리 상부에 보고해야겠어. 다음에 또 봅시다."

토벌대장이 탄 지프차가 떠났다. 토벌대장이 떠나면서 하는 말처럼 정동진에게는 정말 전쟁이라는 거대한 폭력이 이 땅에서 영원히 사라진 것처럼 들렸다. 그리고 이 거대한 폭력으로 인해 인간성도, 공동체도 산산이 부숴져 버렸으니 몸서리쳐지도록 지긋지긋한 건 틀림없는 사실이었다.

다음 날, 경찰은 최후의 무장대원 오원권이 생포되면서 4·3은 종식됐다고 공식 발표했다. 한라산에 평화가 찾아왔다고도 했다. 원권이 삼촌은 애숙이와 수철이가 살아 있기를 맘 속으로 빌면서 내가 마지막 무장대원이라고, 토벌대 수사관에게 자백했던 것이다.

아직도 한라산 어승생오름에는 두 사람의 무장대원이 살아 있었다. 하지만 추위와 굶주림에 견디지 못한 둘의 몸은 서서히 식어가고 있다.

"오빠, 잠들면 안 돼! 눈 떠! 눈을 뜨라고!"

"애숙아…… 우리, 저 세상에서 다시 만나면…… 그땐 행복하게 살자. 저 세상은 투쟁도, 압제도, 슬픔과 고통도 없을 테니까……."

"오빠, 어젯밤 우리 둘이 이름 모를 꽃들이 만발한 꽃밭에서 춤추는 꿈 꿨어. 그게 천국 아닐까? 오빠, 사랑해. 내게 오빨 보내주신 하느님께 감사하고 있어."

"넌 내 생애 단 한 번의 사랑이야. 널 만난 건 내 인생의 마지막 축복이었어……."

"오빠, 사령관 동무와 삼촌들이 와서 우릴 구해 줄 거야. 그때까지만 참자."

"이 바보야, 구원은 없어. 어디에도 구원은 없어."

"희망을 버리지 마. 원권이 삼촌은 다른 사람 다 안 와도 꼭 올 거야."

"희망? 희망이라는 사탕발림에 속지 마. 다 거짓말, 사기……."

"오빠, 우리 이대로 죽는 건 아니지? 잠들지 마! 눈 떠!"

"왜 이렇게 눈꺼풀이 무겁지? 우리 그냥 가자, 조용히……."

"오빠! 안 돼! 가지 마, 오빠―!"

봄이 왔다. 한라산에 얼음이 녹고 '진달래밭'에 진달래와 철쭉이 눈부시게 활짝 피었다. 몇 사람의 등산객이 어승생오름에 올랐을 때 그들은 쓰러진 천막더미에 묻힌 두 사람을 발견했다. 젊은 남녀가 서로를 부둥켜안은 채 숨져 있었지만 아주 평안하고 행복한 얼굴이었다.

  진달래나 철쭉보다 더 아름다운 꽃다운 청춘 남녀가 죽음으로써 한라산 골짜구니에 메아리치던 총성이 완전히 멎었다. 9년여 동안 제주섬 전체를 쑥대밭으로 만들고 온 도민을 불안과 공포 속으로 몰아넣었던 4·3은 비로소 대단원의 막을 내렸던 것이다.

32
1988년 12월 5일

    신문 기사를 읽다가 나는 화들짝 놀랐다. '6·25 전쟁 영웅 前 국방대학원장 김익렬 장군, 괴한에게 피습 중태'라는 헤드라인을 봤기 때문이다. 내가 군에 있을 때 김익렬 연대장은 승승장구하여 8사단장, 제1관구 사령관, 제1, 2군단장, 국방대학원장을 거쳐 육군 중장으로 예편했다. 육군의 요직을 거의 거친 한국 야전군의 위용을 표상하는 상징적 인물이었다.

    물론 내가 타 부대로 전출된 이후 연락이 끊겼지만 내 직속 상관이었으므로 남다른 관심을 가지고 있었는데 그가 신원 미상의 괴한에게 일곱 군데나 칼에 찔려 병원에 입원했다는 소식은 가히 충격적이다.

기사에 따르면 마침 가정부가 자녀 결혼으로 집을 비운 그 날, 괴한이 밤중에 침입하여 혼자 있는 장군을 흉기로 난자해서 중태에 빠트렸다는 것이다.

이 기사는 경찰이 최근에 협박 전화를 몇 차례 걸어온 '자유조국수호회'란 단체를 유력한 용의자로 보고 수사를 했지만 유령 단체임이 밝혀졌다고 썼다. 기사는 또 테러 현장에는 범행의 단서가 될 만한 어떤 증거물도 남아 있지 않았다고 기술했다. 한 마디로 범인도, 범행 동기도, 증거도 오리무중이란 얘기다.

난 신문사에 전화를 걸어 내 신분을 밝히고 김 장군이 입원해 있는 병원을 알아냈다. 병원으로 찾아 갔지만 중환자실에 입원한 장군은 면회 사절이고 그의 아들이라는 김수현을 만나 자세한 이야기를 들을 수 있었다.

장군의 후배 중에 육군 대장으로 예편한 장창국이란 사람이 어느 날 장군을 찾아 왔다. 장 장군이 한성일보에 「육사 졸업생」이란 제명으로 군대 비화를 쓰고 있는데, 1948년 4월 3일 제주도에서 일어난 4·3 사건 당시 제주 주둔 9연대장으로 복무한 장군이 겪은 이야기를 들려달라는 거였다.

장군은 성의를 다해 당시의 상황을 설명해 줬다. 그런데 나중에 신문에서 4·3의 실상이 너무 왜곡된 걸 알고 격분했다. 그래서 장군은 '역사의 증인으로서 진실을 밝히겠다'고 결심했고 틈틈이 회고록을 써내려 갔다.

제목을 '4·3의 진실'이라고 붙인 회고록 집필이 끝나자 아들을 불러 "이 원고가 가필 없이 세상에 그대로 알려질 수 있을 때 역사 앞에 밝히라. 이건 나의 유언이다."라고 했다. 그리고 회고록은 봉인된 채 캐비닛에 보관돼 있었다.

그런데 어떤 이유에서인지 모르나 그로부터 한 달 후, 회고록이 제주도에 있는 신문사 탐라일보로 발송됐고 장군은 행방불명이 돼 버렸다. 탐라일보의 조일도 기자는 백방으로 수소문하여 장군의 행방을 찾아냈고 마침내 둘은 대좌하기에 이른다.

"한 달 전에 장군님이 저희 신문사로 보내주신 회고록 「4·3의 진실」은 연재를 시작하지도 않았는데, 예고 기사가 나가자 벌써부터 큰 반향을 불러일으키고 있습니다."

"그래요?"

"헌데 장군님은 원고를 보내놓고 왜 행방불명이 되신 겁니까?"

"그럴 만한 사정이 있었소."

"탐라일보에서는 3년 전에 4·3 취재반을 구성했습니다. 그동안 제주도의 마을은 물론이고 서울·부산·일본 등지에 취재진을 파견해서 3천 명의 증언을 채록했고 한국과 미국, 일본에서 찾아낸 4·3 관련 자료 800여 종을 입수해 분류작업을 하면서 대하 기획물 「4·3은 말한다」를 연재하고 있습니다."

"내 회고록을 탐라일보에 보낸 까닭도 그 연재물을 읽었기 때문이오."

"장군님의 회고록이 저희 신문사에 도착했을 때, 4·3 취재반원들은 일제히 환호성을 질렀습니다."

"어째서……?"

"두 가지 이유에서입니다. 하나는…… 장군님은 4·3 초기 9연대장으로 복무했기에 4·3의 핵심적 체험자로서 진상 규명에 크게 도움이 된다는 점이고 다른 하나는…… 이 원고만큼 미군정의 토벌 정책과 군·경의 대응 전략 등 고위 전략의 내막을 파악하는 데 결정적인 단서가 되는 글은 아직 세상에 나오지 않았기 때문입니다. 한 마디로 보통사람이 접하기 어려운 고급 정보를 많이 제공해준 소중한 자료입니다."

"내 원고의 사료적 가치를 알아준다니 다행이군."

"하지만 의문이 한두 가지가 아닙니다. 우선 장군님은 「4·3의 진실」 서문에서 '이 원고가 가필되지 않은 그대로 세상에 알릴 수 있을 때 역사 앞에 밝히라. 이것은 나의 유언이다.'라고 했는데 생전에 발표하게 된 동기가 뭡니까?"

"그럴 만한 사정이 있었소."

"행방불명된 것도 사정이 있었고 원고를 예정보다 미리 발표한 것도 사정이 있었다 하니…… 그 사정이란 게 대체 뭡니까?"

"이봐, 기자 양반! 사정이 있다면 있는 거지, 무슨 잔말이 그리 많아? 이러니까 기자들 보고 거머리라고 하는 거야."

"거머리라구요? 말씀이 좀 지나치십니다. 전 다만……."

"거머리가 아니면 하이에나겠지."

김익렬은 벌떡 일어나서 뒤도 돌아보지 않고 사라져 갔다. 그렇지만 거머리 아니면 하이에나가 이 정도에서 물러난다면 그건 기자도 아니다. 조 기자가 다시 김익렬의 집을 방문했을 때 장군은 통화 중이었다.

"당신이 김익렬이오?"

"그렇소만…… 당신은 누구요?"

"자유조국수호회 회원이오."

"자유조국수호회……?"

"당신 운 좋은 줄 알아. 다이너마이트 한 도라꾸 싣고 가서 당신 집 날려 버리려고 했더니 벌써 잽싸게 이사를 갔더군."

"정체가 뭐야! 지금 날 협박하는 거야!"

"외출할 땐 조심하라구. 당신 배때기에 철판 깐 거 아니지?"

"이봐, 농담하는 거야?"

"농담, 후후후…… 당신 가족들 있지? 가족들이 처참하게 몰살되는 광경은 생각만 해도 끔찍해."

"날 협박하는 이유가 뭔데?"

"뭐 4·3의 진실이라구? 진실 좋아하시네."

"지금 탐라일보에 연재하고 있는 회고록 때문에 이러는 거야?"

"당장 때려치워. 연재를 중단하란 말이야. 회고록을 회수해서 소각해."

"못 하겠다면?"

"농담이 진담 되는 거지."

"너, 날 잘 모르는 모양인데 번지수를 잘못 찾았어. 이 김익렬이는 그따위 공갈 협박에 넘어갈 인간이 아니야. 6·25 때 국군 중에 최초로 압록강을 돌파한 백골연대의 연대장이었어. 골백번이나 사선을 넘어선 불사조란 말이야. 내가 죽음을 두려워하는 겁쟁이라면 네 놈의 똥구멍을 핥겠어!"

"이 영감탱이야, 그래 봤자 넌 이빨 빠진 늙은 사자일 뿐이야. 두고 봐, 두려움이 무언지 가르쳐 줄 테니까. 하하핫……."

"야, 이 새끼야! 전화통에 대고 씨부렁거리지 말고 정체를 드러내 봐! 상판대기를 짓이겨 버릴 테니까!"

조 기자가 현관으로 들어섰을 때 장군은 소리를 지르며 방에서 튀어나오면서 권총을 겨누었다. 조 기자가 항복한다는 시늉으로 두 손을 들고 한참 서 있은 후에야 흥분을 가라앉힌 장군이 총을 내렸다. 그리고 조 기자를 물끄러미 바라보다가 방으로 들어가 버린다.

비행기를 타고 먼 길을 달려온 조 기자는 가정부인 광주댁이라도 만나야 했다. 꿩 대신 닭이 아니냐. 더욱이 지척에서 장군을 모시는 여자로부터 의외의 정보를 얻을 수도 있지 않겠나 싶었다.

조 기자는 먼저 장군의 가족사항이 궁금했다. 덩그렇게 큰 집에 장군 혼자 산다는 게 납득되지 않았다. 광주댁에 의하면 장군은 오래 전에 부인과 사별했다고 한다. 아들이 하나 있는데, 광주댁이 이 집에 가정부로 들어오기 직전에 가출하여 행방불명이라고 했다. 이상스러운 건 장군이 집나간 아들을 찾지 않는다는 거였다.

장군의 사생활은 베일에 싸여 있는 것처럼 보였다. 장군의 일상생활도 의문투성이다. 온종일 서재에 틀어박혀 지내는데 무얼 하는지 도통 모르겠다는 거다. 일 하는 것도, 자는 것도 아니고 가끔씩 혼자 중얼거리는 소리만 들려온다고 했다.

그런데 어떤 때는 그 독백이 무대에 선 연극배우의 대사처럼 폐부를 찌르기도 하는데, 비 오는 날 밤에 들려오는 독백은 너무나 섬뜩해서 머리칼이 곤두설 지경이라고 했다.

그런데도 자신이 이 집에 그냥 붙어 있는 이유는 딴 데보다 월급을 곱절이나 더 준다는 거였다. 그리고 장군님은 사생활이 알려지는 걸 극도로 싫어하기 때문에 자신이 한 말을 고자질하면 절대 안 된다고 신신당부한다.

조 기자는 기자의 입은 튼튼한 자물통이니까 걱정하지 말라고 그녀를 다독였다. 장군의 아들은 왜 가출했을까? 장군은 왜 가출한 아들에 대해 무관심한 걸까? 의문이 꼬리를 물었지만 장군이 침묵하니 더 이상 알아볼 방도가 없다.

"장군님이 갑자기 이상해져부렀어라. 엊그제 괴상한 소포가 하나 배달 됐는디…… 참, 누가 그딴 장난질을 하는지, 원…… 목 잘린 인형과 사시미 칼이 들어 있더랑께라. 한밤중에 이상한 전화가 자주 걸려와싸서 아예 코드를 뽑아 버렸지라. 그러니께 느닷없이 돌멩이가 날아와 유리창이 박살이 나고 정원에선 폭죽도 터지고 난리가 났어라. 무쇠처럼 강한 장군님이지만 조금씩 흔들리는 것 같구만요. 늘 함께 산책을 하고 자식처럼 애끼는 셰퍼드헌티 누군가 뜨거운 무를 던져 그걸 깨문 셰퍼드의 잇몸뚱이가 문드러졌을 때 장군님은 눈물을 보이시기까지 했당께요. 오늘 새벽엔 다급한 목소리로 날 깨웠는디…… 어디서 총소리가 들린다고 해싸서 지는 총소리는 커녕 물소리도 들리지 않는다고 했구만이라. 장군님은 끝까지 우기시면서 빨리 파출소에 신고하라고 재촉했지라. 그뿐이 아니고라, 아무개가 살아 돌아왔다면서 중얼중얼…… 헛것을 본 사람마냥 우두커니 서 있기가 일쑤지라. 아무래도 병원에 가봐야 헐 것 같은디 어쩔까 모르겠네요."

광주댁의 넋두리는 길게 이어졌다. 쉰 살은 더 됨직한 중년 여자는 가끔씩 한숨을 쉬다가 몸서리치기도 했다.

"아주머니, 잔치 커피 한잔 부탁해요."

"잔치 커피가 뭐시다요?"

"모르세요? 잔칫집에서 하객들에게 내놓는 커피를 잔치 커피라고 하는데요. 커피, 설탕, 프림이 들어가죠. 그런데 이 커피를 상가(喪家)에서 조객들에게 내놓을 때는 뭐라고 할까요?"

"잔치 커피겠지라."

"아뇨. 그땐 초상집 커피로 둔갑해 버립니다. 하핫······ 재미있죠? 1948년 4월 3일 제주섬을 피로 물들인 4·3도 마찬가지예요. 사건·사태·반란·폭동·민중항쟁······ 4·3을 보는 시각과 입장에 따라 각기 다르게 부르거든요."

"뭐라 부르든 간에 그게 무슨 큰 문제가 된다고 그러신다요?"

"사람이 사물에 이름을 붙이면 이름이 그 사물의 성격을 규정해 버리니까 문제가 되죠. 똑같은 커핀데 잔치 커피가 초상집 커피로 둔갑하는 것처럼 엄청난 차이가 생긴단 말입니다."

"어려운 말은 잘 모르지라. 4·3은 제주도에서 일어났으니 제주 사람들의 일이지라. 그러니께 난 관심이 없당게요."

"저런! 아주머닌 80년 5월에 어디 계셨어요?"

"광주에 있었구만요."

"그럼 그 난리를 몸소 겪었겠네요?"

"가족을 잃어 버렸지라. 그때 생각만 하면 지금도 진저리쳐징만요. 광주가 지긋지긋해서 고향을 떠나 부렀소. 잊어야 했으니께······."

"그것 보세요. 5·18은 4·3의 연장선상에 있는 거라구요."

"건 또 뭔 소리라요?"

"만약에 4·3이 일어난 후, 가해자의 책임 소재를 명백히 가려내어 그 천인공노할 만행을 준엄하게 심판했더라면 5·18과 같은 야만의 역사는 되풀이되지 않았을 거예요. 반성 없는 역사는 반복된다는 게 역사의 교훈이거든요. 말하자면 5·18과 4·3은 피비린내 나는 야만의 역사가 낳은 쌍둥이라고 할 수 있지요. 그러니까 4·3은 제주도만의 문제가 아니라 대한민국의 문제, 더 나아가서는 인류의 문제라고 할 수 있죠. 이제 아시겠어요?"

"지는 무식해서 뭐가 뭔지 알 수가 없구만이라."

"우리 속담에 맞은 놈은 발 뻗고 자고 때린 놈은 웅크리고 잔다는 말이 있죠?"

"들어본 소리 같소."

"그건 개인의 경우고, 집단의 경우엔 사정이 달라져서 이 속담이 역전됩니다. 뻔뻔하게도 때린 놈이 발 뻗고 자거든요. 이건 집단의 광기가 불러온 자기기만 같은 건데요. 5월의 광주나 4월의 제주가 다 그랬어요. 가해자가 발 뻗고 자는 세상은 사악해요. 그런 세상이 다시는 오지 말아야 할 텐데……."

"잔치 커피…… 아니, 초상집 커피 한잔 타올께라."

광주댁이 주방으로 들어갔다. 조 기자는 커피를 마시고

일단 철수한 다음 일주일 후에 다시 장군을 찾아갔지만 면담을 거부당했다.

조 기자가 들렀던 그 날 밤 자정쯤이다. 정원 쪽에서 셰퍼드가 으르렁거리는 소리가 들려왔다. 잠시 후, 쇠뭉치로 내리치는 둔탁한 소리와 함께 깨갱! 하는 셰퍼드의 단말마가 김익렬을 침대에서 벌떡 일어나게 했다.

방문을 열고 거실로 나와 가만히 귀 기울인다. 이윽고 스르륵 현관문 열리는 소리. 집 안으로 세찬 바람이 들어온다. 전등을 켜려고 벽을 더듬지만 스위치가 잡히지 않는다. 손이 덜덜 떨려서다.

당황한 김익렬이 권총을 보관하고 있는 서재로 가기 위해 급히 몸을 돌리는 순간, 저승사자처럼 검정 옷에 복면을 한 괴한이 거실로 들어선다. 그제서야 인기척을 느낀 김익렬이 뒤돌아보고 소스라치게 놀란다.

"누, 누, 누구냐……."

괴한은 먹잇감을 눈앞에 둔 맹수처럼 여유 있게 김익렬을 응시한다. 장군은 손에 들고 있던 지팡이를 쳐들고 위협하듯 휘둘러본다. 괴한이 천천히 다가서자 장군이 지팡이로 후려치지만 재빠르게 피한다. 다시 사력을 다해 휘둘렀으나 괴한의 팔에 맞고 지팡이가 튕겨져 나간다.

노인이지만 왕년의 유도 선수인 장군이 팔을 뻗어 괴한

의 허리춤을 움켜쥔다. 기다렸다는 듯 괴한이 비수로 장군의 복부를 찌른다. 장군이 짧은 신음을 토하며 허리를 움켜쥔 손을 당기자 괴한의 혁대에서 버클이 떨어지면서 바지가 흘러내린다.

장군의 악력에 놀란 괴한이 움찔하더니 닥치는 대로 찌른다. 가슴·배·목·팔·다리…… 분노와 충격으로 부르르 떨던 장군이 나동그라지자 바지를 추슬러 입은 괴한이 킬러답게 이를 드러내어 씨익 웃는다.

늙은 사자의 몸에서 피가 철철 흐른다. 우리 시대의 용맹한 거인의 몸에서 쏟아진 피가 거실을 흥건히 적신다.

33
1988년 12월 8일

　장례식장의 제상 위에 장군의 영정, 촛대와 향로, 몇 개의 국화가 놓여 있다. 신문기사를 읽고 찾아온 문상객들을 상주인 김수현이 맞았다. 장례식장 입구에 놓이는 그 흔한 조화조차 없는 쓸쓸한 풍경이었다. 고인이 얼마큼 세상과 단절하여 고립된 삶을 살았는가를 보여주는 장면이다.
　나는 상주도 아니면서 수현이와 함께 장례실을 지켰다. 탐라일보 조일도 기자도 소개를 받아 금새 친해졌다. 조 기자는 천생 기자여서 자기 본분을 숨기지 않았고 수현이에게 질문을 퍼부었다.
　"그동안 어디 계셨습니까? 장군님께서 내심으로 많이 걱정한 걸로 압니다만……."

"제가 죽일 놈이지요. 그 때 그 일만 없었어도……."

"그 일이라뇨?"

"아버님이 돌아가신 마당에 뭘 숨기겠습니까? 조 기자님은 선친과 잘 통하는 사이라니까 숨김 없이 말씀드리지요. 어느 날 밤, 서재를 지나가다 아버님 목소릴 들었어요. 책 읽는 소리 같았어요. 문틈으로 내다보니까 작은 마이크를 손에 쥐고 계시더라구요."

"4·3의 진실, 회고록을 녹음했을 거예요. 전에 장군님에게서 들었거든요. 원고 분실에 대비해서 녹음도 해 둬야 안심이 된다고 하더군요."

"아버님 몰래 테이프를 틀어 봤는데 놀랍게도 제 출생의 비밀이 거기에 담겨 있더군요."

"출생의 비밀이라구요?"

"긴 얘기를 줄여서 말하지요. 김달삼은 대정중학교 교사 시절 동료 여교사였던 오영원을 사랑했어요. 김달삼이 입산하여 유격대 총사령관의 직책을 수행할 때 오영원은 아이를 낳았고 김달삼이 해주 인민대표자회의 참석차 월북한 후, 오영원은 갓난쟁이를 업고 애 아빠를 찾아 한라산을 헤매다가 피난민들과 함께 동굴에 숨어 있던 중 토벌대에 잡혀 처형됩니다. 처형 직전에 오영원은 9연대장 김익렬을 만나서 눈물로 호소하여 아이를 맡겼어요. 선친께선 그 아이를 자신의 아들로 입적시켜 키웠습니다. 이런 사실을 아는 사람은 9연대장 재임시절 당번병이었던 김영창 병장밖에 없어요. 아 또 한 사람, 김 병장의 어머니가 있었군요. 그 여자가 어린 시절의 제 유모였지요."

"놀라운 사실이로군요. 헌데 어째서 가출한 겁니까?"

"아버지가 김달삼, 그러니까 저의 생부를 죽였다는 걸 알았습니다. 물론 녹음 테이프를 통해서였죠. 아버지가 왜 자신이 죽은 다음에 원고를 공개하라고 했는지…… 그제서야 알게 됐어요."

"생부를 죽인 건 불가피한 상황이었습니다."

"압니다, 나도 알아요. 하지만 난 심한 갈등을 느꼈죠. 얼굴도 모르는 생부지만 나를 낳아준 사람인데…… 아버지만 보면 자꾸 그 생각이 떠올라 견딜 수 없었어요. 그래서 잠시 아버지 곁을 떠나기로 결심한 겁니다."

"수현 씨 심정은 이해하고도 남아요. 수현 씨에게 장군님은 은인이자 원수였으니까요. 하지만 장군님이 가출한 아드님을 찾지 않은 건 배신의 상처가 너무 컸기 때문일 거예요."

"아버진 이 세상의 어떤 부모보다 더 날 사랑했었죠. 그걸 생각하면 가슴이 미어져요."

"장군님은 수현 씨가 가출하지 않았더라면 회고록을 신문사에 보내지 않았을 테지요. 자신의 사후에 남아 있을 가족이 없다는 걸 깨닫자 생전에 회고록을 발표하기로 마음을 바꾼 거죠."

"제 가슴을 난도질하는 말이로군요. 광주댁한테 전후 사정을 대충 들었는데…… 결국 제가 아버님을 죽게 만든 셈이죠. 전 세상에 둘도 없는 불효자예요."

"너무 자책할 필요는 없어요. 장군님의 운명이라고 생각하세요. 지금 생각해보면…… 장군님은 회고록을 발표하기 이전부터 이런 불상사를 예견하고 있었던 것 같아요."

"죽음을 예견했다구요?"

"그래요, 그래서 신문사에 회고록을 보내고 나서 행방불명이 된 거죠. 4·3의 진실이 밝혀지면 과거 무자비한 진압에 관여했던 누군가에게 보복을 당할 거라는 두려움 때문에요. 실제로 현재 정부의 요직에 앉아 있는 사람 중에는 진압군의 지휘관이었던 자도 있거든요."

"그럴 듯하군요."

"아차! 내가 아둔해서 마지막으로 장군님 댁을 방문했던 그때 이미 테러리스트의 위협에 노출돼 있는 걸 눈치 채지 못했군요."

"테러리스트의 정체에 대해 혹 알고 있거나 짐작하는 건 없나요?"

"알고 있다면 이렇게 한가로이 앉아 있지 않죠. 짐작은 할 수 있어요. 4·3 이후 40여 년 동안 역대 강압 정권에 의해 이 엄청난 사건의 진상이 왜곡 은폐된 채, 말해서는 안 되는 금기의 재갈을 물렸거든요. 그 이유는 아까 말한 것처럼 강압 정권의 실력자 중에 4·3 관련자들이 있었기 때문이죠. 이 야만적인 학살자들이 자신의 과오가 만천하에 밝혀지는 걸 달갑게 여기겠어요?"

"물론 가해자들은 4·3의 기억을 숨기고 뭉개려 하겠죠. 그러나 개인의 기억은 단순한 이야기나 예술이 되지만 집단의 기억은 역사가 됩니다. 역사는 그 누구도 감추거나 파묻어 버릴 수가 없어요. 어쩌면 아버진 역사의 진실을 밝히려다 돌아가신 순교자가 아닐까요?"

"순교자…… 그래요, 장군님은 역사의 진실을 밝히려다 순교한 위대한 군인이었죠."

"아버진 역사는 진실의 기록이라고 했어요. 과연 그럴까요? 역사 교과서에도 오랫동안 4·3은 공산폭동으로 낙인 찍혀 왔지요. 그리고 보면 역사란 진실의 기록이 아니라, 진실을 밝히려는 투쟁의 기록이 아닐까요?"

"그래요, 인간의 역사란 진실을 밝히려다 어둠 속에 매장된 수많은 민중들의 피와 땀과 눈물의 기록이지요. 저희 신문사에서도 「4·3은 말한다」 연재를 시작할 때 사고(社告)에서 '이 기획물은 4·3의 진실을 찾아나서는 역사기행이다'라고 했거든요."

"찾았습니까? 진실을……."

"확신이 서지 않는군요. 진실과 허위는 알곡과 쭉정이처럼 늘 뒤섞여 있으니까요. 진실은 항상 고독한 것이며 강한 신념을 가진 용감한 자만이 실천할 수 있죠. 장군님처럼요…… 밖에서 술 좀 마시고 다시 오지요."

"다녀오세요. 참, 잊어버릴 뻔 했는데……."

수현이가 봉투를 꺼내 조 기자에게 건넨다. 아버지가 자신에게 무슨 일이 생기면 이걸 조 기자에게 전해 주라고 했단다. 광주댁이 보관했던 그 물건은 녹음 테이프였다. 겉 뚜껑에 '또 하나의 진실'이라고 매직펜으로 적었다.

장군은 진실을 믿지 못했던 걸까? 아니면 진실은 하나가 아니라 여러 개 있다고 생각한 걸까? 또는 진실은 양파 껍질과 같아서 벗겨도 벗겨도 새롭게 드러난다고 여긴 걸까? 하지만 지금은 그런 게 중요하지 않다. 장군의 죽음과 그 죽음의 의미를 내 나름대로 정리해 보고 싶다.

아까 조 기자와 김수현의 대화 중에 나온 말, 기억의 자살과 타살에 관해서다. 탐라일보의 사고에서 말한 4·3 진실 규명의 역사란 어쩌면 '기억하지 않으려는 자'(기억의 자

살자: 피해자)와 '기억하지 못하게 하려는 자'(기억의 타살자: 가해자)와의 끝없는 투쟁의 역사가 아닐까?

기억의 타살자란 '기억의 암살자'에 다름 아니다. 살인자 중에서도 가장 나쁜 살인자가 암살자인 것처럼 자살자의 입장에서는 암살자들은 불구대천의 원수일 수밖에 없다.

제2차 세계대전과 아우슈비츠와 홀로코스트는 유럽인에게 뼛속 깊이 새겨진 기억이고 역사다. 독일에서는 아직도 나치 전범(戰犯)에 대한 추적과 처벌을 계속하고 있다. 왜 우리는 4·3 전범에 대한 추적과 처벌을 하지 않았나? 하지 않은 게 아니라 하지 못했던 거고, 그것은 역사를 매장해 버린 사적(史賊)이 아니고 무엇이던가.

나는 조 기자와 함께 대취했다. 다음 날, 장군의 육신은 천 도가 넘는 불가마에서 잿더미로 변했고 유해는 국립묘지 장군묘역에 안치됐다.

인생이란 이런 것이다. 고통과 희열이 뒤범벅된, 무어라 말할 수 없이 신비로운 그 어떤 것……

죽음은 존재의 무화(無化)란 말인가? 죽음 이후, 죽음의 건너편에 종교에서 말하는 내세가 있을까. 만일 영원무궁한 내세가 있다면 80년의 세월은 영겁의 시간에 비하면 찰나에 지나지 않는다. 현세가 '찰나'라면 우리 모두는 완전히 헛살고 있는 게 아닌가. 찰나의 행복, 순간의 부귀영화를 위해 우리의 전존재를 던져서 전력투구하고 있지 않은가.

정녕 인생이 맛보기요, 막간극에 불과하고 우리는 그 막간극에 잠시 등장하는 광대에 지나지 않는다면 인생이란 부질없는 허우적거림, 혹은 허망한 광란 이외의 아무것도 아니다.

만약에 사람들이 영혼의 불멸을 믿었다면 4·3은 일어나지 않았을 거다. 왜냐고? 지상에서 80년을 산 육신은 썩어 문드러지지만 억겁이 지나도 썩지 않는 영혼, 불멸의 영혼이 있다는 사실을 깨달으면 싸움은 불가능해지니까.

생이 잠시 머물다 떠날 정류소나 임시 휴게소라면 굳이 아웅다웅 싸울 필요도, 이유도 없으니까.

아마도 천국에서는 4·3의 가해자도, 피해자도 서로 싸우지 않고 오순도순 한 핏줄처럼, 친구처럼 지내고 있는 게 아닐까?

34
1999년 4월

6·25 전쟁이 끝나고 휴전이 성사되어 한반도에 평화가 찾아 왔다. 나는 군에서 제대할 수 있었지만 말뚝을 박았다. '말뚝 박는다'는 군대에서 쓰이는 용어로 장교나 사병이 장기복무를 지원했다는 말이다. 말하자면 직업군인이 된 것이다.

내가 이런 결정을 내린 배경에는 덕구에 대한 죄의식과 부채의식뿐 아니라 날 토사구팽한 곽동후에 대한 원한을 포함하여 제주섬 전체에 대한 환멸이 도사리고 있었다. 부모님과 누이가 보고 싶고 그립기는 했으나 '다시는 고향에 돌아가지 않으리'라고 마음을 굳게 먹었다.

고향에 돌아간다 해도 한라산 폭도에서 군인으로 탈바꿈한 나의 변신을 고향 사람들이 받아줄지도 의문이었다. 무엇보다 형제보다 더 가까웠던 덕구, 달삼이, 진경이가 부재하는 고향이란 내게 아무런 의미도 없었다.

하사에서 중사로, 중사에서 상사로 진급할 무렵 나는 강원도 최전방 보병 중대의 인사계로 발령이 났다. 사방이 산으로 둘러싸인 전방 부대의 삶은 은둔자의 그것과 다름이 없었다. 20여 년 동안 나는 '인사계'로 강원도 이곳저곳을 전전했다.

다른 부대로 전출 발령이 나면 두말없이 짐을 싸고 떠났다. 떠나면 전(前) 부대의 모든 기억은 깡그리 지워 버렸다. 생에 대한 미련도 지워 버린 마당에 그따위 기억쯤은 아무것도 아니었다.

또 하나, 내가 독신을 고집한 건 홍련이 때문이었을까? 그런 것 같기도 하고 아닌 것 같기도 하다. 젊은 날 한때 내 영혼을 삼켜버린 그녀에 대한 연민과 회한이 늘 나를 괴롭혔다. 혼자 있을 적에는 때때로 그녀의 얼굴이 떠올랐다.

그때마다 술을 찾았다. 제대할 무렵에는 소주 한 병을 마시지 않고는 잠이 오지 않을 정도였다. 알코올 중독일까? 하지만 난 그런 것에 괘념치 않았다. 어차피 한 번 사는 인생이고 누구나 다 죽는다. 죽기밖에 더 하겠나.

한라산에서, 전쟁터에서 나는 무수히 많은 사람을 죽였고 죽어가는 사람들을 보았다. 죽음의 공포가 더 이상 날 위협하지 못할 것이다. 오히려 "이 지겨운 세상, 어서 오라, 죽음이여!" 그렇게 말하고 싶었다.

제대하고 보니 어느덧 내 나이 오십대 후반이었다. 그사이 부모님은 돌아가시고 누이는 이웃 마을 농부와 결혼해서 아이 낳고 그럭저럭 살았다. 제대하고서도 나는 곧바로 고향에 가지 않았다. 수중에 돈이 있으므로 그 돈이 다 떨어질 때까지 방랑객처럼 육지를 떠돌아다녔다.

고향에 돌아온 나는 부모님이 살았던 신촌리 초가집을 처분하고 제주시 변두리에 있는 다 쓰러져 가는 슬레이트 집을 매입해서 그곳에 둥지를 틀었다. '아무도 모르는 곳에서 나 혼자 고독을 즐기리라'는 게 내 의도였다.

귀향해서 맨 처음 내가 한 건 덕구의 가족을 찾는 일이었다. 그나마 그게 덕구에게 보은하는 길이라고 믿었기 때문이다. 덕구가 조천중학원 교사로 재임하고 있을 때의 일이다. 제자 중에 총명한 남학생이 있었는데 그 학생의 누나가 덕구를 좋아해서 한동안 연인으로 열렬한 사랑에 빠졌고 여자가 임신을 하게 됐다.

그러다가 덕구가 좌익활동에 몰두하면서 사이가 멀어졌

고 입산하면서 자연스레 헤어지고 만 것이다. 빨갱이 사냥이 광풍처럼 몰아치던 시절, 후환이 두려운 여자의 부모는 자식을 멀리 떨어진 친척집으로 보냈고 덕구의 애인은 친척집에서 해산하여 딸을 얻었다.

그 후 애인은 육지로 나가 재가했지만 덕구의 딸은 아무 것도 모른 채 그 집에서 무럭무럭 자랐다. 그 딸이 성장하여 사귀던 청년과 혼담이 오갈 즈음에 어떻게 알았는지 정보기관에서 딸의 신원 파악에 나섰다. 공무원이었던 신랑의 부친이 이 사실을 알고 혼담을 파기하기에 이른다. 이 딸도 그의 엄마처럼 혼전에 이미 임신한 몸이었다.

덕구의 유일한 혈육인 딸, 정자가 갓난아기를 고아원에 맡기고 어느 날 돌연히 행방불명이 됐다. 형사들이 늘 뒤꽁무니를 쫓아다니며 괴롭혔고, 파혼당한 충격으로 인한 어쩔 수 없는 선택이었다.

함덕리에 사는 누이로부터 이 소식을 들은 나는 제주도의 고아원을 다 뒤져서 정자의 딸을 찾아냈다. 그리고 그 아이를 내 호적에 입적시켰다. 그게 벌써 17년 전의 일이다. 그래서 명희는 내 딸이다. 내 가슴에 안겨 옹알이를 하던 녀석이 어느덧 가슴이 봉긋한 처녀가 됐으니 세월 참 빠르다.

헌데 이 녀석은 나를 친아버지로 알고 있다. 나이로 보면 할아버지뻘인데도, 어릴 때부터 넌 내가 쉰여덟에 얻은 늦둥이라고 둘러댄 걸 믿는 눈치다. 물론 어미는 병으로 일찍 죽었다고 거짓말을 했다.

 4월이다. 봄이 온 걸 가장 늦게 보여주는 건 한라산이다. 서북벽에 남아 있던 잔설이 녹으면 윗새오름에는 철쭉이 피기 시작하여 한 달쯤 후에는 만개한다. 우리 동네를 관통하는 지방도에는 가로수로 벚꽃을 심었는데 4월에는 여기서 벚꽃 축제가 열린다. 올해도 어김없이 먹거리장터가 열리고 사람들이 거리에 넘실댈 거다. 축제의 별미는 꽃 구경보다 형형색색의 옷을 입은 사람 구경이다.

 4월 하순의 나른한 오후다. 나는 거울 앞에서 면도를 하며 노래를 흥얼거린다. 그러다가 별안간 생각난 듯 앨범을 찾아 꺼낸다. 앨범 속 사진을 손가락으로 짚으며 중얼댄다.

 "너흰 그 시대를 치열하게 살았지만 운명의 여신은 너희에게 미소를 보내지 않았어. 젊은 나이에 앞서거니 뒤서거니 세상을 떠났지. 진경이 너는 국립묘지에 안장되고 달삼이 너는…… 어디더라…… 부대 뒷산에 묻혔지. 덕구 네 시신은 제주시 관덕정에 전시됐다가 어디에 매장했는지, 화장했는지 아무도 몰라. 바다에 수장(水葬)됐을 거야. ……조천중학원 현무송 선생님의 말씀이 기억나는군. '역사란 살아남은 자, 승리자의 기록'이라고…… 그래, 너희는 갔지만 난 여든 가깝게 살아 있어. 니들의 가방모찌였고 따까리였던 내가 이겼다고! 알아? 내가 이겼단 말야……."

까닭 없는 눈물이 났다. 휴지로 코를 팽 푼다. 어느 결에 여고생 교복에 가방을 맨 명희가 방문 옆에 서 있다.

"왜 거기 서 있는 거야?"

"아빠가 또 중얼거리고 계셨잖아요."

"내가 언제? 잘못 들었겠지."

"아빠, 요즘 부쩍 깜박깜박 하시는 거 알아요?"

"내가 형광등이냐?"

"전엔 안 그랬어요. 기억력 또렷하시고, 말씀도 조리가 있으셨죠."

"지금은 조리가 없단 말이냐?"

"전보다 많이 떨어졌다는 거죠. 여태 아침밥도 안 드셨어요?"

"응, 입맛이 없네."

띠링 띠링 명희 휴대폰이 울린다. 명희가 휴대폰 문자를 보고 옷을 갈아입는다. 또 편의점 알바를 하러 나갈 모양이다. 매달 나오는 군인 연금으로 밥은 먹으니까 그거 치우면 안 돼냐고 여러 번 말해도 묵묵부답이다. 밥상 가리개를 벗겨 내 앞으로 밀어놓고 나가면서 한 소리 한다.

"노래 그만 불러요. 옆 집 아줌마가 시끄럽대요."

"뜬금없이 뭔 소리야?"

"진혼…… 뭐 있잖아요?"

"진혼가? 내가 진혼갈 불렀단 말이냐?"

"가끔은 큰 소리로 부르시나 봐요. 다녀오겠습니다."

명희가 나간다. 밥상의 숟가락을 들고 마이크처럼 입에 대어 〈진혼가〉를 부르려 했지만 가사가 생각나지 않는다. 〈진혼가〉 맞아? 〈적기가〉가 아닐까?

날아가는 까마귀야 시체 보고 울지 마라
몸은 비록 죽었으나 혁명정신 살아 있다
아세아 깊은 밤에 동이 텄다
백두산 산상봉에 봉화 들렸다
거룩하다 백의민족 울부짖었구나
자유 그것이 아니면 죽음을 달라
……

희미한 기억을 더듬으려 애쓴다. 이윽고 기억의 저 편에서 〈진혼가〉가 울려온다. 그것은 그냥 노래가 아니라 거대한 울림의 합창과 뒤섞인 교향악이다.

뒤척이다 겨우 눈을 붙였는데 현관문 여는 소리가 들리더니 명희가 돌아와서 밥상을 치우는 모양이다. 덜거덕거리는 소리에 부스스 눈을 뜬다.

"힘들지 않아? 밤 늦게까지……."

"괜찮아요. 그것보다도요……."

"응, 얘기 계속해."

"아네요, 아무것도."

"얘기 하라니까 그러네. 하고 싶은 말, 속에 담아두면 병 돼."

명희가 하는 이야기를 듣고 나는 분노했다. 편의점 사장이라는 작자가 장사 끝나고 계산 맞출 때, 돈이 틀린다면서 트집을 잡는다는 거였다. 그러다가 몸수색까지 한단다. 처음에는 옷을 벗으라고 했는데 명희가 거부하니까, 막 만졌다. 가슴과 엉덩이, 사타구니까지…… 마누라가 있고 명희보다 나이 많은 딸년까지 둔 50대의 중늙은이가 처녀의 은밀한 부분을 쓰다듬었다니 기가 찰 노릇이다.

평소에도 사장은 어린 명희에게 여자의 성기가 조개처럼 생겼다는 둥 입에 담지 못할 와이담을 늘어놓았고 정력에 좋다고 뱀탕을 즐겨먹는 자였다.

"에끼, 저런 죽일 놈! 내일 당장 나하고 같이 가자. 그 사장놈의 혼구멍을 내주고 말 테니까. 아니, 이건 성추행으로 경찰에 고발해서 구속시켜야 될 일이야. 그런 파렴치한 놈은 콩밥을 멕여야 돼!"

"아빠, 제발 그러지 마세요. 그럼 전 직장을 잃게 돼요."

"그까짓 편의점 아르바이트가 대수냐? 거기 아니라도 일자리는 얼마든지 있어."

"요즘 알바 구하기가 하늘의 별따기예요."

"아니다, 이참에 아주 때려치우거라. 그거 없어도 먹고 사는 덴 지장 없잖아."

"연금이 있지만 내 학비에다 생활비까지…… 더구나 대학에 가려면 턱없이 모자라요. 잘 아시잖아요?"

"안다, 나도 알아. 하지만 이건 너무 비참하잖아. 어린 네가 편의점에 나가서 시달리며 고생하는 것도 가슴 아픈데."

"아빠가 늘 입버릇처럼 말씀하셨잖아요? '젊어 고생은 사서도 한다'고."

"미안하다. 이 애비가 못나서…… 명희야, '고생 끝에 낙'이라는 말이 있잖아. 언젠가 너도 옛말 하며 살 때가 올 거야. 그때까지…… 그때까지만 참자."

명희가 말 없이 고개만 주억거린다. 나는 다시 드러누워 오지 않는 잠을 억지로 청한다. 60대 이후 찾아온 전립선비대증은 야간빈뇨증으로 나타났다. 밤중에 일어나 소변 보는 횟수가 최근에는 5~6회로 늘어났다. 야간빈뇨증은 하나님이 내 몸에 심은 가시다. 살고 싶지 않다는 인식으로 유도하는 실존의 가시다. 그 가시에 찔림을 당할 때마다 고단한 삶에 회의를 느낀다. 더 이상 아무것도 원하지 않고 기대하지도 않는다. 그저 평온한 죽음이 찾아오기를 기다릴 뿐이다. 오래 전부터 고통 없는 죽음은 신의 은총이라고 생각해 왔다. 그런데 내일은 내일의 태양이 뜬다고 했지······.

35
1999년 5월

　가끔씩 시내로 나갈 일이 있으면 노인들이 주 고객인 구식 다방 향원(鄕園)에 들렀다. 텔레비전에서는 무슨 소리인지 알아듣지도 못하는 노래가 나오지만 여기서는 구수한 옛노래를 들을 수 있기 때문이다. 더욱이 싹싹한 마담의 환대도 싫지는 않았다.
　오늘도 볼 일이 있어 나왔던 길에 향원으로 갔다. 마담은 구석 자리에서 짙은 색깔의 안경을 쓴 노인과 대화하는 중이다. 나는 젊은 레지에게 쌍화차를 시켰다. 매상 올려주는 손님이 마담을 기쁘게 한다는 걸 아니까 올 때마다 두 잔을 시켜 마담과 함께 마셨는데 오늘은 혼자다.

레지가 마담에게 귀뜸하는 게 보이더니 마담이 뒤돌아 봤고 곧 내 자리로 왔다. 노인이 제일 듣기 좋은 인사는 '젊어졌다'이고 여자가 제일 좋아하는 인사는 '이뻐졌다'이다. 사실은 날이 갈수록 더 늙어가고 더 미워지는데도 말이다.

 의례적인 인사를 나누고 차를 몇 모금 마시는 중에 안경 쓴 노인이 카운터에서 계산하고 나간다. 지팡이를 짚고 절룩거리는 게 다리가 성치 않은 모양이다. 헌데 입구까지 걸어가던 노인이 다시 돌아서서 내게로 오더니 유심히 바라보는 게 아닌가.

 "혹시…… 양호진 씨 아니오?"

 "그렇소만, 누구신지……?"

 "역시 맞았구만. 긴가민가 했소. 나, 곽동후요. 날 모르겠소?"

 그러면서 그가 안경을 벗었다.

 "아! 곽 수사관…… 아니, 토벌대장이었지."

 "알아보시는구려. 반갑소, 이게 얼마만이오?"

 마담이 일어서고 그 자리에 곽동후가 앉는다.

 "사십여 년의 세월이 흘렀네요. 매서운 눈매는 여전하군요."

 "미안하오. 늦었지만 이 자리를 빌려 사죄해야겠소!"

곽은 저간의 사정을 설명했다. 꼬마가 쏜 총에 맞아 무릎뼈가 완전히 부숴져 큰 수술을 두 번이나 받았다고 한다. 퇴원하고 보니 내가 이미 주정공장 귀순자 수용소에서 인천형무소로 넘어간 뒤여서 자신이 손 쓸 틈이 없었다고 변명했다.

곽이 거짓말을 한다고 해도 상관 없다. 증오와 분노, 원한과 저주도 다 세월의 강물에 띄워 보내 버렸으니까.

"귀순자 수용소에서 당신을 빼내지 못한 건 내 일생 일대의 실책이었소. 그뿐이 아니오. 지난 날 본의 아니게 당신에게 가혹행위를 한 걸 용서하시오. 국가에 대한 충성심과 대공수사관으로서 직분을 다하기 위해 한 일이지만 피해자들에겐 씻을 수 없는 상처가 됐을 거요."

"이제 희수(喜壽)를 넘겼어요. 세월이 나한테 용서하는 법을 가르쳐 주더군요. 지나간 상처도 아물 때가 됐지요. 나이가 들면서 배운 게 하나 있어요. 역지사지, '입장 바꿔 생각하기'지요. 만일 당신과 내가 입장이 바뀌었으면 나도 그렇게 했을지 몰라요."

"이해해 주니 고맙소. 그 사이 통 보이지 않던데 어디 있었소?"

나는 살아온 인생역정을 대충 설명해 줬다. 그는 내 삶을 이해할 수 없다는 듯이 머리를 절래절래 흔들다가 덧붙인다.

"우린 참 먼 길을 돌아 여기까지 왔구려. 이제 우리도 살 날이 얼마 안 남았소. 그 험악한 시대를 넘으면서 간신히 목숨 부지하고 살아왔는데 뒤돌아보면 그때 왜 그랬던지, 회한만 남게 되오."

"그래서 늙는다는 건 패배가 아니라 아름다운 항복이라고 했지요. 내가 가만히 세어 보니 죽을 고비를 마흔 번이나 넘겼어요. 지금까지 살아있는 것 자체가 기적이죠. 뒤돌아보면 이덕구, 그 친구가 죽은 뒤 내 삶은 뿌리가 뽑혀 버렸어요. 그동안 그 친구한테 속죄하는 마음으로 살았죠. 아직도 속죄는 끝나지 않았지만."

"잊을 건 잊어야 속 편하지. 헌데 당신 친구들…… 세 사람은 참 안 됐소."

"이덕구, 김달삼, 박진경…… 어쩌면 이들은 미친 시대와 화해할 수 없었던 굶주린 광대들이 아니었을까요?"

"알 수 없는 게 인생이라오. 당신 친구 세 사람 모두 20대의 젊은 나이에 요절하고 말았소. 그러나 한 시대를 풍미한 걸출한 인물들이었지."

"지금 이 나이가 되고 보니 그런 생각이 들어요. 한 시대를 쥐락펴락 했던 영웅이면 어떻고 장삼이사의 필부면 어떠냐고…… 한 송이 들국화처럼 이름 없이 살다가 이름 없이 죽는 게 오롯한 행복이 아니냐고…… 다 부질없어요."

곽은 인생은 부질없는 넋두리만 늘어놓다 아쉽게 끝나 버리는 한 편의 희극과 같다고 했고, 나는 인생은 노다지를 캐러 왔다가 빈 광주리만 매고 돌아서는 허무하고 길고 지루한 여행이라고 했다. 그동안 무엇을 위해 그토록 억척같이 살아왔는지 모르겠다는 말도 했다.

"참, 그때 당신 애인이었던 그 여자랑 함께 살고 있나요?"

"홍련이…… 일찍 죽었어요. 우린 인연이 아니었나 봐요."

"하긴 부부 인연은 삼천 겁의 인연이라고 했지."

"세상사 다 인연 따라 흘러가는 거지요."

둘은 다방을 나섰다. 네 거리에서 둘은 헤어졌다. 곽은 또 만나자고 했고 가다가 돌아서서 손을 흔들었다. 나는 불안하게 절름거리며 걸어가는 그의 뒷모습을 응시했다. 네 인생도 그처럼 절름대고 있었구나. 다시는 향원에 오지 않으리라 다짐하며 나는 버스 정류장으로 향했다.

36
1999년 12월 31일

 밤이다. 소주 한 병을 마저 비우고 마당에 나와 하늘을 올려다본다. 대기는 차갑게 얼어붙었지만 까만 하늘에는 별들이 총총 빛나고 있다. 취기가 명치 끝에서부터 감전된 듯 짜르르 전해져 왔다. 어느새 나는 또 중얼거리고 있었다.

 "저 별들 좀 봐. 마치 검정 비로드 위에 사금파리를 뿌려놓은 것 같군. 지구와 200만 광년이나 떨어져 있는 별, 안드로메다는 어디쯤 있을까? 카시오페이아는? 헤라클레스는…… 우주에는 우리가 은하수라 부르는 은하계가 1,000억 개나 있는데 각각의 은하계에는 4,000억 개의 별이 있다지? 대체 우주에는 얼마나 많은 별들이 흩어져 있는 거야? 지구도 수많은 별 중의 하나지. 오! 먼지 같은 지구. 그 먼지 속에 사는 티끌보다 작은 나……."

호주머니 속에는 낮 동안 심심해서 접은 종이 비행기들이 들어 있다. 차가운 허공을 향해 그 비행기들을 힘껏 날린다. 날리며 흥얼거린다.

너를 타고 어데까지 가나
화성, 수성, 목성, 금성, 토성
갈 길은 멀기만 한데
벗은 아무도 없구나
닌나니 나니 나니……
너를 타고 어데까지 가나
천왕성 해왕성 명왕성
갈 길은 멀기만 한데
님은 아무도 없구나
닌나니 나니 나니……

그때 뒤에서 누군가 내 눈을 가렸다. 작고 보드랍고 따뜻한 손, 누구인지 나는 안다. 지상에 남은 단 하나의 벗, 님, 그리고 나의 모든 것…….

"언제 왔어?"

"방금요."

"왔으면 냉큼 안으로 들어가지 않고."

"아빠가 또 중얼거리고 계셨잖아요."

"내가? 언제……?"

"지금요."

"아냐, 아냐…… 뭘 잘못 들었겠지. 어서 들어가자."

명희 손을 잡고 거실로 들어와서 불을 켜고 보니 뭔가 이상하다. 옷이 뜯어졌고 얼굴에는 상처 같은 게 생겼다. 얼굴을 만지려 하니까 필요 이상으로 놀라며 물러선다.

"아, 아무것도 아녜요. 좀 긁혔을 뿐예요."

"명희야…… 아빤 네 말처럼 가끔씩 깜박깜박 하긴 하지만 바보는 아냐. 얘기해 봐, 무슨 일이 있었는지."

그제서야 명희가 흑, 하고 눈물을 보인다. 잠시 후에는 와락 내 품으로 뛰어들어 서럽게 운다.

"아주 슬픈 일이 있는 게로구나. 하지만 이 아빠한테 다 털어놓으면 슬픔은 솜사탕처럼 가벼워지지. 자, 말해 보렴……."

명희는 눈물로 범벅된 얼굴을 들어 말했다. 편의점 사장에게 성폭행을 당했다는 거다. 명희가 소리치며 거부하자 옷을 찢고 주먹으로 얼굴을 때렸다는 얘기를 듣고 나는 분

324 山有花

노로 몸을 떨었지만 내색하지 않는다.

"명희야, 넌 날 믿지? 아빠가 이 문제를 해결해 줄 테니 넌 잠자코 있어라. 알았지?"

명희가 고개를 끄덕인다. 밥 먹고 자라고 하자 지쳐서 그냥 쉬고 싶다며 제 방으로 들어간다. 곧 다시 방에서 나온다.

"왜 나왔어? 편한 마음으로 잠을 청해 봐. 아무 걱정 말고……."

"골방에 있는 라면 박스 속에 든 아빠 일기장을 읽었어요."

"일기장…… 그래서…… 무얼?"

"친 아빠도 아니면서 절 길러 주셨잖아요. 외할아버지의 친구시잖아요."

"……."

"고마워요, 아빠."

"명희야……!"

명희가 방으로 들어갔다. 나는 냉장고에서 한 병 남은 소주를 꺼낸다. 소주를 커피잔에 따르고 안주도 없이 물 마시듯 마신다. 이상하게 취하지 않고 정신이 더 말똥말똥해진다. 명희 방문을 살며시 열고 새근새근 잠자는 모습을 확인한 후에 또 커피잔에 술을 따라 들이킨다.

"덕구야, 넌 날 두 번 살렸는데 난 널 두 번 죽였어. 용서해라, 저승 가면 다 갚을게. 아니, 다음 생에선 네가 나 해라, 내가 너 할게. 샛별오름에서 눈 뜨고 숨진 네 눈망울을 내리쓸어 감겨줬던 그 순간부터 우린 하나야. 너는 나, 나는 너…… 네 유일한 혈육인 정자가 낳은 아기를 고아원에서 데려다 길렀어. 친자식처럼 정성을 다했지. 그런데 명희가…… 저 솜털처럼 보드랍고 연약한 것이 백정놈에게 능욕을 당했어. 친구인 널 지켜줄 수 없었지만 네 손녀 만큼은 꼭 내 손으로 지키고 싶었다. 시집 보내고 자식 낳고 사는 걸 보고 눈 감는 게 내 마지막 소원이었지. 그런데 이게 웬 날벼락이란 말이냐. 덕구야, 어린 것의 처녀막을 찢어 놓은 저 짐승 같은 놈, 개만도 못한 놈에게 복수의 철퇴를 내려야겠어. 하늘에 맹세할게."

커피잔에 마지막 남은 한 방울까지 술을 따라 벌컥벌컥 마신다.

내 심장은 거칠게 뛰기 시작하고 눈은 점차 충혈돼 간다.

"비록 늙었지만 아직도 난 전사야, 전사라고! 그 전에 난 무지렁이 농사꾼에 지나지 않았지만 덕구, 네가 날 전사라 불러준 다음부터 난 전사가 됐지. 전사…… 얼마나 자랑스럽고 고귀한 이름이냐? 전사의 용맹으로 돌진하여 놈의 심장을 찍어 버릴 테야! 아직 싸움은 끝나지 않았어. 난 결코 패배한 적이 없지. 언제나 최후에 승리의 노래를 부를 거야. 덕구야, 너 이 노래 기억하지? 소싯적부터 부르던 노래…… 일제에 항거하는 마음으로, 뜨거운 피가 용솟음치는 가슴으로 부르던 노래 있잖아?"

아득한 기억의 저편에서 〈진혼가〉가 울려온다. 광기가 활활 타오르며 무작스레 나를 사로잡는다. 나도 모르게 힘차게 팔을 흔들며 〈진혼가〉를 흥얼거리다가 주방으로 달려간다. 그리고 싱크대 위에 있는 부엌칼을 꺼내 신문지로 둘둘 말아 가슴에 품는다.

"명희야, 내게 인생이란 영원한 숙제 같은 거였어. 풀 수 있는 것과 풀 수 없는 문제가 뒤엉킨 숙제 말이야. 하나님은 우리에게 숙제를 주시지만 때때로 선물도 주신단다. 넌 내 인생에서 무엇과도 바꿀 수 없는 최고의 선물이었지. 선물을 망가뜨리는 자는 그 누구도 용서할 수 없구나……."

나는 대문을 박차고 나와 밤하늘을 향해 성호를 그었다.

에필로그

 지금도 한라산에는 꽃이 피고 지겠지. 수많은 동지들이 한라산의 어느 오름이나 들판, 계곡이나 동굴에서 목숨을 잃었어. 생떼 같은 목숨, 꽃처럼 아름다운 젊음을 한라산에 묻었지.

 모든 꽃의 품격은 낙화를 보면 알아. 동백꽃은 떨어질 때 온몸을 던지는 것처럼 통째로 떨어지지. 자신의 일회적인 생명을 저리도 찬란하게 마감하는 꽃을 여태 난 보지 못했어.

 동백꽃처럼 장렬하게 산화해 간 동지들은 살아남은 자들의 마음 속에 불굴의 용기를 심어 주었지. 동지들이 피와 함께 뿌리고 간 그 씨앗은 자라 언젠가 자유와 평화의 꽃으로 피어날 거야.

내가 사는 건 성공이나 행복을 위해서가 아니라, 참된 인간이 되기 위해서야. 인간이 된다는 건 무엇인가? 비록 그게 보잘것없는 일이라 할지라도 내가 선 자리에서 진실과 정의를 위해 자신을 던지는 거라고 확신해.

4·3은 20세기의 비극이었지. 내일이면 21세기의 새 아침이 밝아오고 인류가 고대해 마지않던 새로운 밀레니엄이 시작돼. 새 밀레니엄 시대의 인류는 전쟁과 테러, 가난과 질병, 악과 불의가 난무하던 어둠의 제국을 무너뜨리고 그 폐허 위에 빛의 나라, 태양의 제국을 건설하겠지.

오! 마침내 내일은 온 인류의 축복 속에 새로운 황금시대, 새로운 르네상스 2000년대가 개막될 거야.

하지만 나는 "모든 것은 다 지나가고 지나간 것은 다 아름답다"고 한 덕구, 자네의 말을 더 이상 믿지 않는다네. 정말 더 이상은······.

작가 후기

1. 집필 동기

 1985년 『현대문학』을 통해 극작가로 데뷔한 나는 30여 년 동안 30여 편의 희곡을 써 왔다. 이 가운데 삼분의 일 정도가 한국 현대사 최대 비극 중 하나라고 일컫는 '제주 4·3 사건'을 소재로 한 희곡이다. 아마도 4·3을 가장 잘 쓸 수 있는 사람은 제주 출신 작가이고, 제주 작가라면 반드시 4·3을 써야 한다는 어떤 역사적 사명의식 같은 게 나의 내면에 잠재해 있었는지 모르겠다.
 그런데 시·소설·희곡은 문학의 3대 장르임에도 불구하고 극작가와 연출가, 배우 등 연극 관련 인사와 문학인 이외에는 거의 희곡을 읽지 않는 게 이 나라의 불행한 현실이다. 4·3 희곡은 더욱 그렇다. 희곡으로써는 무언가 성에 차지 않는다는 느낌, 결핍의 정서가 나를 소설로 이끌었다.
 4·3의 진실은 무엇인가? 오래 전부터 나는 100년 후, 우리의 후손들에게 4·3의 전모와 진면목을 알리는 소설을

쓰고 싶었다. 그래서 「山有花」에 4·3의 전 과정 — 4·3의 도화선이 된 1947년 3·1절 기념대회부터 4·3의 대단원인 1957년 최후의 무장대원 오원권의 생포 — 과 후일담(4·3 당시 제주 주둔 9연대장 김익렬의 죽음)까지 '4·3의 모든 것'을 담으려고 애썼던 것이다.

찰스 디킨스의 「두 도시 이야기」는 1789년 프랑스대혁명의 흐름을 보여준다. 헤밍웨이의 「누구를 위하여 종은 울리나」와 앙드레 말로의 「희망」도 스페인 내전의 참상을 묘사한 것이다. 세계사에서 배우는 프랑스대혁명이나 스페인 내전은 단 몇 줄의 기술에 불과하고 한국사에서 4·3의 언급은 족탈불급이다.

결론적으로 나는 4·3을 족탈불급의 언어(역사)가 아니라 생생히 살아 움직이는 언어(소설)로 형상화하고 싶었다. 말하자면 4·3이라는 참혹한 시대의 어두운 초상화를 그리고자 했던 것이다.

나는 이 초상화가 불멸의 작품이 되리라고는 기대하지 않는다. 다만 깨어 있는 독자들이 70여 년 전 이 헐벗은 강토에서 저질러진 '피의 역사', '어둠의 역사'를 올곧게 기억해 주기를 소망할 뿐이다.

2. 소설 속의 주요 등장인물

이 소설에 등장하는 주요 인물은 화자인 '나'를 제외하고 4·3 당시 실재했던 인물이다. 한라산 무장대의 총책(인민유격대 사령관)이었던 김달삼, 이덕구와 제주에 주둔했던 국방경비대 제9연대장 김익렬, 박진경이 그들이다.

4·3을 일으킨 봉기자의 우두머리와 4·3을 진압한 군대의 지휘관은 4·3의 주역이라 할 수 있는데, 이들을 주인공으로 내세워 4·3의 총체상을 드러내려 한 것이다.

물론 이름 없는 필부가 주인공이 되고 작고 사소한 사건이 소설의 기둥 줄거리가 될 수 있다. 그러나 나는 이런 미시적 관점은 장편소설의 틀거리에 어울리지 않을 뿐 아니라, 4·3이라는 대하(大河)를 수용할 수 없다고 판단했다.

지금까지의 4·3 문학은 특정한 인물, 특정한 사건에 국한되어 나무는 보되 숲은 보지 못하는 경우가 많았다고 생각한다. 나는 액자에 담긴 그림 같은 좁은 시야에서 벗어나 거대한 벽화를 그리고 싶었다.

독자들은 이 소설의 주인공을 보면 작가의 의도를 금방 눈치 챌 수 있으리라 믿는다.

한편으로『山有花』는 역사의 격랑에 휩쓸려 떠내려간 민초들의 이야기다. 이 소설의 등장인물인 이덕구와 김달삼,

김익렬과 박진경은 누가 봐도 확신에 찬 이념가이고 신념가이지만 화자인 '나'를 비롯한 대다수 인물은 이념이나 신념과는 거리가 있다. 그들은 어쩔 수 없이 맞닥뜨린 '자기 앞의 생(生)'을 운명처럼 받아들인 평범한 사람들이다.

어쩌면 4·3의 본질은 여기에 있는지도 모른다. 그러기에 4·3을 이념의 잣대로만 재단해서는 안 되는 것이다.

3. 창작 기법

「山有花」는 패스티쉬(Pastiche)의 기법에 의해 쓰인 소설이다. 대부분 작가 자신의 희곡을 모방했지만, 일부는 타인의 수기, 논문, 회고록, 드라마 등을 인용하기도 했다. 다시 말해 이 소설은 여러 장르의 서사에다 작가의 상상력을 버무려서 만든 작품이다.

또한 이 소설은 전통적인 소설 구성 방식을 버리고 르포르타지 형식을 빌려 4·3 전후사(前後事)를 쓴 것이다. 앙드레 말로의 「정복자」, 「인간의 조건」도 르포르타지 형식에 입각해서 쓴 작품인데, 이 소설이 연대기 혹은 기록문학의 형식을 빌린 것은 4·3 역사의 진행과정을 상세하고 명확하게 보여주기 위한 조지이다.

그리고 어떤 의미에서 이 소설은 일종의 팩션(팩트+픽션)

이라고 할 수 있는데, 팩션은 역사에 내포된 교훈적 가치와 이야기로서의 흥미를 함께 드러낼 수 있는 이야기 방식이다. 사실에다 허구적 서사를 덧입힌 팩션이라고 해도 픽션이 대종을 이룬다는 것은 두말할 필요가 없을 터이다.

감히 말한다면 「山有花」는 작가가 30년 동안 써온 4·3 희곡을 모두 한 자리에 불러 모아 소설이라는 용광로 속에 집어넣은 '장일홍 4·3 문학'의 종합세트요, 완결편이다.

4. 4·3 예술의 세계화

4·3은 제주도민에게 최대의 과제요, 숙제인 동시에 한국사회의 문제이다. 5·18이 광주만의 문제가 아닌 것과 같은 이치이다. 4·3을 '현재진행형의 사건'이라고 하는 건 아직도 진보와 보수진영이 이 사건의 성격을 '민중항쟁'과 '공산폭동'으로 다르게 규정함으로써 갈등과 대립, 반목과 내홍을 지속하고 있기 때문이다.

따라서 진보와 보수의 폐쇄적이고 경직된 진영논리를 넘어선 새로운 해법이 제시되지 않는 한 해결은 요원하다. 진영논리의 함정에 빠진 이데올로기란 집단이기주의이고 배타주의일 뿐이다. 진영논리를 변증법적으로 지양하기 위해서는 해묵은 이념논쟁에서 벗어나 4·3 논의의 초점을

'과거에서 미래로', '제주에서 세계로' 옮기는 거시적이고 미래지향적인 해법을 찾아야 한다.

그 방법론의 하나로 '4·3의 세계화'가 필요하고 4·3 세계화의 지름길은 '4·3 예술의 세계화'임을 확신한다. 그러므로 나는 4·3을 예술로 승화하는 것, 곧 4·3 예술의 세계화를 거론코자 한다. 요컨대 갈등과 내홍을 종식시키는 방법으로 예술만한 치료제가 없다는 자각에서다.

앞에서 지적한 것처럼 4·3의 실상을 자손만대에 알리는 건 몇 줄의 역사 기록이 아닌 문학이다. 4·3을 바르게 기술하고 온당하게 자리매김하는 것 — 이것이 4·3 문학이 감당해야 할 시대적 소명이다.

그런데 영상매체가 범람하는 21세기의 문화적 풍토에서 문학의 힘은 많이 약화됐다. 4·3 소재 시·소설·희곡의 독자는 기껏해야 1천 명이지만 2016년 한 해 동안 한국영화의 관람객은 2억 명을 돌파했다. 4·3을 극영화로 만들어 세계 3대 영화제에 출품하면 수십 억의 인류가 보게 된다.

나는 30년 동안 4·3 희곡을 써 왔지만 2시간짜리 영화 한 편이 30년의 작업보다 훨씬 더 큰 성과를 거둘 수 있다는 걸 안다. 우리가 가장 영향력 있는 대중적 매체인 영화나 TV드라마에 주목해야 하는 이유가 바로 이것이다.

4·3 영화나 TV드라마를 통해 평화와 인권의 메시지가

전 세계에 전파되면 4·3은 제주도에서 일어난 국지적인 사건이 아니라, 인류 보편의 심성에 호소하는 대단한 파급력을 발휘할 것이다. 그리하여 4·3 예술의 진정한 세계화가 이뤄지면 진보·보수진영의 이전투구는 우물 안 개구리들의 소동처럼 하찮고 우습게 여겨질 거다. 뿐만 아니라 4·3 예술이 4·3의 미래를 보여주고 4·3의 세계화에 기여한다면 현재 첨예하게 대립하고 있는 진보·보수진영 스스로가 4·3 역사관을 수정하는 계기를 마련할 수 있다고 본다.

끝으로, 「山有花」를 영화나 드라마로 제작할 경우의 가능성과 의의를 살펴보면 다음과 같다.

① 이 작품은 4·3과 6·25 전쟁, 반세기에 걸친 한국사회의 이면을 다루고 있어 스케일이 큰 블록버스터로 제작하면 세계시장(국제영화제 등)에 내놓을 문화상품으로 탈바꿈할 수 있다.

② 4·3은 한국 현대사에서 최초의 동족 간 내전으로, 6·25가 남북 간 전쟁이라면 4·3은 섬과 육지(본토)의 전쟁이었다. 이는 닫힌 세계와 열린 세계의 투쟁이며, 미개와 문명의 충돌이다. 이러한 상징과 은유를 잘 활용하면 기존의 멜로물이나 추리극, 조폭영화나 판타지와는 전혀 다른 신선한 스토리를 구성할 수 있다.

③ 통일시대를 앞둔 현 시점에서 현대사의 한 획을 긋는 4·3의 본질과 현상을 사실주의적 수법으로 재조명할 필요가 있다. 그것은 분단시대의 극복을 위한 하나의 어젠다가 될 것이다.

④ 2018년은 4·3 70주년이 되는 해이다. 이스라엘 백성이 바벨론에 포로로 잡혀가, 70년이 지난 후 여호와 하나님이 그들을 포로생활에서 해방시켜 주었듯이 4·3 70주년을 맞아 우리 사회도 분열과 반목의 족쇄, 원한과 증오의 사슬을 벗어던지고 어둠의 질곡에서 해방될 것으로 기대한다.

그리하여 평화와 인권이 살아 숨쉬는 광명한 세상이 열리고 희망찬 겨레의 여명이 밝아 오리라 믿는다.

이 부족한 책이 나오기까지 여러 분의 도움이 있었다.
표지화 게재를 허락해 준 강요배 화백과 그림을 스캔해서 작업해 준 박경훈 화백에게 고마운 말씀을 드린다. 아울러 이 책을 펴낸 월인출판사의 박성복 사장과 한병순 이사, 늘 기도로 나에게 힘이 되어준 아내 김복자에게도 감사의 말을 전하고 싶다.

2017년 4월
화북동 우거에서 저자

山有花

초판 1쇄 인쇄 2017년 5월 10일
초판 1쇄 발행 2017년 5월 15일

지은이	장일홍
펴낸이	박성복
펴낸곳	도서출판 월인
주소	01047 서울특별시 강북구 노해로25길 61
등록	1998년 5월 4일 제6-0364호
전화	(02) 912-5000
팩스	(02) 900-5036
홈페이지	www.worin.net
전자우편	worinnet@hanmail.net

ⓒ 장일홍, 2017
이 책은 저작권법에 의해 보호를 받는 저작물이므로
저작권자의 서면 동의가 없는 무단 전재 및 복제를 금합니다.

ISBN 978-89-8477-635-7 03810

값은 뒤표지에 있습니다.